VENUTO DAL FREDDO

SARINA BOWEN

Traduzione di
FRANCESCA GIRAUDO
A cura di
ALESSANDRA MAGAGNATO

CAPITOLO UNO

WILLOW DOVEVA RIUSCIRE A MANTENERE il vecchio pick-up sulla strada e lontano dal fosso innevato ancora per un chilometro e mezzo.

Alle sei, in una serata di dicembre, il cielo sopra il Vermont era buio ormai da due ore. Aveva il riscaldamento acceso al massimo, eppure il parabrezza continuava a ghiacciarsi e la neve pesante riempiva la parte superiore del suo campo visivo. La donna si chinò in avanti per riuscire a vedere meglio la strada; procedendo ai venticinque all'ora, sarebbe arrivata a casa entro cinque minuti.

Non avrebbe voluto guidare in una bufera di neve. Si era preparata per la tormenta riempiendo di acqua la vecchia vasca da bagno con i piedini, preparandosi per l'inevitabile mancanza di elettricità. Aveva messo dei blocchi di ghiaccio nel freezer e appoggiato le candele sul tavolo della cucina, con una scatola di fiammiferi a portata di mano.

Aveva *quasi* fatto tutto nel modo corretto.

E poi, mentre si dirigeva verso la stalla per ritirare le galline per la notte, aprendo il bidone nel quale teneva il becchime si era accorta che era vuoto. Se fosse rimasta bloccata dalla neve per due giorni, come il canale delle previsioni meteo aveva previsto, non avrebbe avuto nulla da dar loro da mangiare.

«Accidenti!» esclamò, spaventando alcune delle sue galline Buff Orpington con quell'esclamazione nervosa. Solo le più temerarie erano rimaste vicino ai suoi piedi, sperando ancora di poter ottenere un po' di uva passa.

Aveva invece girato i tacchi, chiudendo la porta della stalla dietro di sé. Anche se Willow non aveva mai voluto diventare un'allevatrice di galline, questo non significava che volesse uccidere tutto il suo pollaio. Lei e Le Ragazze avevano un accordo. Lei provvedeva a dare loro del cibo sano e loro in cambio le avrebbero dato delle uova biologiche. E lei voleva mantenere la sua parte dell'accordo.

Il vecchio pick-up si era messo subito in moto e, dopo aver percorso la lunga strada privata, aveva svoltato a sinistra, lontano dalla civiltà, diretta verso il negozio di mangimi del paese. La neve però si era accumulata in modo spaventosamente veloce già durante il viaggio d'andata, iniziato una mezz'ora prima. Stringendo forte le mani sul volante, Willow vide le luci di un altro veicolo davanti a sé, una Jeep verde che procedeva ancora più lentamente rispetto a lei, tanto che dovette spingere il piede sul freno. Anziché fermarsi, Willow avvertì la nauseante sensazione di parecchie tonnellate di metallo che slittavano verso destra.

Il tempo rallentò, mentre il pick-up sbandava in una direzione strana, sia verso la Jeep che verso il fosso. I fanali posteriori del fuoristrada diventavano sempre più luminosi mano a mano che si avvicinava, e Willow trattenne il fiato. All'ultimo secondo, la Jeep parve spostarsi verso sinistra e Willow ebbe un attimo di confusione chiedendosi chi tra la Jeep e il pick-up si fosse mosso così in fretta. Si trovava ancora sulla strada?

La cabina si inclinò bruscamente verso destra, e Willow sentì che un grido le moriva in gola. All'improvviso il pick-up si fermò e il suo torace venne trattenuto dalla cintura di sicurezza. La pressione le schiacciò i polmoni, facendola poi rimbalzare indietro sul sedile.

E poi, tutto si fermò.

Con il cuore che le batteva forte nel petto, Willow fece un rapido inventario: la cabina era piegata verso destra e le gomme dovevano essere finite nel canale di drenaggio sotterraneo che correva lungo la strada. A causa della frenata improvvisa, il piede le era scivolato via dai pedali e in quel momento il pick-up era morto sul posto.

Subito il parabrezza iniziò a riempirsi di una coltre bianca di neve.

Prese un lungo respiro. *Stai bene, stai bene*. Grazie a Dio, stava andando molto piano quando aveva perso il controllo del mezzo.

Il bussare sulla sua portiera la spaventò. Qualcuno era lì fuori. Afferrò la manovella, quella che datava il suo pick-up all'era pre-moderna, la girò e abbassò il finestrino. Il viso di un uomo, vigoroso e con un mento cesellato, la guardò con un cipiglio ansioso.

«Stai bene?»

«Sì,» replicò, ancora spaventata.

«Bene, adesso siamo entrambi bloccati,» disse l'uomo. «Ho virato sulla strada per togliermi di mezzo e sono finito su un ceppo.» Anche al buio, Willow riusciva a vedere la bellissima mascella serrarsi per l'irritazione.

«È colpa mia se hai colpito un ceppo dall'altra parte della strada?» Willow sapeva che avrebbe dovuto concentrarsi sul problema più importante, ma lo straniero davanti a lei la distraeva molto di più dei loro parafanghi ammaccati. Non poteva fare a meno di ammirare la sua giacca bianca lucida, di quel tipo di tessuto tecnico che si trovava solo nei negozi di sci alla moda che c'erano in città. Aveva un berretto di lana color argento in testa, al di sotto del quale spuntavano dei riccioli castani che gli incorniciavano il volto. A Willow pareva il dio della neve. Uno un po' scontroso.

L'uomo alzò le braccia al cielo. «Non lo so,» sbuffò. «Non importa.» Si allontanò dal pick-up, e la neve stava scendendo così in fretta che la tormenta lo inghiottì, prima ancora che avesse fatto cinque passi. Willow notò che era un uomo parecchio robusto, alto, con gambe lunghe e un sedere stretto.

Bel lavoro, Willow. Aveva appena fatto andare fuori strada l'uomo più attraente del paese.

La neve le stava entrando in macchina, così Willow tirò di nuovo su il finestrino. Premette la frizione e il freno, cercando di fare avviamento.

Niente.

Dannazione.

Spinse sull'acceleratore un paio di volte, tentando di nuovo di fare avviamento. Ancora e ancora. Ma il motore non ne voleva sapere di mettersi in moto.

«Oh, no,» disse ad alta voce. «Oh no, oh no, oh no.» Avrebbe dovuto chiamare l'assistenza stradale. Infilò una mano nella borsa alla ricerca del cellulare e lo accese. Sapeva cosa sarebbe comparso, ma voleva comunque guardare lo schermo.

Cerca.

Fissò lo schermo. «Dai, su!»

Nessun segnale.

Tipico, visto i suoi recenti problemi. Chiedere aiuto era come molte delle altre cose nella sua vita: una via di fuga che funzionava per chiunque, tranne che per lei. Le altre ragazze potevano avere una famiglia a cui appoggiarsi o chiedere una tregua finanziaria, invece lei doveva andare avanti e innamorarsi follemente di un uomo così inappropriato, così disinteressato alla sua felicità, tanto da lasciarla senza nessuna via di scampo. Il suo denaro era stato investito tutto nella loro vecchia fattoria, il suo credito aveva raggiunto il limite massimo e lui se ne era andato in California con un'altra donna. E in quel momento, Willow se ne stava seduta su un pick-up di quindici anni che non voleva mettersi in moto, con il becchime delle galline nel cassone.

Non poteva nemmeno chiamare il 911. Le aveva portato via tutto. Era stato il suo sogno quello di trasferirsi insieme a lui nel bel mezzo del niente.

E poi lui aveva deciso di andarsene lasciandola lì, con in mano il secchio per dare da mangiare alle galline.

Dannato Vermont. Dannata neve. Dannato pick-up. Dannato ex fidanzato fedifrago che se ne era volato in California. Maledizione. Maledizione. Maledizione.

———

Tonato alla sua Jeep, Dane Hollister tirò un pugno al volante, poi mise la retromarcia e provò di nuovo a spostarla. Le ruote si muovevano ma non facevano attrito. Qualsiasi cosa lo stesse tenendo sollevato dal terreno doveva essere parecchio grosso, perché la Jeep era ben equipaggiata, con le quattro ruote motrici e dei solidi pneumatici da neve. Soltanto la sfortuna avrebbe potuto farlo finire contro un cumulo di neve.

Ma Dane era abituato a essere sfortunato.

Calmati, ordinò a se stesso.

Aveva perso la calma con quella ragazza. Era pur vero che lui starebbe ancora guidando verso la cittadina di Hamilton, se lei non fosse arrivata. La bufera di neve però non era colpa sua.

Dane appoggiò le mani sulle gambe e analizzò i fatti successi negli ultimi minuti. Aveva visto che quel pick-up stava arrivando troppo veloce, così aveva girato il volante un po' troppo forte e la neve fresca, caduta su quella cosparsa di sale, aveva fatto andare la sua Jeep in testa coda.

Aveva analizzato l'incidente con metodo, come faceva il medico della squadra di sci quando gli tastava i tendini in caso di infortunio. In questo caso, però, avrebbe potuto succedere a chiunque. Non aveva avuto nessun riflesso muscolare inusuale. L'incidente era stato solo un caso.

Non era stato causato da un *sintomo*.

Dane sospirò pesantemente e poi focalizzò i suoi pensieri su quello che era il vero problema. Era bloccato a circa dodici chilometri da quella piccola e squallida stanza che aveva prenotato in Main Street. C'erano più di trenta centimetri di neve a terra e le previsioni ne davano ancora di più.

E in più, doveva scusarsi con la ragazza carina nel brutto pick-up nero.

Si mise i guanti, lasciò la Jeep in moto e uscì. Cristo. La neve stava scendendo sempre più copiosa. I suoi stessi fanali faticavano a illuminare la strada, ma sapeva dove si trovava la ragazza: in diagonale rispetto a lui. Si girò quindi in quella direzione e, aiutato dai suoi fanali, la trovò. Di nuovo bussò sul vetro. L'abitacolo era scuro e non riusciva a vedere dentro.

«Ehi?» chiamò.

Nessuna risposta.

«Stai bene?» domandò ancora. C'era solo silenzio. Si era volatilizzata? Era tutto un po' inquietante. C'era però solo una cosa al mondo di cui Dane Hollister aveva paura, e non era di certo starsene lì in piedi, in mezzo alla strada.

Afferrò la maniglia e aprì la portiera, ed eccola di nuovo. Solo che in quel momento aveva il viso rigato di lacrime.

Bene, Dane. Ottimo lavoro, stronzo.

La ragazza si asciugò il viso con la mano, imbarazzata.

«Ehi!» disse Dane, con un tono di voce molto più caloroso di prima. «Cristo, mi dispiace. Non volevo arrabbiarmi con te. Posso aiutarti?»

Willow cercò di ricomporsi e si schiarì la gola. «Il pick-up non parte.»

«Vuoi che ci provi io?»

A quel punto, Willow alzò lo sguardo su di lui, con un sopracciglio inarcato in un atteggiamento cinico. «Perché dovrei essermi dimenticata come si fa?»

Dane rise. «Giusto. Colpito. Ma non so cos'altro offrirti.»

Willow scivolò sull'altro sedile, facendo passare le gambe oltre il cambio. «Provaci, e se si metterà in moto non te lo rivolterò contro.»

Dane entrò nel pick-up, chiuse la portiera e cercò di far partire il motore. Siccome il sedile era posizionato in base alla conformazione fisica della ragazza, le ginocchia di Dane erano schiacciate contro il volante. Non che importasse in quel momento. Quando girò la chiave, ci fu solo silenzio. «Non è mai ripartita? Nemmeno una sola volta?»

«Nemmeno una sola volta.»

Dane si appoggiò all'indietro, o almeno ci provò. «Mi dispiace, ma le opzioni a nostra disposizione per andarcene via di qua non sono molte.»

«Posso sempre raggiungere casa mia a piedi,» disse Willow. «Abito a circa un chilometro e mezzo.»

«Hmm,» mormorò Dane a bassa voce. Non voleva insultarla di nuovo, ma a meno che lei non avesse una motoslitta con degli abbaglianti potenti, si sarebbe persa prima ancora di riuscire a dire la parola *tormenta*. «Non credo sia una buona idea,» disse, mentre cercava gli abbaglianti. «Vedi? La strada non si vede più.» I fanali illuminavano un paio di metri davanti al pick-up e l'unica cosa che si vedeva era una spessa coltre di neve che scendeva, e tutt'attorno solo oscurità.

«Wow,» sussurrò Willow.

«Conosci qualcuno dei tuoi vicini? Non riesco a vedere nessuna luce...»

Willow scosse il capo facendo scivolare i suoi capelli setosi sulle spalle. «Non ci sono molte case in questa zona, perché questo territorio fa parte di un progetto di conservazione.»

«Okay...» le rispose Dane. «Non ho più idee. Credo che a questo punto ci tocchi chiamare il 911.»

Willow lasciò cadere la testa all'indietro e si mise a ridere.

«Cosa c'è di così divertente?»

«Non sei di queste parti, vero?»

«Non più da molti anni,» ammise Dane. Era cresciuto in un paesino non molto distante, ma sembrava ormai essere passata una vita intera. Riluttante, spense gli abbaglianti, cercando così di risparmiarle la batteria, e gettando l'abitacolo nell'oscurità.

Dane si stava godendo la visione di una bella ragazza intenta a ridere, con le guance arrossate e le labbra rosa, perfette, rivolte all'insù. Solo perché aveva pianificato di non farsi mai coinvolgere da una donna, non significava che non gli piacesse guardarle, soprattutto se si trattava di quelle che prendevano parte ai suoi incontri occasionali e che si ritrovava nude in mezzo alle gambe. Quella che aveva accanto era a dir poco straordinaria. Doveva essere quasi sulla trentina, magra, con un collo esile e aggraziato. Anche se era stretta dentro a un giaccone, Dane riuscì a intravedere un seno pieno che si muoveva a ogni sua risata.

«Non c'è campo su questa strada,» disse Willow, «almeno finché non ci si avvicina a Hamilton.»

«Giusto, me ne sono scordato. Le compagnie telefoniche non provano alcun sentimento per il quarantanovesimo stato più popoloso degli Stati Uniti.»

Dane aveva passato gli ultimi dieci anni a viaggiare nel circuito della Coppa del Mondo di sci e quella era la sua prima volta in Vermont da molto tempo. Gli sciatori d'élite non si allenavano in Vermont, perché le montagne non erano alte abbastanza, e le nevicate inaffidabili. La maggior parte di loro, invece, si allenava sulle grandi montagne d'occidente, in Colorado o Utah.

Quell'anno, però, Dane e il suo allenatore avevano fatto un'eccezione. Avevano deciso di stabilirsi lì per la stagione, tra una gara e l'altra, in modo da poter essere vicini all'ultima tragedia familiare di Dane. In Vermont, infatti, sarebbe stato in grado di andare a trovare suo fratello malato ogni settimana, tenendo lontani gli occhi indiscreti dell'associazione sciistica.

«Quindi...» Willow prese un lungo respiro, «non ci resta che aspettare che passi lo spazzaneve. A quel punto si potrebbe chiedere aiuto con la sua radio.»

Dane cercò di sistemarsi sul sedile troppo scomodo. Il pick-up pendeva di lato perciò era costretto a fare forza sui talloni degli scarponi per non finirle addosso. «Va bene,» disse. «Senti, mi chiamo Dane e voglio solo dirti che mi dispiace se ti prima ti ho urlato contro.»

Willow voltò la testa nel buio. «Non c'è problema. Perdere il controllo del mezzo è una cosa che fa paura e per un attimo sono stata intontita, come se mi fossi ubriacata.»

«Pensi di volermi dire come ti chiami?»

«Scusa, Willow Reade.»

Willow. Dane si schiarì la gola. «Willow, il tuo pick-up è davvero scomodo. Ti dispiace se andiamo ad aspettare lo spazzaneve nella mia Jeep? L'ho lasciata in moto.»

«Oh! Uhm... sì certo, anche perché sono un po' schiacciata contro la portiera.»

Dane spinse a forza la portiera dal lato del guidatore riuscendo ad aprirla. «Non so per quanto dovremo aspettare... non è che per caso nel vano porta oggetti hai dei generi d'emergenza, tipo... whiskey o cioccolato?»

Willow si mise a ridere. «Mi spiace, sono un essere umano del tutto inutile.»

Il modo in cui Willow pronunciò quelle parole fu amaro, proprio come se ci credesse davvero.

In ogni caso, Willow lo seguì verso la sua Jeep, illuminata dai fari accesi. In tutte le altre direzioni c'era solo buio. «Prima le signore,» disse Dane. «Ti dispiace scavalcare il cambio? Potresti anche fare il giro verso il lato passeggero, ma non ho la minima idea di cosa ci sia a terra per arrivare fino a lì.»

Dane le tenne la portiera, mentre lei scivolava all'interno e, con molta attenzione, scavalcava oltre il cambio automatico.

Dane chiuse la portiera e s'incamminò verso il retro della Jeep, aprì il portellone posteriore e vide che Willow si voltava verso di lui per guardarlo. Velocemente, per evitare che si disperdesse molto del calore dell'abitacolo, Dane tirò fuori una mezza dozzina di paia di sci, chiuse il portellone e poi li allineò, uno accanto all'altro, appoggiandoli al lunotto posteriore.

Quando Dane riaprì la portiera dal lato del guidatore, il viso preoccupato di Willow si voltò verso di lui e, quando la richiuse, l'abitacolo ripiombò nell'oscurità. «Ho tolto la neve attorno al tubo di scappamento e ho allineato gli sci in modo da proteggerlo,» le spiegò Dane. «Così potremo tenere acceso il motore ancora per un po' prima che i gas di scarico intasino la marmitta.»

«Oh!» Dane riusciva a sentirla rabbrividire pur avendola solo accanto. «Grazie, Boy Scout. Per un attimo avevo pensato che stessi creando spazio per infilarci il mio corpo mutilato, dimenticandomi che sarei potuta morire per le esalazioni dei gas di scarico.»

«Cristo,» imprecò Dane ridendo, sperando di non suonare minaccioso. «L'unica cosa che vorrei mutilare in questo momento è un cheeseburger, media cottura con contorno di anelli di cipolla.»

«Meglio così,» gli rispose Willow, «perché è già stata una giornata abbastanza disgustosa.»

«Davvero?» Dane si appoggiò al poggiatesta. «Diciamoci tutte le cose orrende che ci sono successe oggi. Inizia tu.»

«Okay, bene.» La sua voce sembrava incerta e Dane pensò che gli sarebbe piaciuto poterla guardare in viso. Il tono di voce che aveva usato suggeriva una leggera smorfia creata da quelle bellissime labbra rosa, tutte da baciare, che aveva intravisto poco prima. «Il mio pick-up potrebbe essere defunto e non posso permettermi di comprarne un altro.»

«Mi dispiace,» disse Dane.

«Tocca a te,» lo incitò Willow.

«Va bene. Avrei dovuto guidare fino a Keene stasera e domani ho un volo per Boston, ma le strade sono uno schifo e ho la Jeep bloccata nella neve. Tocca a te.»

«Questo non è proprio giusto. Io non avrei dovuto essere per strada, ma ho dovuto farlo perché sono rimasta senza il mangime per le galline, e in quel momento mi sembrava una cosa molto importante. Ma, adesso, ho realizzato di non aver controllato se avevano ancora dell'acqua, e le galline tendono a morire prima di sete che di fame. A te.»

«Anche noi moriremmo prima di sete. Vai.»

Dane sentì che Willow si era voltata verso di lui nel buio. «Questa non vale, signorino,» disse la donna. «Noi non siamo intrappolati in un pollaio come loro e in più siamo sommersi dall'acqua. Che mi dici di questa: ho dimenticato una pentola con del chili sul fuoco, in cucina, e a questo punto sarà tutto bruciato. Vai.»

«Nuova regola,» annunciò Dane. «Non parliamo più di cibo. Ho iniziato ad allenarmi alle cinque e mezza di questa mattina e ho pranzato più di cinque ore fa. Tocca a te.»

«Va bene...» Willow sembrava non riuscire più a trovare nulla di cui lamentarsi. Almeno nulla che volesse condividere con uno sconosciuto. «Domani dovrò spalare per un tempo infinito.»

«Questa volta sono io che la dichiaro non valida,» disse Dane. «Perché spalare significa neve e io vivo per la neve. Ed ecco che arriva la vera delusione. Come minimo ci sarà mezzo metro di neve fresca e io non potrò sciare domani perché sarò in viaggio.»

«La neve sarà sempre qui quando sarai di ritorno,» puntualizzò Willow.

«Non sei una sciatrice, vero? Non c'è niente di più bello come sciare sulla neve fresca. Volare su una discesa di neve incontaminata è la miglior cosa che ci sia. Meglio anche del sesso.»

Willow scoppiò a ridere. «Non lo hai detto sul serio.»
«Cosa?»
«Mi spiace moltissimo per la tua ragazza,» lo prese in giro.
«Non ho una ragazza.»

Quell'affermazione non fece che farla ridere ancora di più. «Mi dispiace, non sono un'esperta sciatrice, così forse è possibile che tu sappia delle cose che io ignoro. D'altro canto, è anche probabile che tu abbia conosciuto ragazze sbagliate.»

Dane rise nel buio. «Touché. Penso che adesso tocchi a te.»

«Okay,» iniziò sospirando. «Il mio ex fidanzato mi ha chiamato oggi chiedendomi di vendergli la moto e di inviargli i soldi. Come se per me fosse una cosa da nulla, e nonostante mi abbia lasciata nei debiti.» La sua voce tremò un po' verso la fine. Il loro piccolo gioco si era trasformato in una sorta di confessionale. «Adesso tocca a te.»

«Mio fratello sta morendo,» disse di colpo Dane. «E in questo momento dovrei andare da lui.» Cristo. Non aveva idea di cosa lo avesse spinto a dirglielo. Dire che lui non condivideva le sue cose personali era usare un eufemismo, ma il buio e il dolce suono della voce della ragazza gli avevano sciolto la lingua.

«Mi dispiace,» sussurrò Willow.

Al buio Dane scosse la testa. «È stata una malattia molto lunga, sapevo che questo momento sarebbe arrivato.»

«Come si chiama?»

La sua scelta di domande gliela fece apprezzare ancora di più, perché non aveva semplicemente chiesto il solito *che malattia ha preso?* Invece, aveva chiesto qualcosa di molto più rilevante, qualcosa che onorava suo fratello proprio come Dane avrebbe voluto, come un uomo felice e sorridente. Il padre che Dane non aveva mai avuto.

«Si chiama Finn,» le rispose. «Finn e Dane. A mia madre era sempre piaciuta la Scandinavia.»

Povero Finn.

Erano più di quindici anni che Dane sapeva che suo fratello sarebbe morto; quando lui era poco più che adolescente, Finn lo aveva fatto sedere e gli aveva spiegato la cosa. «Questa malattia ha ucciso la mamma, e forse ucciderà anche me, ma forse non te, Danger man. Tu continua solo a sciare veloce e forse vincerai su di lei.»

Lui e Finn avevano dieci anni di differenza e quando era arrivata la diagnosi, Finn aveva venticinque anni. Suo fratello aveva iniziato a mostrare i primi sintomi una decina d'anni prima rispetto alla maggior parte delle persone affette dalla stessa malattia. In quel momento Finn non aveva ancora compiuto quarant'anni e lui stava per compierne trenta.

E, forse, quei sintomi si sarebbero fatti vivi anche con lui.

Non importava ciò che gli aveva detto suo fratello, Dane ne era certo. Aveva passato gli ultimi quindici anni della sua vita cercando di accettarlo. E quello era diventato anche il suo unico vero segreto. Il fatto che suo fratello fosse malato poteva anche trapelare, mentre era seduto accanto a una ragazza con i capelli di seta, in un'auto buia... quello non aveva importanza, ma niente gli avrebbe mai fatto uscire l'altra verità dalle labbra. Se chiunque avesse mai scoperto della bomba genetica a orologeria che lo attendeva, Dane avrebbe perso il suo posto all'interno della squadra di sci e anche i suoi sponsor. Tutto.

«Non deve essere una cosa facile,» disse Willow a bassa voce. «Guardare qualcuno morire.»

Dane portò le braccia all'indietro afferrando il poggiatesta con entrambe le mani. «Tutti ce ne andremo un giorno, giusto?» Quante volte Dane si era ripetuto quella frase? Un milione? E sempre con la sfortunata consapevolezza che anche se c'erano molti modi per morire, lui aveva visto uno dei peggiori. Prima sua madre, e poi Finn.

«Credo di si,» rispose Willow con dolcezza.

«Incluse le tue galline?»

Willow si mise a ridere. «Non dirlo, ti prego. Probabilmente staranno bene. Sono solo arrabbiata con me stessa per essermi messa per strada in mezzo a una tormenta di neve. Ho cercato di diventare una ragazza di campagna, ma probabilmente non ci riuscirò mai.»

«Quindi, nemmeno tu sei di queste parti, proprio come hai accusato me qualche istante fa...»

Willow si mise a ridere di nuovo. Era come una melodia e Dane decise che avrebbe voluto risentire il suono di quella risata altre volte ancora, prima che arrivasse lo spazzaneve. «No, prima di trasferirmi qui ho vissuto a Manhattan per sette anni. Sono andata alla New York University e lì ho fatto anche la maggior parte del mio dottorato.»

«Poi... hai deciso di mollare tutto e di venire nel bel mezzo del nulla per allevare galline?»

«Ugh. Devo proprio raccontarti questa parte?»

«No,» le rispose Dan. «Non se ti fa stare male.»

«È solo dolorosamente stupido,» sospirò prima di continuare. «Ho seguito un ragazzo qui, due anni fa. Era molto interessato all'idea di ritornare alle origini, a coltivare la terra. Sfortunatamente era anche molto interessato a una cantante folk di ventun anni. Così adesso mi trovo a possedere una fattoria centenaria, posata su sei ettari di terra che non posso vendere. Non riesco a trovare un lavoro decente, e non riesco nemmeno a finire il dottorato. Sono come bloccata e non posso biasimare nessuno per questa situazione.»

«Eccetto lo stronzo.»

«Eccetto lui, ma se io fossi stata più furba, non sarebbe mai successo. Adesso è in California, e lui sì che si è fatto furbo, perché *lei* ha un fondo fiduciario.»

«Cristo, mi dispiace.»

«Anche a me.»

Per un attimo rimasero in silenzio. «Scusami un attimo, vado a controllare il tubo di scappamento,» disse. Dane aprì la porta, il che fece di nuovo accendere la luce all'interno dell'abitacolo, così che Dane potesse guardarla per un altro istante. In quel momento gli stava sorridendo, e i suoi grandi occhi color nocciola stavano brillando. Dio, era veramente bella. In un mondo perfetto, avrebbe potuto far scorrere le dita in quei capelli e assaggiare quelle labbra perfette. Se avesse potuto sognare alla grande, in un mondo perfetto avrebbe potuto tornare a casa da una donna come lei tutte le sere.

Ma non in quel mondo. Non in quello reale, così chiuse la porta.

Il vento gli sferzò il viso mentre camminava verso il retro della Jeep. Per un attimo non riuscì a vedere nulla. Le folate erano così forti che dovette sporgere la mano per riuscire a trovare la sagoma dell'auto. Arrivò fino sul retro della Jeep, dove, grazie ai fanali posteriori, Dane riuscì a rendersi conto che la neve stava scendendo ovunque, accumulandosi dappertutto, nonostante la piccola tettoia che lui aveva cercato di creare con gli sci. Cercò di scalciare via quanta più neve possibile dal retro dell'auto, ma stava scendendo incredibilmente in fretta. Troppo per poter tenere ancora il riscaldamento acceso.

CAPITOLO DUE

WILLOW RIMASE sola per alcuni istanti, ma non furono affatto piacevoli, perché quando Dane aveva aperto la portiera, i rumori provenienti dalla tormenta erano stati molto forti. Cosa aveva fatto per rimanere bloccata là fuori? Ecco un altro di quegli stupidi errori da aggiungere a una lista infinita.

Quando Dane riaprì di nuovo la portiera, comparendo con il suo caloroso sorriso, Willow si sentì molto meglio. Con la luce dell'abitacolo accesa riuscì a vedere l'intensità del blu dei suoi occhi, e la straordinaria lunghezza delle ciglia. I suoi capelli ondulati erano deliziosi.

«Okay,» disse Dane, saltando sull'auto prima di richiudere la portiera. «Non ti allarmare.»

«Perché?» A Willow non era affatto piaciuto il tono di quell'affermazione.

«Non ho mai visto la neve accumularsi in questo modo nel New England.»

«E dove l'hai vista?» chiese subito Willow cercando di nascondere la sua paura.

«Tahoe una volta e anche a Zermatt.» Dane alzò il riscaldamento al massimo per un minuto, cercando di riscaldare l'auto, poi girò la chiave, spegnendo il motore. Spense i fanali e da quel momento furono immersi nella più completa oscurità.

«Cosa sei? Un meteorologo?»

«Solamente durante la stagione sciistica,» le rispose.

Willow sospirò. Sarebbero morti congelati? «Che lavoro fai?»

«Sono uno sciatore di sci alpino.»

«Ed è un lavoro?»

Dane si mise a ridere: «Lo è se non ti importa di scendere ai centotrenta chilometri all'ora.»

Willow girò la testa verso di lui. «Dici sul serio? Fai gare?» Non c'era da stupirsi che avesse tutti quegli sci in auto e nessun sedile posteriore.

«Sì, signora.»

«Be', questo sì che è divertente.» E a essere sinceri, anche sexy.

«Lo è, eccetto quando non lo è.»

«E quand'è che non è divertente?»

«Quando perdo o cado e di solito entrambe le cose succedono nello stesso istante.»

Willow si mise a ridere. «Vuoi dirmi che tu non hai mai semplicemente perso?»

«Sono famoso per essere uno che fa il botto. O vinco o vado casa, come si dice.»

«Aspetta... Dane. Come ti chiami di cognome?»

«Hollister.»

«Non è possibile! Danger Hollister. Sei proprio tu? L... l'olimpionico?»

«Sono io, nome stupido e tutto il resto.»

«Ma sul serio tua mamma ti ha chiamato Danger?»

«No, l'ho cambiato io in Danger da Dane, quando mi sono unito al circuito.»

«Perché?» domandò Willow ridendo.

«Perché avevo ventun anni... e a quell'epoca mi era sembrata una buona idea.»

«Quale nome è riportato sulla tua patente?»

Dane frugò al buio cercando qualcosa nelle tasche, poi accese la luce nell'abitacolo e si sporse verso di lei. «Rifatti gli occhi su questa.»

Willow scoppiò a ridere di gusto, perché c'era scritto Danger Hollister, poi alzò lo sguardo su di lui e vide passare nei suoi occhi blu un lampo di umorismo. Willow si rilassò un po', nonostante fosse bloccata in un'auto senza riscaldamento in mezzo a una bufera. Essere seduta accanto a lui, però, era quasi divertente.

Dane spense di nuovo la luce. «Lo spazzaneve se la sta prendendo comoda.»

«Di solito fanno un buon lavoro su questa strada,» gli rispose Willow. «E l'unica ragione per cui lo fanno è la stazione sciistica. Le persone ricche devono essere in grado di raggiungere le loro case per le vacanze.» A quel punto realizzò l'errore che aveva appena commesso e continuò: «Ho appena detto una cosa del tutto stupida.»

«No, credo invece che tu abbia centrato il punto abbastanza bene,» disse Dane. «Ma sono proprio quelle persone ricche che mi permettono di lavorare. Le gare di sci non riescono a prendere soldi dalle piccole stazioni sciistiche, però ne abbiamo bisogno per mantenere vivo lo sport.»

«Cosa ci fai qui ad Hamilton?» domandò Willow.

«Mi alleno per un po',» le rispose. «Tra una gara e l'altra. Rimarrò qui a intervalli regolari fino alla primavera.»

Willow si passò le mani sulle braccia, perché con il motore dell'auto spento, stava iniziando a fare freddo. Portò le mani all'indietro cercando il cappuccio della giacca ma non lo trovò, visto lo aveva tolto la settimana precedente, lasciandolo nell'ingresso di casa. «E certo!»

«Scusa?»

«Niente,» sospirò Willow. «Mi sono solo meravigliata per l'ennesima volta della mia stupidità. Lo faccio ogni mezz'ora circa.»

«Hai freddo?» domandò Dane. «Aspetta...» Si sporse all'indietro in mezzo ai sedili. «Non riesco a prenderlo...» Dane si voltò infilandosi in mezzo ai sedili ed emergendo poco dopo con qualcosa di ingombrante. Willow sentì un rumore di plastica e poi ebbe come l'impressione che un piumino venisse aperto in mezzo a loro.

«Tieni un sacco a pelo in auto?» domandò.

«Per le emergenze,» replicò Dane. «Guido parecchio in condizioni climatiche non molto buone, ma di solito lo uso per dormire sul pavimento delle camere d'albergo di altre persone.» Willow sentì il rumore di una cerniera. «Ecco qua,» disse Dane. «Tieni quest'angolo.»

Nel buio, Willow incontrò le sue mani sull'angolo del piumino. Dane fece scorrere la cerniera lungo tutto il contorno del sacco a pelo. «A posto,» disse infilando il suo angolo sotto il volante, poi si piegò in avanti e afferrò la leva sotto al sedile per spingerlo tutto indietro. «Così potremmo aspettare un po' più comodi.»

«Giusto, e comunque grazie. Starei morendo di freddo nel mio pick-up.»

«Non dirlo nemmeno,» le rispose Dane.

Il cuore di Willow iniziò a batterle nel petto, senza che riuscisse a capirne il motivo. C'era qualcosa di molto intimo nello stare seduta lì, sotto a un sacco a pelo. Dopo una sola ora in sua compagnia, si stava già prendendo una cotta per lui. Anche lei si sporse in avanti per afferrare la barra sotto al sedile, per spingerlo un po' indietro. «Adesso ci mancano solo un bel film e i pop corn,» disse Willow, «e sarebbe come ogni sera a casa mia.»

«Hai di nuovo parlato di cibo,» si lamentò Dane. «Smettila, donna.»

«Io faccio degli ottimi pop corn. Il trucco è usare l'olio di cocco e la giusta quantità di sale.»

«Mi stai uccidendo in questo momento.» La risata di Dane la riscaldò almeno quanto il sacco a pelo.

———

Rimasero in silenzio per un lungo momento, durante il quale Dane rimase in ascolto del respiro di Willow, seduta a pochi centimetri da lui. Cercò di pensare di stare guardando un film a casa, in una serata tranquilla con una ragazza come lei. Non si permetteva di fare quel tipo di pensieri molto spesso né di soffermarsi a pensare alla stranezza della sua vita. La metà degli uomini del New England, in quel preciso istante, dovevano essere distesi sul divano accanto alla loro donna, guardando un film alla TV. Quello era ciò che faceva la gente durante le tempeste di neve.

Gente che non era Dane.

Per lui non potevano esistere relazioni di alcun tipo. Così, non si era mai rannicchiato accanto a nessuno, non aveva mai appoggiato i piedi sul tavolino davanti al divano, vicino a quelli di una donna, e non si era mai girato nel letto trovando un corpo caldo accanto a sé.

Non era un monaco, quello no, ma scopare era una cosa diversa. E di quell'attività ne aveva fatta parecchia. Ma dato che la sua politica molto restrittiva prevedeva di passare una notte soltanto con la stessa donna, non aveva mai dormito con nessuna, non nel senso letterale del termine, e non si era mai addormentato accanto a un'amante. Non da dopo l'adolescenza, perlomeno, perché dopo che aveva capito che la sua vita non avrebbe avuto un lieto fine, non aveva più voluto avere una ragazza. Non si sarebbe mai sposato. Nessuna donna avrebbe detto "Lo voglio" a ciò che lui poteva offrirle, ovvero vederlo deteriorarsi e dovergli asciugare la bava dalla bocca.

Nel circuito delle gare, però, c'era sempre una ragazza della squadra femminile o una sua ammiratrice che non vedeva l'ora di aprire le gambe per lui. Dal canto suo, prima di iniziare Dane dettava sempre le sue regole. E nonostante quel suo modo di fare, raramente era stato rifiutato, soprattutto da quando aveva iniziato a vincere le gare di Coppa del Mondo. Le medaglie d'oro erano un potente afrodisiaco. C'era poi una sciatrice in particolare, Kelli, con la quale aveva condiviso più di una sola notte. E sì, c'era stato qualcosa. Qualche volta, durante la stagione, quando la pressione si faceva troppo alta, lui richiedeva una seconda chiave per la camera d'albergo alla reception e la dava a una svedese, Kelli, appunto, che parlava l'inglese tanto quanto lui lo svedese, cioè praticamente nulla, e che accettava la chiave senza dire nulla.

Nella tarda serata, che per gli sciatori d'élite non era mai oltre le undici, perché iniziavano sempre molto presto al mattino, lei entrava in silenzio nella sua stanza e si toglieva tutti i vestiti. Si leccavano, strusciavano e scopavano per un paio d'ore e poi, una volta soddisfatti, Kelli spariva senza dire una parola.

Era perfetta per lui.

Ma in quel momento si trovava ad avere un'erezione sul sedile della sua Jeep gelida. E tutto perché se ne stava seduto sotto a un sacco a pelo con una bella ragazza, sentendosi del tutto stupido. La vita delle gare di sci era molto eccitante, ma quella sera l'eccitazione che provava sugli sci non gli sembrava sufficiente. In quel momento avrebbe voluto avere quello che avevano i ragazzi con la pancia da birra e pochi capelli: una bella ragazza che gli appoggiava la testa sulla spalla mentre gli chiedeva di cambiare canale alla TV o di andare a prenderle qualcosa da bere.

Dane si tolse i guanti e si massaggiò il viso.

«Cosa c'è che non va?»

Anch'io sono stupido, avrebbe voluto risponderle. «Sento che mi si stanno abbassando gli zuccheri nel sangue,» le disse invece. «Se siamo fortunati, potrai trovare un paio di barrette energetiche nel vano portaoggetti.»

La sentì aprire lo sportellino e poi armeggiare dentro al vano. «Bingo,» disse, mentre Dane sentiva lo scricchiolio della plastica. «Ecco qua.»

Dane le porse la mano nel buio e lei, dopo averla trovata, con le mani ancora avvolte nei guanti, gli lasciò cadere entrambe le barrette sul palmo. Dane appoggiò le barrette sulle ginocchia e le afferrò la mano prima che potesse ritirarla. «Aspetta,» disse, togliendole il guanto, e prendendo la mano tra le sue. Aveva la pelle morbida, e fu difficile lasciarla andare. «Bene,» disse. «Non sei ancora troppo fredda.» Detto ciò, le rimise il guanto.

———

Quando quelle due mani enormi la lasciarono andare, un brivido le percorse la nuca. «Perché lo hai fatto?» domandò con voce roca.

«Se non hai le mani fredde, il tuo corpo è ancora abbastanza caldo,» disse abbassando il tono di voce.

«Oh,» sussurrò lei.

«È una norma basilare del pronto soccorso in caso di basse temperature. Preferisci burro di arachidi o uva passa e avena?» domandò.

Willow arrossì e fu grata che fossero al buio. «Mangiale pure entrambe,» gli rispose.

«Assolutamente no, insisto per condividere con te questo banchetto.»

«Sei un vero gentiluomo,» osservò sorridendo. «Sorprendimi.»

«Ottima scelta, perché non posso leggere le etichette.» Dane aprì una delle confezioni. «Sporgi la mano.»

Willow fece ciò che le era stato chiesto, ritrovò di nuovo la mano di Dane e cercò di non pensare troppo al tocco dell'uomo mentre le appoggiava la barretta energetica sul palmo. «Grazie.»

Dane non rispose, ma Willow lo sentì aprire la sua barretta e iniziare a mangiarla.

Mangiarono in silenzio, e Willow cercò di allontanare la strana attrazione che stava provando per quello sconosciuto, ma qualcosa nel suo modo di fare la attirava. Al buio, la sua voce profonda accennava a segreti nascosti. Sperò che lui le prendesse di nuovo la mano tra le sue e che si dimenticasse di lasciargliela andare.

«Allora,» iniziò Dane dopo un po'. «Cos'ha fatto di lui uno stronzo?»

«Oh, il mio ex ragazzo? Lui...» *Non mi ha mai amata.* «Io mi sono innamorata e lui no. E lo sono rimasta per due anni sperando che le cose potessero migliorare. Ma lui voleva solo un fan club, e una casa in cui vivere.»

«Brutta cosa,» osservò Dane, la cui voce era un suono molto piacevole da ascoltare. Il silenzio calò di nuovo su di loro e poi lui riprese. «Hai sentito anche tu qualcosa?»

Willow si immobilizzò per riuscire a sentire meglio, e tra le sferzate del vento sentì anche lei qualcosa. Il rumore di un motore.

Dane girò la chiave per avviare la Jeep e questa tornò in vita. Accese gli abbaglianti, le quattro frecce e anche i tergicristalli, e mentre lei guardava davanti a sé, uno spesso strato di neve scivolò via dal parabrezza. «Wow,» disse mentre piano piano cominciavano a vedersi i fari. «Non stavi scherzando quando parlavi di accumulo.»

Dane si voltò sul sedile cercando di guardare dietro di lui, dove un altro tergicristallo aveva ripulito il lunotto posteriore. «È proprio dietro di noi,» disse.

«Evvai!» esclamò Willow, ma stava mentendo. Anche se sembrava del tutto ridicolo, non era ancora pronta a lasciare che quel loro strano appuntamento finisse. La sua fattoria era buia, piena di spifferi e solitaria.

«Abbiamo bisogno di più luce,» disse Dane, accendendo anche quella all'interno dell'abitacolo. «Essere speronati da uno spazzaneve non è il modo migliore per terminare questa serata.»

Anche Willow si voltò per riuscire a vedere qualcosa. Le loro teste quasi si sfiorarono. Il bagliore dei fari diventava sempre più visibile e anche se doveva essere ancora a centinaia di metri di distanza, Willow fu sicura di intravedere la luce giallo-arancione del lampeggiante posto sui mezzi municipali. «Si fermerà per aiutarci, vero?» domandò preoccupata.

«Certo, a meno che non sia un perfetto stronzo, proprio come il tuo ex fidanzato.» Gentilmente le diede una leggera testata, sfiorando con il suo berretto in lana quello di Willow. Proprio come se le avesse dato il cinque in una speciale versione invernale.

Willow rise, ma i suoi occhi erano fissi sullo spazzaneve. Quando tutto fosse finito, gli avrebbe chiesto il numero di telefono. Danger Hollister era davvero un ragazzo carino.

CAPITOLO TRE

MENTRE I LAMPEGGIANTI diventavano sempre più visibili, Dane sapeva che avrebbe dovuto sentirsi sollevato. Ma per lui si trattava solo di un passaggio verso un'altra notte solitaria, nella sua stanza d'albergo in Main Street dove c'era solo una copia di *Sport Illustrated* e della musica a tenergli compagnia. Oppure avrebbe passato il tempo a preoccuparsi per Finn, l'ultima persona al mondo che poteva dire di conoscerlo.

Ma mentre Dane lo stava guardando, lo spazzaneve svoltò all'angolo, imboccando un'altra strada. «Ma che...?»

La luce all'interno dell'abitacolo era ancora accesa, così si girò verso Willow che non sembrava affatto sorpresa. «Sapevo che sarebbe potuto succedere,» disse.

«Perché?»

«Siamo molto vicini al confine cittadino. Qui siamo sul territorio di Westland, e scommetto che lo spazzaneve appartiene ad Hamilton. Probabilmente non ci ha nemmeno visto.»

«O magari l'autista era il tuo ex?»

Quelle bellissime labbra si incurvarono in un sorriso e Willow gli diede un pugno leggero sul braccio. «Questa volta io non c'entro nulla. Forse era una delle tue.»

«Giusto,» disse Dane, non distogliendo mai lo sguardo dal suo sorriso femminile. Pur contro voglia, spense di nuovo la luce all'interno dell'abitacolo.

Scherzi a parte, uno dei benefici dell'essere una persona solitaria era che lui non aveva ex-ragazze, mentre gli altri ragazzi del circuito erano sommersi di problemi per colpa delle ex. Spense anche i fari, così come il motore. Tornò il silenzio.

«Cosa facciamo adesso?» domandò Willow e Dane fu contento di sentire che il suo tono di voce era scherzoso e non spaventato.

«Oh, credo di avere una birra.»

«Sarebbe molto bello se non stessi scherzando.»

Dane cercò a tastoni nella parte bassa della portiera accanto a sé, fino a che la sua mano non si chiuse attorno a una bottiglia. Prese le chiavi di accensione e, con il cavatappi che teneva agganciato al portachiavi, aprì la bottiglia. «A te il primo sorso. Sporgi la mano, che non possiamo farne cadere nemmeno una goccia.»

«Sul serio? Hai una birra?»

Dane trovò le sue dita e gliele fece stringere attorno alla bottiglia. «Ti do un dollaro se mi dici di che marca è.»

Ridendo Willow ne bevve un sorso. «Saint Pauli Girl.»

«Non è possibile, cazzo!»

Willow si mise a ridere. «Hai lasciato le quattro frecce accese, e in più conosco l'etichetta, quella con la ragazza con il tipico costume tedesco e con le tette grosse...»

Dane spense le quattro frecce e disse: «Imbrogliona.»

«Non posso credere che tu avessi una birra in auto.»

«Me l'ha dato lo ski man per il viaggio. Me ne sono dimenticato finché le barrette non mi hanno fatto venire sete.»

«Eccoti,» disse Willow ripassandogli la bottiglia. Dane cercò di mettere le sue mani su quelle di Willow mentre le prendeva la bottiglia, e poi di nuovo quando gliela ripassava dopo averne bevuto un sorso. Perché stava facendo tutto quello? Non era mai stato così desideroso di toccare la mano di qualcuno fin da quando aveva finito le scuole medie.

«Non è che hai nascosto da qualche parte una confezione da sei, vero?»

«No,» sorrise Dane. «Vorrei averla, ma poi dovremmo fare pipì.»

Quella risposta la sorprese mentre stava bevendo e un sorso le andò per traverso.

«Calma,» la riprese Dane. «È liquido prezioso quello che stai tenendo in mano.»

Willow gli ripassò la bottiglia. «Non l'ho sputata, giuro.» Con tutte le luci spente, era davvero molto, molto buio. Dane non riusciva a vederla per niente, e quell'effetto sembrava affinare la sua percezione dei suoni al buio. Ogni respiro, ogni parola che Willow diceva sembrava intima.

«La vescica piena ti può essere d'aiuto solo se si è intrappolati in una slavina, non in una Jeep,» disse Dane, cercando di mantenere viva la conversazione.

«Perché una vescica piena... No, non importa. Non lo voglio sapere.»

«Ragazza intelligente.» Dane bevve un altro piccolo sorso e le ripassò la bottiglia, prendendole le mani tra le sue. Bevvero piccoli sorsi per far durare la bottiglia il più possibile, ma finì comunque in fretta. «Finiscila pure tu,» disse Dane voltandosi verso di lei.

«Okay,» gli rispose Willow deglutendo l'ultimo sorso. «Ma solo perché ho un'altra cosa da aggiungere a questa festicciola.»

Quella volta, quando lei gli ripassò la bottiglia, Dane le afferrò la mano e non gliela lasciò più andare. «Di cosa si tratta?» domandò Dane, chiedendosi come avrebbe reagito Willow al suo gesto. Le sue dita erano sottili e delicate.

Willow rimase in silenzio prima di rispondere, e Dane si

chiese se non si fosse spinto troppo oltre. Ma lei non tirò via la mano. «La mia tasca è piena di uva passa,» disse Willow.

«In tasca?» Willow non aveva ancora ritirato la mano, così lui le mise l'altra mano sulla sua.

«Sì,» sospirò. «Avrei dovuto darla in premio alle mie galline, ma ti giuro che non c'è sputo di pollo sopra. È pulita.»

Dane le mise la mano di piatto e la strinse in mezzo alle sue due, massaggiandole con gentilezza le nocche. «Perché, le galline sputano?» domandò.

«No,» sussurrò lei.

Forse Dane non era l'unico che trovava il loro toccarsi da adolescenti eccitante. «Non lo sapevo,» le disse prima di voltarle la mano nelle sue, massaggiandogliela.

———

Cosa cavolo stava succedendo? Willow non aveva mai pensato al palmo della sua mano come a una zona erogena prima di allora, ma la sensazione dei polpastrelli di Dane sulla sua pelle era elettrizzante. «Ti piace l'uva passa?» domandò stupidamente.

«Certo,» le rispose.

Willow infilò la mano libera nella tasca. «Allora... che mi dici di raccontarmi qualcosa su... Qualcosa che hai imparato nella vita. Se lo fai, te ne darò un acino.»

Dane si mise a ridere, continuando a massaggiarle lentamente il palmo della mano con il pollice. «Qualcosa che ho imparato nel modo peggiore. Che mi dici di questo: la gravità non si prende mai un giorno libero. È una cosa che si impara abbastanza in fretta nel mio lavoro.»

«Hmm,» mormorò Willow, distratta dal suo tocco. «È una cosa un po' ovvia, ma te la concedo.» Tirò fuori un acino dalla tasca e glielo mise in mano.

Per un attimo Dane la lasciò andare, giusto il tempo di infilarsi l'uva in bocca. «Grazie,» disse, ritrovando subito la sua mano al buio. «Adesso dimmi tu qualcosa di intelligente.»

«Va bene,» disse lei. «Non ho mai programmato di allevare galline, ma osservarle è una cosa affascinante. Se prendi dei pulcini di tre giorni che non hanno mai visto una chioccia e che non sono mai usciti dalla scatola di cartone, beccheranno la farina di mais con la quale li alimenterai. Ma se provi a mettere un verme nella scatola, impazziranno e lotteranno per ucciderlo. Diventano matti con i vermi, anche se non ne hanno mai visto uno prima. L'istinto è una cosa reale.»

E non solo quello dei pulcini, perché improvvisamente anche lei provava tutta una serie di istinti.

«Be', questo sì che è interessante,» disse Dane che le stava ancora massaggiando la mano, e con il pollice le riscaldava il palmo. «Se fossi io a giudicare, direi che ne hai vinto un acino.»

Willow se ne infilò uno in bocca. «Tocca a te.»

«Okay,» disse Dane. «Ho imparato che sugli aerei il cibo fa universalmente schifo, non importa dove stai andando e non è affatto un cliché.»

Quella volta, quando Willow sporse l'acino di uva passa verso di lui al buio, Dane le afferrò la mano e se la portò alla bocca. Il palmo di Willow gli sfiorò il mento mentre Dane si portava l'acino verso le labbra. «Grazie,» sussurrò. «Adesso è il tuo turno.»

Willow incrociò le dita con quelle di Dane e si accorse che le mani di quest'ultimo erano molto più grandi delle sue. Così calde e forti. «Hmm... Ho imparato che se vuoi impedire che il guacamole diventi marrone, ci devi premere una pellicola trasparente sopra.»

«Ed ecco che hai di nuovo menzionato il cibo,» la rimproverò.

Le sue dita le accarezzarono la pelle sensibile sopra il polso, e Willow fu grata che il buio impedisse a Dane di vedere il suo viso. Quella sensazione le fece chiudere gli occhi. «Ma anche tu hai menzionato il cibo,» sussurrò poi. Intrappolata in un'auto durante una tempesta di neve avrebbe dovuto farla sentire stupida, invece stava cominciando ad avere le vertigini e si sentiva stranamente e impropriamente felice.

«C'è una grandissima differenza. Io ho parlato di cibo cattivo. Il tuo guacamole contro il cibo degli aerei... in un incontro in gabbia, secondo te, chi vince?»

«Il mio guacamole, ovvio,» rise Willow. «Ma tu non puoi saperlo, quindi... su... dimmi qualcosa di empiricamente vero e ti darò un altro acino di uva passa.»

Dane sospirò e quel suono le fece sperare di poter sentire il suo respiro contro il viso. «Va bene. Se non guardi l'ago mentre ti fanno un'iniezione, fa meno male.»

Be', questo era un po' improbabile. «Sì... come no...» Il battito del suo cuore iniziò a galoppare. Era una cosa da pazzi toccare quello sconosciuto. Era da fuori di testa e, in più, lei non era proprio il tipo. Ma c'era qualcosa in lui che le impediva di smettere. Willow infilò la mano nella tasca e prese un altro acino, ma quella volta lo portò lei stessa alla bocca di Dane, facendo scorrere deliberatamente il dito sul suo labbro inferiore prima di infilarglielo in bocca. Dane chiuse le labbra, bloccandole le dita. Le succhiò i polpastrelli mentre lei ritraeva la mano.

Buon Dio, quello sì che era stato sexy.

«Tocca a te,» sussurrò Dane.

Willow sentiva il senso di vertigine aumentare, e quella poteva essere l'unica spiegazione che si poteva dare per ciò che disse dopo pochi istanti. «Ultimamente,» sussurrò, «ho imparato che non tutte le brutte giornate finiscono male.» Era troppo buio per poter leggere l'espressione di Dane, anche se lei fosse stata così coraggiosa da guardarlo.

In tutta risposta, lui le strinse la mano e poi le diede un piccolo strattone, attirandola verso di sé. Willow trattenne il fiato, chiedendosi se stesse per fare ciò che lei sperava facesse.

Era buio, molto buio.

Willow sentì il respiro sul suo viso prima che le labbra di Dane trovassero il suo zigomo. L'uomo si fermò in quella posizione per due battiti del suo cuore, mentre quelle labbra le offrivano una sensuale carezza contro la pelle. Poi, con un sospiro Dane voltò il mento e trovò la sua bocca. Il primo bacio fu rapido, una carezza a fior di labbra che si concluse con quelle di Dane appoggiate sull'angolo di quelle di Willow. «Ti va bene?» sussurrò. Quelle parole le vibrarono sul viso. «Se mi dirai di andare a quel paese, capirò.»

Willow gli rispose accarezzandogli con la punta del naso il profilo, su e giù. Dane appoggiò le labbra sulle sue e di nuovo si fermò, ma fu più un attimo di esitazione che un momento di forte anticipazione. A Willow smise quasi di batterle il cuore, mentre aspettava la mossa successiva, poi le labbra di Dane aprirono le sue e le infilò la lingua in bocca. Quando Willow lo incontrò, assaggiandolo, lo sentì gemere e quel suono le fece tornare a battere il cuore.

Willow sentì entrambe le mani di Dane arrivarle sulla nuca, poi l'uomo infilò le dita al di sotto del berretto in lana, dritte in mezzo ai suoi capelli. L'attirò a sé, baciandola con ardore, mordicchiandole le labbra, e infuocandole la bocca. L'effetto fu intossicante e, d'un tratto, il corpo di Willow fu troppo lontano da quello di Dane, a causa di quella dannata auto che impediva loro di muoversi liberamente. Willow avrebbe voluto stringergli le braccia attorno al corpo e sapere molte più cose su di lui, che non qualche piccola informazione che lui le aveva concesso, ma si dovette accontentare di afferrargli in modo più o meno decente le spalle, che sembravano molto forti sotto le sue mani.

La sua coscienza le diede un pizzicotto. *Willow, stai per scoparti uno sconosciuto nella sua auto.*

No, disse a se stessa. Stava per scoparsi un dio sexy della neve durante una tormenta. E sì, era sicura fossero due cose diverse.

Attorno a loro la notte era del tutto silenziosa. Anche il vento aveva smesso di soffiare. Willow si accoccolò contro di lui sotto la coperta improvvisata, mentre la neve continuava a coprire la Jeep. Tutto il mondo svanì, eccetto che le labbra di Dane sulle sue, la lingua dell'uomo che scivolava sulla sua, mentre le accarezzava i capelli.

«Willow,» sospirò, quando interruppe il bacio per prendere aria. «Mi piace il tuo nome.»

«Mmm,» gli rispose, godendosi il solletico dei suoi capelli sulla fronte. «Non sono sicura di cosa stessero pensando quando mi hanno chiamato così.»

Dane le diede un bacio. «Non glielo hai mai chiesto?»

«Non ne ho mai avuto l'occasione,» disse in un sussurro. «Non vedo i miei genitori da quando avevo quattro anni.» Quel discorso avrebbe potuto rovinare l'atmosfera, così Willow gli portò le mani sul viso, accarezzandogli gli zigomi con i pollici, prima di scendere verso le labbra, e continuò così fino a che Dane non rabbrividì.

«Forse,» disse, ricominciando a baciarla, «stavano pensando che i salici si piegano ma non si spezzano.»

Willow sorrise nel buio dell'auto. «Sai? Credo di averlo già sentito prima d'ora.»

Dane la baciò ridendo. Non riuscivano a staccare le labbra l'uno dall'altra. «Non hai paura di dirmi che sto dicendo delle stronzate. La maggior parte della gente non lo fa.»

«No?» Nonostante fosse una notte gelida, Willow era bollente. «Dovrebbero farlo.»

Dane la baciò ancora, e lei riusciva a sentirlo ovunque su di sé. «Willow,» sospirò. «Vorrei spostare questa festicciola sul retro della mia Jeep,» disse, «ma questa potrebbe anche non essere una buona idea.»

«Perché?» ansimò Willow, odiando il tono disperato che aveva assunto la sua domanda.

«Io non sono un tipo da legami stabili,» disse. «Sono solo di passaggio, e non voglio che tu faccia qualcosa che potresti rimpiangere.»

Dane la baciò ancora, poi fece scivolare le labbra dalla bocca di lei fin dietro le orecchie e poi giù, lungo la gola, cosa che le fece girare la testa. Willow infilò entrambe le mani sotto il suo berretto, attorcigliando le dita attorno ai suoi riccioli.

Le mani di Dane trovarono la cerniera della sua giacca, facendola scendere fino a metà, ma poi si fermò. «Non voglio essere troppo brusco,» sussurrò, «ma è una cosa da una notte soltanto.»

Ouch. «Quanto sei pragmatico ad accontentarti di me,» disse Willow.

«Cosa?» domandò Dane con voce cauta, prima di scostarsi.

«Siccome non puoi sciare sulla neve fresca, allora ti accontenti di un po' di sesso.» Willow gli mise le dita sulle labbra per riuscire a sentirlo sorridere.

«Cristo,» rise Dane. «Non avrei dovuto dire una cosa simile,» proseguì baciandole le dita, prima di prendersele in bocca.

«Ti do un consiglio,» disse Willow. «Se decidessi mai di metterti con qualcuno, non menzionare le tue preferenze.»

Dane si sporse in avanti e, al buio, le sue labbra trovarono il collo della donna. «E nel frattempo?» domandò tra un bacio e l'altro. Le leccò la clavicola, facendola rabbrividire fin nel profondo di se stessa.

Per Willow era difficile riuscire a pensare, perché fino a quel momento aveva commesso gli errori più grandi quando aveva concesso il suo cuore a qualcuno. La sua ultima relazione era stata un disastro perché lei si era aspettata troppo e, se non altro, l'offerta di Dane era onesta. E lei lo voleva, nonostante fosse una cosa da pazzi.

«Nel frattempo,» sussurrò, «riscalderemo la tua Jeep.» Rimase scioccata dalle sue stesse parole.

Dane si mise a ridere, facendole scivolare la giacca oltre le spalle. La baciò ancora, e le sue labbra bruciavano su quelle di Willow con più calore e desiderio di quanto lei avesse provato da tanto tempo. Quando anche lei trovò la cerniera della giacca di Dane, nessuno dei due stava più ridendo.

Willow cercò di provare del rimorso per le sue azioni, ma scoprì che non ci riusciva. Una lunga serie di eventi della sua vita aveva cospirato per farla arrivare fino a lì, a quel momento che stava vivendo, e non sapeva darsi una spiegazione. L'unica cosa che sapeva era che non voleva scappare.

Interrompendo il bacio, Dane raccolse il sacco a pelo, e lo gettò nel retro della Jeep. Willow sentì come un fruscio mentre lui si sfilava gli scarponi, prima di spingere in avanti il più possibile il sedile.

«Vai prima tu,» le disse.

Con un sospiro affannato, Willow si infilò in mezzo ai sedili e scivolò nel retro dell'auto. Stava cercando di sistemare il sacco a pelo tirandolo per un angolo, quando, in modo parecchio goffo, Dane si spostò sui sedili posteriori unendosi a lei. «Dove stai cercando di andare?» sussurrò lui. «Ci stai ripensando?»

«Non esattamente,» gli rispose lei. «Solo che non riesco a credere a come stia finendo questa serata.»

«Non voglio metterti sotto pressione,» continuò Dane.

Willow gli si strusciò vicino e gli rubò il berretto di lana, che gettò poi sui sedili anteriori, prima di infilargli le dita in mezzo ai capelli. Dane la strinse a sé baciandola, e iniziò a sollevarle l'orlo del maglione. Il tocco delle mani dell'uomo sulla sua pelle nuda, accompagnato dalla lingua nella sua bocca, fu una combinazione travolgente. Con i pollici Dane risalì lungo la sua schiena, fino ad arrivare a sfiorarle il reggiseno. «Voglio far sparire questi vestiti,» disse poi Dane con voce rauca. «Ma ti giuro che non ti lascerò congelare.»

«Prima tu,» sussurrò lei, afferrandogli la maglietta con le mani e facendogliela scorrere oltre la testa. Dopo che Dane se la fu sfilata, Willow iniziò a esplorargli il torace con le dita. Dio, era duro come il marmo sotto le sue mani. Atleti, *wow*. Fece scorrere i polpastrelli sui suoi pettorali e abbassò il viso per potergli leccare i capezzoli induriti dal freddo. Scivolò giù lungo lo stomaco e si fermò quando arrivò alla cintura.

Dane la interruppe tirando verso l'alto il maglione che ancora indossava.

«Ho detto, *prima tu*,» sussurrò Willow, afferrando la cerniera.

«Va bene,» le rispose. Di sicuro era abituato ad avere lui il comando, ma quella situazione era troppo strana, troppo al di fuori dalla sua zona di comfort perché lei potesse cedere tutto il controllo. Dane cooperò rimanendo fermo mentre lei era intenta ad aprirgli i jeans.

Quando Willow riuscì nel suo intento, Dane premette le mani sui sedili abbassati e alzò i fianchi in modo da permetterle di sfilargli i pantaloni. Willow afferrò sia i jeans che la biancheria intima facendogli scendere il tutto lungo le cosce.

«Dio, fa veramente freddo,» rise Dane.

Willow intanto gli sfilò del tutto i jeans. «Ti lascerò tenere i calzini, viste le circostanze.» Mentre gli diceva quelle parole, lasciò che le sue mani tracciassero un percorso lungo le gambe di Dane, risalendo dai polpacci verso le ginocchia.

Si prese tutto il tempo necessario per esplorare i suoi quadricipiti. Dane era molto muscoloso, come se fosse stato scolpito nel legno. Gli aprì le cosce con le mani e fu ricompensata con un gemito di anticipazione. Con cautela, proseguì la sua risalita fino ad arrivare alle palle, che accarezzò gentilmente, guadagnandosi un altro gemito. Poi, senza ricompensarlo ancora con il tocco che lui voleva realmente, gli salì a cavalcioni, chiudendogli le gambe attorno alla vita. Solo a quel punto infilò la mano in mezzo ai loro corpi chiudendogliela attorno alla sua erezione. Dane trattenne il respiro, e lei fece altrettanto, perché Dane era un uomo veramente ben dotato.

«Hai ancora freddo, adesso?» sussurrò Willow.

Dane non rispose, ma la strinse in un potente abbraccio, baciandola come un uomo affamato, schiacciando le labbra contro quelle della donna e, mentre le invadeva la bocca con la lingua, Willow lo masturbò. Quando lui gemette ancora, Willow lo strinse ancora più forte tra le gambe e la sensazione che ricavò dall'erezione contro il tessuto dei jeans fu parecchio stuzzicante.

Solo per una notte. Non riusciva a togliersi quelle parole dalla testa, ma quella si stava trasformando in una notte da ricordare. Il tocco di Dane era venerante, e ogni volta che la baciava rabbrividiva di piacere. Quando Willow lo toccava, e con le mani gli accarezzava la schiena, Dane sospirava profondamente sollevando il torace. Quell'uomo era come un mistero, la baciava con sicurezza e la toccava con mano ferma, e nonostante ciò sembrava affamato d'affetto.

Quando le alzò il maglione, facendoglielo scorrere oltre la testa, Willow non protestò.

CAPITOLO QUATTRO

DANE PRESE un respiro profondo mentre gettava il maglione a lato. *Non avere fretta*, ordinò a se stesso. Di solito Dane scopava come sciava, spingendo forte verso la linea di traguardo, ma quella ragazza era diversa, aveva curve gentili e mani calde. Il suo tocco indugiava, e gli faceva desiderare che le mani di Willow rimanessero sul suo corpo il più possibile.

Dane sperò di poterla vedere meglio, ma anche quel buio silenzioso concedeva la sua buona dose di piacere. Mentre la neve continuava a sommergere la Jeep, non si sentiva nulla a parte i gemiti che Willow emetteva quando la lingua di Dane sfiorava la sua.

La ragazza si stava rivelando parecchio avventurosa, eppure, allo stesso tempo, non era una facile conquista. Dane non riusciva a immaginare una combinazione più sexy.

Fece scivolare le mani dalle spalle di Willow, giù verso le sue braccia sottili. Avrebbe potuto facilmente circondarle la vita con entrambe le mani, invece le fece risalire lungo il busto, fine a sfiorarle il reggiseno di seta e, in quell'attimo, Willow trattenne il fiato. I gemiti che emetteva, e le mani sulla sua erezione, lo riportarono indietro ai tempi in cui era un adolescente arrapato, tanto che era già sul punto di esplodere.

Con gentilezza, le spostò le mani dalla sua asta. «Distenditi per me.» Le tenne una mano sulla testa e la aiutò a mettersi sulla schiena. Willow si sistemò in modo da poter appoggiare la testa in uno degli angoli della loro stanza improvvisata, permettendole, in quel modo, di potersi distendere. Diagonalmente e con le ginocchia piegate, Willow ci stava alla perfezione.

Dane le si mise a cavalcioni e fece scivolare la mano sopra ai jeans e poi su, fino a sfiorarle la pancia nuda. Fermò le dita sullo sterno, dove riusciva a sentire il cuore di Willow battere sotto il suo palmo. Si piegò in avanti, appoggiando le labbra sul suo torace. Aprì la bocca e con la lingua le accarezzò la pelle, mentre con le dita risalì fino alle coppe del reggiseno; i capezzoli le si indurirono sotto il suo tocco.

In quel momento, Willow lo sorprese afferrandogli la testa con entrambe le mani e, dopo avergliela fatta voltare di lato, gli fece appoggiare il viso sul seno. Lo tenne con entrambe le braccia in quella posizione, accarezzandogli i capelli, allontanandoglieli dalla fronte, coccolandolo. Dane chiuse gli occhi e ascoltò i suoni di quel corpo sotto il suo: il suo sangue che circolava dentro di lei, i muscoli che si contraevano sotto alla pelle. Era schiacciato su di lei, sul suo cuore, l'unica parte di una ragazza che aveva sempre giurato di non toccare mai.

Stranamente, Dane sentì un pizzicore non famigliare ai lati degli occhi.

Sotto di lui, Willow inspirò profondamente. Forse anche lei stava provando le stesse sensazioni. Stava succedendo qualcosa di sorprendente per la sua intensità. Lei lo tenne in quella posizione per alcuni istanti continuando ad accarezzargli i capelli, ma poi gli lasciò andare la testa. Dane si tirò su solo per abbassare di nuovo la testa su di lei, tra suoi seni. Con il mento le spostò il reggiseno e con la lingua le leccò il capezzolo.

Willow rabbrividì, e quel suono arrivò diretto all'uccello di Dane. L'oscurità gli impediva di vederla, eppure ogni suono che emetteva, ogni piccolo sospiro, gli diceva tutto ciò che lui aveva bisogno di sapere. Spostò le mani sulla sua schiena e le slacciò il reggiseno, che gettò via prima di prenderle entrambi i seni nelle mani. E mentre le titillava i capezzoli con la lingua, Willow tremò alzando i fianchi in una muta richiesta.

Dane iniziò a scendere con il viso, fino ad arrivare all'ombelico, e con le mani le abbassò la cerniera dei pantaloni facendoglieli scivolare oltre i fianchi. Riprese poi a baciarla sopra l'elastico delle mutandine e quando spostò le labbra sul triangolo di tessuto, Willow iniziò a gemere. Dane lasciò una mano proprio in quel punto mentre si alzava per poterla baciare. Le sue labbra scivolarono su quelle della donna, mentre con la lingua la esplorava. «Willow,» ansimò. «Ho un preservativo nella giacca. Lascia che lo vado a prendere.»

Willow gli cinse il collo con le braccia. «Va bene.»

Dane alzò entrambi a sedere e poi si sporse verso il sedile anteriore.

Chiunque avesse inventato il modo di dire "avere fortuna" era un uomo intelligente, e mentre frugava nelle tasche della sua giacca non si era mai sentito così fortunato.

Quando strappò la confezione del preservativo, Willow cercò di prenderglielo. «Faccio io,» le disse. Se si vuole che una cosa venga fatta bene, bisogna farsela da soli. Quando si trattava di discesa libera non era un uomo prudente, ma per ciò che riguardava il sesso, lo era sempre stato. Dopo essersi srotolato il preservativo si sporse su di lei, attirandola verso di sé. «Hai ancora un po' troppi vestiti addosso.»

Willow non obiettò.

Dane fece scivolare i pollici sotto l'elastico delle mutandine e gliele spinse verso il basso. Quando gliele ebbe tolte, fece scivolare le dita sulla sua pancia e poi giù verso i dolci petali del suo sesso. Cristo. Era bagnata e perfetta. Sentì che tratteneva il respiro quando, con le dita, iniziò a compiere dei movimenti circolari per stuzzicarla. Aveva pianificato di trascorrere la notte da solo, come aveva passato tutte le altre, invece si trovava lì, con una bellissima ragazza che si contorceva tra le sue braccia, i cui capelli gli stavano sfiorando il petto nudo. Persino nella sua vita orribile, c'erano momenti di perfezione.

«Dimmi cosa ti piace,» sussurrò, mentre con le dita scivolava verso la sua apertura. La sua risposta gli fece pulsare l'erezione di desiderio.

«Ti voglio solo dentro di me.»

Willow si alzò un poco in modo da potersi mettere a cavalcioni su di lui, appoggiando le ginocchia sui sedili. Afferrò la base dell'erezione di Dane, che trattenne il respiro, e poi tutto successe. Centimetro dopo centimetro, lentamente, lo stretto calore del suo corpo lo avvolse. «Dio, sei perfetta,» ansimò Dane. «Prendimi fino in fondo.»

Willow dovette allargare di più le gambe per prenderlo tutto, e quando con il sedere andò ad appoggiarsi sulle sue cosce, Dane non poté far altro che gemere. Erano naso a naso, e per numerosi battiti del suo cuore, Willow rimase immobile. Quell'anticipazione lo stava uccidendo, bramava di farla sdraiare sulla schiena per potersi spingere con forza dentro di lei, e a malapena trovò pazienza sufficiente per riuscire solo a mordere il labbro inferiore con i denti.

«È questo ciò che vuoi?» sussurrò Willow, e lentamente si sporse in avanti appoggiando i fianchi sugli addominali di Dane. Quando si spinse di nuovo all'indietro, ripetendo il movimento più volte, con lo stesso ritmo, un sussulto di impazienza uscì dalle labbra di Dane, che curvò le mani intorno ai fianchi di Willow e la sollevò, usando i quadricipiti come leva.

La sollevò ancora sulla sua asta, scopandola in quel modo anche se lei continuava a stargli a cavalcioni.

Dopo un paio di volte, anche lei iniziò ad ansimare.

«Avvolgimi la vita con le gambe,» le suggerì Dane. Willow fece ciò che le era stato chiesto e lui la distese di schiena. Dane appoggiò entrambi i piedi ai sedili della Jeep, e iniziò a spingere. «Oh,» gemette Willow sotto di lui. Dane le fece scorrere la lingua sulle labbra e lei mugugnò ancora, mentre muoveva i fianchi incoraggiandolo senza dire una parola. Dane trovò il ritmo giusto. Il suo uccello e la sua lingua iniziarono a lavorare insieme.

«Non pensare di smettere...» ansimò lei.

Dane sorrise contro le sue labbra. Tutto di lei era dolce. Il modo in cui gemeva contro le sue labbra, il solletico dei suoi capelli contro il suo viso. Chiuse gli occhi e affondò dentro al piacere umido e stretto che lo stava avvolgendo. Willow iniziò ad ansimare più rapidamente, e piccoli gemiti le scappavano di bocca a ogni affondo.

Quei suoni di piacere si andarono ad annidare in un posto vuoto, all'interno del suo petto, che non credeva nemmeno di avere. Lei era perfetta, morbida dove lui era duro. Dane era così eccitato che sapeva non sarebbe durato molto a lungo e siccome era ben consapevole del fatto che, in modo crudele, tutte le cose belle della vita finivano troppo presto, sentiva già che Willow gli mancava.

«È così bello,» sussurrò lei, mentre il suo respiro si era trasformava in gemiti erotici.

«Dammela,» le sussurrò Dane. «Vieni, dolcezza,» continuò, prima di spingersi dentro di lei con forza. Il gemito che le uscì di bocca le partì dalla pancia, poi sollevò i seni e urlò. Quel suono lo caricò. Voleva poterselo ricordare, tenerlo stretto dentro al cuore, salvarlo per le ore solitarie che sapeva avrebbe dovuto affrontare dopo. Si lasciò andare all'orgasmo e sentì che Willow ansimava sotto di lui. Si spinse dentro di lei ancora e ancora finché lentamente non si fermò. Willow continuava ad ansimare tra le sue braccia e si era appoggiata una mano sugli occhi. Dane gliela spostò e le diede un bacio sul sopracciglio.

«Dio,» disse Willow. «Wow.»

«Wow,» le fece eco Dane prima di baciarla ancora. Le sue labbra continuavano a cercare una connessione con lei anche se il suo corpo era esausto. Seppur riluttante, si sfilò dal suo corpo e annodò il preservativo che infilò nello spazio riservato al portabicchieri. Avrebbe dovuto ricordarsi di buttarlo via l'indomani, soprattutto prima di far salire qualcuno in macchina. Cristo.

Si raggomitolò accanto a lei e la prese tra le braccia. Non se la sentiva di smettere ancora di toccarla. Voleva continuare a sentire la sensazione della sua pelle sotto le mani, le curve del suo seno nei suoi palmi e il fresco profumo dei suoi capelli. «Sei silenziosa,» disse.

«Mmm,» gli rispose Willow, avvicinandosi di più a lui. «Pensi che sia così sbagliato?»

«No.» *Stupido.* Cosa avrebbe voluto comunque? Un premio? Eppure c'era qualcosa di diverso in quella ragazza e, in un certo qual senso, a lui importava ciò che lei pensava.

Willow si sporse all'indietro e dopo aver afferrato un angolo del sacco a pelo se lo strinse contro la schiena.

«Hai freddo?» le domandò.

Willow gli fece scorrere un dito lungo il naso e poi gli rispose: «Prima no, adesso sì.»

«Be'...» Dane ci pensò un attimo. «C'è solo un unico metodo che funziona.» Si mise a sedere e iniziò a tastare i bordi del sacco a pelo. Quando trovò i due fermi della cerniera, li infilò uno dentro l'altro e iniziò a tirare su il cursore. «Girati di qua, dolcezza,» disse, dandole un leggero colpetto sul ginocchio. Un attimo dopo l'aveva rinchiusa del tutto all'interno del sacco a pelo.

Willow gli mise una mano sul ginocchio nudo. «E tu?»

«Io adesso mi vesto.»

Willow si alzò. «No, vieni qui.» Tirò giù per metà la cerniera e continuò: «Su forza.»

«Non ci stiamo in due.»

«Conosco un modo.» Si spostò di lato, e afferrò un paio di cose dal sedile anteriore.

Dane si infilò nel sacco a pelo e si distese su un fianco.

«Appoggia la testa su questo,» gli disse, porgendogli la sua giacca. Dopo un po' di fruscii e qualche colpo, sentì che Willow infilava i piedi nel sacco accanto a lui. Si appoggiò con il sedere nudo contro di lui, lasciando la parte superiore del suo corpo fuori dal sacco a pelo, ma si era rimessa il maglione.

Dane la afferrò per i fianchi e se la tirò più vicino. Willow appoggiò la testa sulla sua giacca, e si spinse ancora un po' in giù, piegando la metà superiore del corpo al di fuori del sacco mezzo aperto, in modo da crearsi spazio per le spalle. Dane le cinse la vita con un braccio e le si strinse ancora di più addosso. «Mi piace questa tua idea.»

«Le mie idee sono geniali,» gli rispose. Poi, schiarendosi la voce continuò: «Se ti faccio una domanda, prometti di non metterti a ridere?»

Uh... Oh... pensò Dane. Ecco che era arrivato il momento in cui lui avrebbe dovuto scaricarla. «Dimmi.»

«Pensi che siamo in pericolo, qui, se lo spazzaneve non arriva fino a domattina?»

Sollevato, Dane le baciò l'orecchio. «No. Le persone che muoiono nelle tormente di neve sono quelle che abbandonano le loro auto. Oltretutto, stasera siamo solo a meno uno. Dovremmo preoccuparci se fossimo a meno trenta.» Poi pensò a qualcosa che lo fece ridere.

«Avevi detto che non avresti riso alla mia domanda,» si lamentò Willow.

«Non lo sto facendo. Stavo solo pensando al protocollo per sopravvivere alle temperature sotto lo zero.» Le massaggiò i fianchi. «È un po' come questo.» Le strizzò un fianco per enfatizzare la loro vicinanza.

Dane la sentì ridere attraverso il corpo prima di sentirne il suono. «Lo sapevo,» gli rispose lei, «ed è per questo che ho accettato di scivolare qui dietro.»

«L'hai fatto solo per quello?» la stuzzicò, sfiorandole il seno.

«Mmm-hmm,» rispose Willow strusciandosi contro di lui.

Poco dopo il suo respiro divenne regolare e si addormentò. Dane non ci riuscì nonostante fosse sveglio fin dall'alba, ma non si sentiva assonnato. La sua pelle formicolò per la sorpresa di averla così vicino e se ne inebriò, perché non sarebbe successo una seconda volta.

Era tutto così tranquillo, ma notò che c'era più luce. La neve sul lunotto posteriore della Jeep era scivolata a terra, la luna era alta in cielo e il suo chiarore filtrava attraverso lo spesso strato di nubi. Rimase in ascolto a lungo e, finalmente, il suono di un motore si avvicinò. Pochi minuti dopo la luce del lampeggiante dello spazzaneve passò loro accanto, ma Dane, nemmeno per un attimo, pensò di segnalare la loro presenza.

CAPITOLO CINQUE

«WILLOW,» sussurrò una voce.

Lei aprì gli occhi. «Ohhh,» gemette. Le facevamo male le spalle per via della posizione e della superficie sulla quale era distesa, che era dura come il marmo.

«È quasi l'alba, dolcezza,» disse la voce. «Ed è passato lo spazzaneve.»

Willow si girò sulla schiena, verso il calore. «Davvero?» Stava iniziando a svegliarsi sul serio, incantata da quel bellissimo paio di occhi blu che la stavano fissando.

«Due volte,» disse Dane. «E quando scenderemo dall'auto la neve non ci arriverà più alle ginocchia.»

«Va bene,» disse mettendosi seduta. Le sue gambe strusciarono contro l'evidente erezione di Dane, e sentì il viso prendere fuoco al ricordo bollente della notte appena trascorsa.

Dane le fece scivolare una mano lungo il fianco. «Mi dispiace di averti dovuto svegliare.»

«Dovevi farlo,» disse. «Hai già guardato fuori?» Lei riusciva a vedere solo attraverso il lunotto posteriore della Jeep, e ovunque era tutto bianco.

Anche Dane si voltò. «Oggi è il giorno della neve fresca.»

Con l'altra mano le accarezzò la base del collo e Willow chiuse gli occhi.

Doveva schiarirsi le idee.

«Dobbiamo chiamare un carroattrezzi? Possiamo farlo da casa mia,» si offrì. «Ho un vecchio generatore a casa per quando va via la corrente.»

«Ti credo sulla parola,» disse Dane.

«E se facessimo anche colazione mentre aspettiamo il carroattrezzi?»

«Mmm,» mormorò Dane mentre le baciava i capelli. «Adesso sì che ragioniamo.»

———

Dopo i momenti imbarazzanti passati a rivestirsi nella Jeep, dato che le sue mutandine erano andate a finire sotto il sedile del guidatore, entrambi scesero dall'auto.

«Sembra che ne siano scesi almeno una quarantina di centimetri,» disse Willow, ma era difficile dirlo con precisione perché c'era neve ovunque.

«Ti serve qualcosa dal tuo pick-up?» domandò Dane, infilando di nuovo gli sci nella Jeep.

Willow fissò l'enorme ammasso di neve che era diventato il suo vecchio pick-up. «No, eccetto il becchime, ma non lo possiamo prendere.»

«No? Perché?»

«Ne ho preso un sacco da venticinque chili. Le ragazze potranno aspettare un altro giorno, non moriranno di fame.»

Dane si mise i guanti e si incamminò verso il suo pick-up. Abbassò il portellone, tolse un enorme quantità di neve dal cassone e finalmente riuscì a raggiungere il sacco del becchime.

«Sai che casa mia dista circa un chilometro e mezzo, vero?»

«Tu sai che alzo centottanta chili in palestra ogni mattina, vero?»

Willow scosse il capo. «Meglio tu che io.»

«Incamminiamoci, su,» la esortò Dane.

———

Con la strada pulita, la camminata verso casa sua non fu difficile, ma Willow si ritrovò senza sapere di cosa parlare. Il vigoroso sconosciuto che aveva al suo fianco se ne sarebbe andato in un paio d'ore e lei non sapeva cosa pensare. Camminarono in silenzio, mentre Willow pensava a cosa potergli preparare per colazione. Il suo fornello funzionava a propano, così, anche se non ci fosse stata la corrente elettrica, avrebbe potuto comunque farlo funzionare.

«Willow, tu bevi caffè?»

«Dio, sì. E riuscirò a farne un po' che ci sia la corrente oppure no. Il caffè non è una cosa negoziabile.»

Dane si sistemò meglio il sacco sulla spalla e disse: «Sapevo che mi saresti piaciuta.»

Quelle parole le strinsero il cuore. Lei lo voleva. Voleva piacergli. Avrebbe voluto fargli cento domande sulla sua vita, per poterlo conoscere e per poterlo fissare in quei bellissimi occhi blu, ma lui era stato molto chiaro sul fatto che la loro amicizia non si sarebbe trasformata in altro. Aveva detto sul serio o era un modo per Dane di lasciarsi comunque una via di fuga?

Willow non aveva comunque nessuna intenzione di chiederglielo. «Quella è la mia cassetta della posta,» disse poi indicandola. «La vedi?»

«Sono passato davanti a questo posto,» le rispose Dane. «C'era un cartello con scritto "Affittasi". Hai intenzione di andare da qualche parte?»

«Magari,» gli rispose. «Vorrei vendere, ma sono indietro con le rate del mutuo. Quel cartello è per un appartamento arredato e con una camera da letto, che ho sul retro della casa. Era l'appartamento della suocera del precedente proprietario.»

«Huh,» mormorò Dane. «Il tuo cartello dovrebbe dire che è per un appartamento con una camera da letto, no? Io ci sono passato davanti molte volte e ho sempre pensato che non saresti stato in grado di affittare una casa intera, così mi sono dovuto accontentare di una squallida stanza di un motel di Main Street. Sistema quel cartello e nell'arco di una settimana lo affitterai a qualche tecnico sciistico che lavora da queste parti.»

Rimasero in silenzio mentre Willow piangeva la perdita di Dane e dei suoi potenti quadricipiti che avrebbero potuto vivere nella sua proprietà, poi si mise a ridere e disse: «Lo sistemerò oggi stesso, anche perché la mancanza di quel denaro mi ha tenuta sveglia per un mese intero.»

«Non intendevo essere brusco riguardo al cartello,» disse Dane.

«No, nessun problema, io sono una gran casinista,» gli rispose Willow.

«Ne dubito.»

Oh, non ne hai idea, disse Willow tra sé e sé. Ad alta voce invece disse: «Eccoci arrivati, se non fosse per la salita.»

«Bella,» ammirò Dane, alzando lo sguardo sul vialetto che conduceva alla casa.

Willow seguì il suo sguardo verso i timpani bianchi e il tetto a punta. Era davvero bella, ma per lei era solo una trappola, un errore finanziario che si era intromesso tra lei e i suoi sogni.

Quando arrivarono davanti alla porta sul lato della casa, Willow appoggiò la mano sulla maniglia.

«Dove poso questo?» domandò Dane, indicando il sacco che aveva sulle spalle.

«Appoggialo pure qui, lo sposto io più tardi,» gli rispose Willow. «Come si dice, hai già fatto il lavoro pesante.»

Con il mento, Dane, indicò la stalla. «Laggiù? Per me non è un problema.»

Willow esitò per un secondo solo. «Be', allora grazie, signore. Lascia che ti apra la porta.» Corse per precederlo e aprigli la porta. Il vento aveva soffiato via la maggior parte della neve dal percorso per arrivare al pollaio, ma dalle altre parti ce n'erano una trentina di centimetri. Nonostante ciò dovette ripulire in fretta un piccolo accumulo davanti alla porta del pollaio. Quando la aprì, le galline iniziarono a correre verso la luce. «Ciao ragazze!» le salutò Willow e nel frattempo le si erano riunite tutte attorno alle caviglie, iniziando a beccarle i jeans. Willow si spostò in mezzo a quella mischia per arrivare ad afferrare il bidone vuoto, portandolo indietro. «Infilalo pure qui,» disse. «Toglierò io il sacco più tardi.»

Dane lasciò cadere il sacco nel bidone e le galline si dispersero a causa del rumore. Corsero via chiocciando e facendo volare anche qualche piuma.

Dane si mise a ridere. «Sono così... galline.»

«È proprio così,» concordò Willow. «Hanno paura di tutto. Ho un impermeabile rosso e se vengo qui con quello indosso scappano come se fossi una pazza assassina.»

Si infilò la mano nella tasca della giacca e tirò fuori l'uva passa che non avevano finito di mangiare la sera prima. «Guardate qua, ragazze!» Tornarono tutte correndo, incespicando anche una sull'altra pur di arrivare alla loro padrona. Willow abbassò la mano all'altezza della coscia e le galline si misero a saltare per riuscire a prendere gli acini, proprio come quei cani che saltano per afferrare i frisbee in volo. Willow non aveva mai visto una gallina prima di arrivare in Vermont per seguire il suo ragazzo, ma oramai le trovava affascinanti. Non così affascinanti, però, per rimanere in Vermont per sempre.

Infilò di nuovo la mano nella tasca della giacca per offrirne loro ancora qualche acino.

«Per nessuna ragione l'apprezzeranno mai la metà di quanto l'ho apprezzata io.»

Willow si girò e incontrò il sorriso di Dane, che però divenne quasi triste mentre si voltava per uscire dal pollaio.

———

Dane aspettò che Willow desse da mangiare alle galline e poi la seguì in casa, in una grande vecchia stanza con il parquet di pino. A una estremità della stanza c'era la cucina, con un tavolo dal piano di lavoro spesso e le gambe tornite. All'estremità opposta c'era una sorta di soggiorno, con un divano imbottino e delle comode sedie. Era il tipo di stanza in cui si trascorrevano vite felici.

«Prima colazione o carroattrezzi?» domandò Willow togliendosi la giacca.

«Assolutamente la colazione,» le rispose Dane. «Sto morendo di fame.» Appese la giacca a uno dei ganci liberi accanto a quello dove lei aveva appeso la sua, e cercò di non notare quanto stessero bene sistemate vicine.

«Ci scommetto che sei affamato. Ehi! Non credo sia andata via la corrente,» disse Willow. «Ed è già una gran cosa.» Dane la guardò mentre toccava con una mano la pentola elettrica appoggiata sul bancone della cucina. «È ancora calda,» rifletté Willow prima di andare verso il frigorifero dal quale tirò fuori una bottiglia di succo d'arancia.

«Lo verso io,» disse Dane.

«Grazie.» Willow aprì una credenza e prese due bicchieri che appoggiò sul tavolo in direzione di Dane.

«Adesso, il caffè,» disse voltandosi verso una macchina da caffè italiana molto particolare, con degli inserti in rame.

«È molto carina,» ammise Dane.

«Sì, lo è davvero,» annuì Willow. «E non è mia. Lui l'ha lasciata qui, assieme alla moto e a una stanza piena di libri d'arte. Se non altro, la macchina del caffè è utile.»

«Accendiamola,» disse Dane. «Posso farlo io?»

Willow alzò le spalle, gettandosi una ciocca di capelli setosi dietro alle spalle. Senza pensarci, Dane sporse la mano e glieli accarezzò lisciandoglieli dietro alla schiena. Willow si voltò per sorridergli, e lui non poté far altro che ammirare ancora una volta il suo sorriso. «Puoi provarci, ma è una macchina molto particolare. Mi ci sono voluti mesi per riuscire a capire la dose corretta.»

«Adoro le sfide,» disse Dane, che la guardò osservarlo mentre metteva il caffè nel braccio della macchina e lo pressava prima di chiuderlo. «Come sto andando?» domandò.

«Sei capace di muoverti,» lo stuzzicò Willow.

«Credo di avertelo già provato,» le rispose facendole l'occhiolino.

Willow arrossì e lui spostò lo sguardo dal suo volto. Doveva smettere immediatamente di flirtare con lei, perché non era giusto nei suoi confronti. Non importava quanto desiderasse stringerle quel bellissimo sedere tra le mani e farla distendere sul sofà che si trovava nell'altra stanza. Non lo avrebbe fatto, né avrebbe messo in pratica tutta quella serie di idee divertenti che la sua mente gli avrebbe proposto ogni cinque minuti, nell'attimo stesso in cui si fosse allontanato da lei.

Anche se avesse voluto fermarsi nella sua cucina, nel suo letto e nella sua vita, per nessuna ragione avrebbe potuto farlo. E continuare a flirtare non gli avrebbe di certo reso la vita facile. Avrebbe dovuto invece mantenere la conversazione su un piano leggero. Avrebbe chiamato il carroattrezzi, le avrebbe dato un bacio amichevole e se ne sarebbe andato via di corsa.

Di proposito Dane scelse uno sgabello lontano da lei, in

una posizione sicura, e la guardò mentre svolazzava per tutta la cucina. Aveva un accattivante sguardo concentrato, e risultava elegante anche tra i fornelli e il frigorifero. Mentre beveva il suo espresso, pensò a quanto ordinaria potesse sembrare quella situazione.

Ma non lo era, non per lui. Non avrebbe mai avuto una casa come quella, con una compagna non molto distante, concentrata sulla frittata che stava preparando. C'era qualcosa in quella ragazza e in quella stanza che gli dava la sensazione di essere a casa. Erano verità che gli passavano per la testa e lo facevano riflettere. Gli era già successo altre volte, ma aveva sempre scacciato via quelle sensazioni.

E scendere giù da una montagna a una velocità supersonica di solito lo aiutava.

Dane non aveva tempo per le crisi di mezza età. Per come vedeva lui le cose, la sua aspettativa di vita era sui quarantacinque anni, e durante gli ultimi cinque sarebbe stato fuori uso. Il periodo per avere una crisi di mezza età, quindi, lo aveva passato da un pezzo.

Ma ecco un pensiero allegro.

Willow fece scivolare due tortillas tostate su un piatto e ci mise tre uova sopra. Finì con una girandola di chili. «Et voilà,» disse mettendogli il piatto davanti. «Ci saranno circa dieci milioni di calorie in questo piatto e dovrebbero bastare per sostenerti un po'.»

«Grazie mille. Wow, grande,» le rispose Dane mentre lei si metteva a ridere.

Willow si fece una porzione più piccola e si sistemò davanti a lui.

«Hai mai sciato?» domandò prendendone una forchettata. Era il paradiso. «E comunque è buonissimo.»

«Grazie. No, niente sci per me. Cose da matti, vero? Spostarsi in Vermont e non saper sciare.»

«Potresti sempre imparare.»

«Forse,» disse. «Ma i biglietti per le seggiovie sono costosi e poi c'è l'attrezzatura. Scommetto che tutti i tuoi amici sono sciatori.»

I miei amici. Giusto. «Be', alcuni di loro fanno snowboard.» Quel pensiero lo fece sorridere, ma Dane non aveva amici, aveva dei rivali. Aveva degli compagni con cui andava a farsi una bevuta e qualche amica di letto, ma nessuno di loro lo conosceva sul serio. Dane ne prese un altro morso, e poi alzò lo sguardo per mostrare il suo apprezzamento. «Dio, questo sì che è buono. Sei proprio una brava cuoca.»

Willow gli sorrise. «Devi ringraziare le ragazze per le uova. Le hanno deposte proprio per te ieri. Le migliori del Vermont.»

«E quante di queste migliori uova del Vermont hai al giorno?»

«Poco meno di una a gallina.» Aveva uno schizzo di chili sulla guancia e Dane dovette trattenersi con tutte le sue forze per non sporgersi e pulirla, invece prese un altro morso. «Quindi circa una ventina di uova che vendo al negozio di alimentari di qualità, giù in paese.»

«Ti pagano bene?» domandò Dane.

«No, ma ogni piccola cosa aiuta. Se solo riuscissi a finire il mio dottorato, sarebbe tutto più semplice.»

«Dottorato in cosa?»

«Psicologia clinica.»

Dane posò la forchetta e si mise a ridere.

«Cosa c'è di così tanto divertente? Hai paura degli strizza-cervelli?»

«Dio, sì.»

«Be', a me piacerebbe lavorare con i bambini, quindi con me sei al sicuro.»

Sono l'esatto opposto, si ricordò Dane. «Come mai ti sei interessata alla psicologia?»

Willow lo guardò per un lungo istante prima di rispondergli. «È complicato.»

Dane annuì. Quindi anche Willow aveva dei segreti. Non li abbiamo tutti, forse?

———

Dopo colazione, Willow chiamò il carroattrezzi dandogli le istruzioni su dove trovare le loro due auto. «La Jeep va solo trainata via dalla neve, mentre il mio pick-up proprio non parte più.» Willow rimase in ascolto e lo ringraziò prima di riagganciare.

«Cosa ti hanno detto?» domandò Dane dal lavandino dove stava lavando i piatti.

«Ci faranno sapere qualcosa appena possono. Quando ho fatto un po' di pressione, il tizio mi ha detto circa un'ora, ma probabilmente stava solo cercando di tenermi buona.»

Dane le passò un piatto pulito che lei asciugò con un panno ed ebbe di nuovo come la sensazione di essere entrato momentaneamente nella vita di qualcun altro. Una vita nella quale c'era la colazione con la propria ragazza, qualche piatto da lavare e una seconda tazzina di caffè. Gli sembrava di star guardando un film, il cui protagonista era esattamente come lui.

«Cosa?» domandò Willow d'un tratto.

Probabilmente la stava fissando. Dane scosse il capo. «Niente, scusami, mi sono distratto.»

Willow appoggiò il panno e disse: «Grazie per aver lavato i piatti.»

«Grazie a te per la colazione strepitosa.» Dane le regalò un timido sorriso.

Con il pollice rivolto all'indietro, indicando oltre le sue spalle, Willow disse: «Vado a darmi una ripulita veloce, visto che dovremmo aspettare. Fai come fossi a casa tua.»

«Vai pure e grazie,» le rispose Dane che voltatosi, andrò a riempirsi ancora il bicchiere di succo d'arancia.

———

Dane sentì che Willow aveva aperto l'acqua nella doccia e l'immagine del suo corpo nudo sotto l'acqua bollente iniziò a torturarlo. Cambiò posizione sullo sgabello in modo da sistemare la sua crescente erezione.

Stai buono.

Il suono dell'acqua nella doccia cessò e lui lesse il giornale del giorno prima bloccando le immagini di Willow senza vestiti a solo un paio di stanze lontano da lui. Il carroattrezzi sarebbe arrivato, e lui se ne sarebbe andato da quel posto. Non l'avrebbe più rivista. È così che sarebbero dovute andare le cose. Sempre.

Ma poi suonò il telefono. Dane aspettò, chiedendosi se avrebbe dovuto rispondere. Se fossero stati quelli del carroattrezzi, Willow avrebbe voluto sapere ciò che avevano da dirle, così, dopo due squilli, rispose. «Pronto?»

«Uhm... pronto?» domandò una voce femminile. «C'è Willow?»

«Sì, c'è,» rispose Dane. «Lasci che la chiami.»

Willow però stava già arrivando di corsa verso la cucina, con gli occhi sbarrati, intenta a stringersi un accappatoio attorno ai fianchi. «È il carroattrezzi?»

Dane scosse il capo. «Anch'io pensavo fossero loro, ma...» si interruppe passandole la cornetta.

«Pronto? Ciao, Callie! No... non è il caso di allertare le autorità.» Willow spostò lo sguardo divertito su Dane. «È una lunga storia, ma lui è... uhm... rimasto bloccato dalla neve nella mia strada e adesso stiamo aspettando il carroattrezzi. Esatto... non c'è nessun serial killer qui.»

Dane si sforzò di continuare a fissare gli stessi titoli del giornale che stava guardando prima. Con Willow stretta in un accappatoio leggero, erano interessanti quanto lo erano stati prima, mentre era sotto la doccia.

«Ti vedrò a yoga questa settimana?» domandò. «Ma dai! Ma perché devi sempre essere tu quella reperibile? Lo so... Va bene... Mandami un sms.» Concluse la conversazione e disse: «Scusami, ma la mia amica ha chiamato per essere sicura che non fossi morta in strada. Si preoccupa sempre per me, perché sa che sono sola.»

«Dovrebbe?» domandò Dane mentre si massaggiava le spalle, che erano indolenzite per essere stato disteso in macchina tutta la notte.

«No, ma è un medico e loro sono nati per preoccuparsi. Cos'hanno le tue spalle?»

Dane le alzò e rispose: «Niente, tutto a posto.»

Willow si spostò e gli si mise dietro alla schiena. «Sapevo che non avresti dovuto portare il sacco da venticinque chili.» Gli mise le mani sulle spalle cominciando a premere con i polpastrelli. «Sei tutto pieno di nodi,» gli disse.

«Cristo, sei forte per essere così piccola.»

«Chi è che stai chiamando piccola?» domandò Willow, spingendo la mano con maggiore pressione nei suoi deltoidi. «Ho fatto la massaggiatrice durante l'università. Proprio qui, piega il braccio sul tavolo.» Lo alzò e poi tornò a lavorare sulle sue spalle.

«Dio...» La forza del suo tocco era sorprendente. Tutto quel potere in una piccola confezione. Willow fece scorrere le mani verso l'alto arrivando fino al collo, e Dane lasciò cadere la testa in avanti. Riuscì a sentire il corpo della donna appoggiarsi contro il suo, mentre con il seno gli accarezzava la schiena. Ringraziò il tavolo massiccio in pino davanti a lui, perché l'erezione che gli stava tendendo i pantaloni ormai era visibile anche dallo spazio.

Stava chiaramente facendo colpo su di lui, il che rendeva le cose molto più difficili. Persino parlare lo era diventato.

Willow si spostò sull'altra spalla dedicandogli un po' di tempo prima di scendere lungo la schiena, sul trapezio e poi sui laterali. Quando arrivò più in basso, dove la vita si incontra con le natiche, Dane stava trattenendo il respiro, tanto era eccitato. Willow fermò le mani, appoggiandole appena sulla sua vita. Entrambi stavano trattenendo il respiro e tutto era tranquillo. Se si fosse voltato verso di lei, l'avrebbe trovata in attesa.

Non ti voltare. Non ti voltare.

———

Willow lo guardò voltarsi.

Non si era proposta, ma si era obbligata ad aspettarlo. Per un attimo aveva pensato che lui non stesse provando quello che provava lei, che se ne sarebbe rimasto seduto lì impettito, a guardare il tavolo. Avrebbe potuto farlo e sarebbe stato un modo facile per dirle: «No, grazie.»

Ma proprio nell'attimo stesso in cui lei stava accettando la delusione, le spalle possenti di Dane si erano voltate, e lui si era girato sullo sgabello, afferrandole le mani e attirandola a sé. Le labbra di lui reclamarono le sue, vide le lunghe ciglia dell'uomo chiudersi e sentì il suo respiro sul viso. Mentre Dane la stringeva contro il suo petto, controllando il bacio, Willow avvertì la sua eccitazione premerle contro la pancia.

Le labbra di Dane sapevano di succo d'arancia e di nostalgia.

CAPITOLO SEI

DIO DOVEVA AIUTARLO perché quella ragazza era la criptonite contro i suoi superpoteri.

Dane non riuscì a resistere alle sue labbra e iniziò a leccargliele. I fianchi di Willow erano perfetti nelle sue mani, e il tessuto dell'accappatoio era così sottile che riusciva a sentire le dita sprofondate nella carne della donna. Attirò il corpo di Willow contro il suo finché i suoi seni non furono schiacciati contro il suo petto.

Willow gemette flebilmente, ma quel suono gli fece contrarre le palle. Le fece scivolare le mani sotto i glutei e la mise a sedere sulle sue ginocchia, in modo che gli fosse a cavalcioni sullo sgabello. Cercò a tentoni la cintura dell'accappatoio e, una volta trovata, diede uno strattone all'estremità libera, aprendoglielo. Dio onnipotente, era nuda.

Solo una volta ancora, ricordò a se stesso. *E poi te ne andrai via.*

I loro baci si surriscaldarono. Dane le afferrò entrambi i seni con le mani, mentre il suo uccello iniziava a premere contro i jeans. Avrebbe potuto possederla lì, sullo sgabello, ma Willow lo faceva sentire avido in cento modi diversi e sapeva di avere solo quell'occasione con lei. Voleva farla distendere e godersi ogni centimetro del suo corpo. «Willow,» disse con voce profonda, «ti voglio nel tuo letto.»

Willow gli mordicchiò il collo prima di stringergli le gambe attorno alla vita e dirgli: «Allora portamici.»

Dane si alzò tenendola tra le braccia e si diresse verso il retro della casa. La sensazione di sentirla cullarsi contro il suo petto gli era sconosciuta, ed era così intima che non avrebbe più voluto metterla giù. Ecco come ci si doveva sentire ad appartenere a qualcuno, e ad affrontare insieme il mondo.

Ehi, stronzo?

Da dove stavano venendo fuori tutte quelle idee senza senso? Era più che ovvio che dovesse iniziare a scopare un po' di più e pensare un po' di meno.

La condusse attraverso la sala da pranzo buia, oltre la quale vide comparire un raggio di luce argentea. Mentre lo raggiungeva, vide la parte finale di un letto trapuntato. Quattro falcate dopo arrivò a destinazione, adagiandola gentilmente sul letto, prima di aprirle l'accappatoio esponendo il corpo ai suoi occhi. Willow non si coprì, invece lo guardò in viso, notando che la stava divorando.

Dane si sfilò la maglietta, poi con un unico movimento si tolse jeans e mutande. Si inginocchiò accanto a lei sul letto, e i suoi occhi banchettarono alla vista di lei così vicina. Quei seni pieni con i capezzoli rosa, e curve femminili arrotondate sui fianchi. Scivolò in mezzo al letto e le si distese sopra, coprendola e toccando ogni centimetro del suo corpo in una volta sola. Willow era più minuta e più delicata delle amazzoni delle squadre di sci che frequentava. Le distese i capelli sul letto e iniziò a baciarle la curva del collo.

Dane sentì che Willow portava le braccia sulla sua schiena, massaggiandogli e accarezzandogli i muscoli. Poi, in modo del tutto inaspettato, fece scendere le mani forti fino ad afferrargli le natiche, che accarezzò e strizzò, prima di far scivolare le dita lungo la sua fessura, fino ad andargli a sfiorare le palle. Dane gemette e iniziò a muovere i fianchi dal desiderio, ma quel movimento gli fece ricordare che aveva un problema. «Ti voglio così tanto,» disse appoggiando la sua erezione in mezzo alle gambe di Willow. «Ma non ho un altro preservativo.»

Willow alzò lo sguardo su di lui, incrociando le dita dietro alla sua nuca, in mezzo ai suoi capelli. A quel punto piegò le ginocchia, stringendogli i fianchi con le gambe. «Baciami,» sussurrò e quando Dane le coprì la bocca con la sua, lei gli infilò la lingua in bocca e lo strinse forte con le braccia. Dane era così eccitato, che pensò di essere sul punto di prendere fuoco se lei avesse continuato a baciarlo in quel modo.

Willow interruppe il bacio dicendo: «Prendo la pillola.»

Dane chiuse gli occhi e cercò di pensare. In mezzo alle sue gambe aperte, era più che conscio dei suoi umori, che stavano già inumidendo la base del suo uccello.

Ma le regole erano regole.

Dane scosse il capo. «Non l'ho mai fatto senza preservativo e uso da sempre la stessa marca.» Detto questo, Dane la baciò, succhiando e mordicchiandole il labbro inferiore.

Sicuro come l'oro non era una cosa personale.

Willow emise un gemito, il più erotico che Dane avesse mai sentito. «Be', ci sono un sacco di altri modi carini con i quali ti posso rendere felice.»

Dane scivolò lungo il suo corpo, la lingua sul collo di Willow e poi sul suo seno. «Mi piace il suono di queste parole.»

Per prima cosa, però, la voleva assaggiare.

Scivolò con le labbra fino al suo osso iliaco, che leccò pigramente, poi le appoggiò il palmo della mano sul dolce monte in mezzo alle sue gambe facendola rabbrividire e aprire ancora di più per lui.

Dane sorrise per lo sfrenato piacere che gli provocò quella

vista. La maggior parte delle mattine andava in palestra allenando i suoi muscoli fino allo spasmo o sciava per tre ore di fila, senza interruzioni sui suoi sci da slalom. Quella mattina, invece, in pieno giorno, se ne stava disteso con il viso appoggiato alla pelle vellutata di una bellissima donna. Magari sarebbe anche riuscito a farle urlare il suo nome. Con un ritmo lento e deciso, apposta per stuzzicarla, Dane trascinò la mano verso il basso, facendola scivolare tra le sue pieghe, dove lei lo attendeva umida.

Willow gemette a lungo.

Dane le aprì gentilmente le gambe, e appoggiò le labbra sull'interno coscia. Con la bocca aperta le succhiò la pelle, e con il pollice compì dei piccoli gesti circolari sul suo clitoride. Willow gemette afferrando le lenzuola con entrambe le mani.

Prendendosi tutto il tempo che voleva, Dane appoggiò il naso sui suoi riccioli biondi e sentì che tutto il corpo di lei si contraeva in attesa. Le fece scivolare due dita dentro, mentre con la lingua continuava a leccarle il sesso gonfio.

Willow iniziò ad ansimare, e lo cercò con le mani, accarezzandogli le orecchie, le spalle e qualsiasi altra parte del suo corpo riuscisse a raggiungere. Dane appiattì la lingua su di lei e con le dita iniziò penetrarla. Willow alzò i fianchi per andargli incontro, lasciandosi travolgere dal desiderio. Ogni piccolo suono che emetteva, ogni brivido, lo eccitava, e Dane avrebbe voluto con tutto se stesso essere parte di lei, seppellirsi dentro il suo corpo per non uscirne mai più, e grugnì frustrato per non poterlo fare.

«Ti prego,» sussurrò Willow. «Ti prego.»

Più tardi, Dane si sarebbe ricordato che quella supplica non si riferiva a nulla in particolare, perché quella richiesta poteva voler dire molte cose. In quel momento, però, si stava rivolgendo *a lui*, chiedendogli di darle di più. E lui non aveva mai voluto concedersi a nessuna come lo voleva in quel momento.

Il richiamo di un'esperienza piena con una bellissima ragazza, il lusso di una mattinata nella sua cucina, e poi quello di stare tra le sue braccia, era più quanto potesse sopportare. Risalendo lungo il suo corpo, con un solo e unico movimento, Dane spinse il suo uccello dentro di lei.

E, Dio... trattenne il fiato.

Il suo errore di calcolo fu subito ben evidente. Per un uomo il cui unico scopo nella vita era quello non provare nulla, si era appena spinto in un momento da fermare i battiti del cuore. La sensazione umida e vellutata di Willow stretta attorno alla sua pelle nuda fu così travolgente che Dane si bloccò, immobilizzandosi con il viso nei suoi capelli.

Willow rabbrividì di nuovo quando la sua eccitazione prese il sopravvento. Iniziò a muovere i fianchi sotto di lui, e quella sensazione per poco non lo catapultò direttamente sul soffitto. Umido e bagnato, il suo corpo lo avvolgeva e lo cullava, e fu una sensazione che non aveva mai provato prima.

Dane sentì i suoi stessi gemiti, e spinse i fianchi in avanti una volta, due, e poi quella sensazione lo fiondò direttamente verso l'oblio. Il suo stesso corpo gli pareva un paese straniero, spinto da un desiderio sconosciuto che non sapeva di possedere. Ogni centimetro di sé era ipersensibile. Riusciva a sentire la frizione dei seni sul suo petto, e anche le mani di Willow sulla sua schiena sembravano incendiargli la pelle. Era tutto troppo, e sentì che si stava spezzando. Si irrigidì alla familiare sensazione dell'orgasmo, ma quello non fu ciò che accadde. Si trattava di qualcos'altro, e gli ci volle un attimo per capire cosa fosse.

Le lacrime stavano spingendo agli angoli degli occhi. Vere e proprie lacrime.

Ma che cazzo?

Quella sorpresa fu sufficiente a risvegliare quella parte di lui che doveva sempre mantenere il controllo in ogni situazione, così si tirò fuori in fretta e non appena Willow aprì gli occhi per la sorpresa, scivolò via da lei mettendosi al suo fianco e fece voltare il suo piccolo corpo, usando entrambe le mani, in modo che lei non lo potesse vedere in viso. Le tenne i fianchi con le mani e, spingendosi in avanti, la penetrò da dietro.

Ed eccola di nuovo... quella sensazione bellissima. Dio Santissimo. Willow era come un sentiero ricoperto di miele e lui avrebbe potuto spingercisi dentro all'infinito senza volere niente di più. «Dolce, sei dolcissima,» disse mentre i suoi fianchi si muovevano di loro spontanea volontà.

Con il cuore che gli martellava nel petto, Dane sporse una mano in avanti, oltre il fianco di Willow e infilandogliela in mezzo alle gambe, andò a sollecitarle il clitoride con il pollice. Willow arcuò la schiena gemendo, e spinse il suo culo dolcissimo contro di lui.

«Dolce, così dolce,» sussurrò Dane con voce tremante.

Il corpo di Willow si tese contro di lui e disse: «Oh, Dio... *Dane*.»

Dane si spinse dentro di lei e prese il volo. Seppellì il viso nei suoi capelli e iniziò a spingere forte.

Willow gli afferrò la mano, premendola contro il suo sesso e quando lui fece ruotare il palmo su di lei, Willow venne con forza, gemendo, irrigidendosi, e stringendogli l'uccello in un caldo abbraccio. A quel punto lui non riuscì a trattenersi un minuto di più. Scoppiò dentro di lei riversandosi nel corpo di una donna per la prima volta nella sua vita. La sua mano era ancora saldamente tra le gambe di lei e Dane la usò per spingerla contro di sé, una, due, tre volte, finché alla fine si fermò.

Il cuore gli batteva nel petto ed era completamente senza fiato. Willow, stretta contro di lui, era ancora in mezzo alle sue gambe, con il sesso che continuava a contrarsi attorno alla sua erezione. Dane non aveva mai provato nulla di così bello. Le respirò affannosamente sul collo, e i capelli di Willow gli si appiccicarono sul viso, ancora umido per via delle lacrime.

Willow voltò leggermente la testa verso di lui, inclinando la spalla per poterlo guardare in faccia, ma Dane la strinse con entrambe le braccia, avvolgendola con una gamba, tenendola stretta e impedendole così di guardarlo. *Calmati*, si disse. Le accarezzò il seno e cercò di far rallentare i battiti del cuore per riuscire a calmarsi.

Willow gli appoggiò una mano sulla sua e la strinse. Le lacrime continuavano a rigargli il volto e Dane cercò di rimanere disteso, in silenzio, impedendosi di non tirare su con il naso.

Tutto quello era dovuto sicuramente al fatto di non essere riuscito a dormire per tutta la notte e la profonda stanchezza lo aveva fatto crollare, trasformandolo in una femminuccia.

Chiuse gli occhi e con la mano appoggiata sul seno di Willow riuscì a sentire il ritmo del suo respiro, lungo e lento. Il suo corpo stava ascoltando quello di Willow e fu allora che iniziò a rilassarsi.

Willow rimase distesa e ingabbiata in quell'abbraccio, chiedendosi cosa fosse appena successo.

L'aveva sentita di nuovo... Quella strana intensità tra di loro che nasceva ogni volta che si toccavano e, in quel momento, Dane era stretto a lei come un naufrago si stringe a un salvagente. Willow chiuse gli occhi memorizzando la sensazione di quel petto possente contro la sua schiena, sentendo quanto si adattassero l'uno all'altro alla perfezione.

CAPITOLO SETTE

DANE STAVA GUIDANDO la sua Jeep in mezzo al bianco, oltre il fiume Connecticut, nel New Hampshire. Dopo aver lasciato l'autostrada si immise su una strada tortuosa dove un cartello sul ciglio indicava che nei successivi cinque chilometri ci sarebbero potuti essere degli alci in attraversamento.

Bugiardi. Dane faceva quel viaggio di un'ottantina di chilometri una volta a settimana e non aveva mai avvistato un alce. Non ne aveva visto uno fin da quando era bambino e viveva nelle Green Mountain. Anni prima, quando sua madre era ancora viva, ogni estate avevano l'abitudine di andare a campeggiare, piantando una tenda nel parco statale e violando le regole sul divieto di accendere fuochi. Suo fratello Finn fischiettava sempre mentre preparava il fuoco, insegnando a Dane come usare gli aghi di pino come combustibile, mostrandogli l'importanza di una giusta accensione.

Ma ora Finn non riusciva più nemmeno a scendere dal letto.

Tamburellò con le dita sul volante al ritmo di The Clash proveniente dalla radio e si allungò all'indietro, appoggiandosi contro il poggiatesta. Da solo, mentre la sua Jeep rombava sulla strada, sentì che aveva di nuovo il controllo. Il suo corpo era rilassato, e conservava quello strascico di languore indicativo di una intensa gratificazione sessuale. Riusciva ancora a sentire l'umidità del corpo di Willow su di lui, e una leggera frizione dove lei lo aveva accarezzato.

La sua mente si soffermò sulla sensazione delle mani della donna sulle sue spalle rigide, e sui massaggi che lo avevano portato a una completa eccitazione.

Cristo. Era di nuovo arrapato.

Alzò il volume della radio e lasciò che la mente vagasse sulle giornate impegnative che aveva davanti a sé.

———

Quando svoltò nel parcheggio della casa di cura era l'una.

Scese dall'auto e si stiracchiò sotto il sole. Di solito, il giorno dopo una tormenta di neve, era caratterizzato da un cielo blu senza nuvole e anche se indossava gli occhiali da sole era impossibile non riuscire a goderne. In nessun altro posto al mondo Dane era consapevole della sua mortalità come in quel luogo, dove, all'interno della struttura, le persone giacevano piegate e distrutte in un centinaio di modi diversi.

Durante le innumerevoli volte che era stato lì aveva imparato che gli dei volubili delle coperture dei segnali dei cellulari graziavano quel parcheggio, così decise di non rimandare oltre l'inevitabile e chiamò il suo allenatore.

«Dove sei?» domandò subito, conoscendo bene la riluttanza di Dane a presentarsi in tempo per i voli.

«Arriverò con un giorno di ritardo,» gli rispose; non aveva senso fare giri di parole. «Mi dispiace, Coach. Prenderò un volo notturno e arriverò in tempo per l'ispezione pre-gara.»

«Ah, ragazzo. Mi spareranno a vista,» si lamentò l'allenatore, «quando arriverò con l'ennesima scusa per coprirti.»

«Allora prendi anche tu il volo dopo, oppure dì al Coach Harvey di andare a farsi fottere. Dico sul serio.»

«Dove sei?»

«Sono appena arrivato alla casa di cura. Starò qui un paio d'ore, e poi andrò a Boston. Sono rimasto bloccato con la Jeep la notte scorsa e il carroattrezzi è arrivato solo a metà mattina. Dico sul serio. Fai vedere a Harvey un qualsiasi cazzo di giornale. Sono scesi sessanta centimetri di neve e l'aeroporto di Logan è stato chiuso per alcune ore. L'ho sentito anche per radio. Arriverò in tempo e scierò veloce. E a quel punto potrò baciare entrambi i nostri culi.»

L'allenatore sospirò al telefono, ma sembrò piuttosto un uragano. «Vedi di fare in tempo.»

«Beviti una birra anche per me, Coach. Ci vediamo domani.»

«Sto bevendo un po' troppe birre per causa tua, ragazzo. Se solo volessi spiegare ad Harvey che hai un'emergenza familiare...»

«Non lo posso fare,» disse Dane. «E se invece vincessi la gara?»

«Ci vediamo domani,» sospirò l'allenatore prima di riagganciare.

———

Dane si infilò il telefono in tasca ed entrò nella casa di cura. Fu accolto da un nauseante odore di cera per pavimenti unita all'antisettico e dal bagliore di una luce fluorescente.

«Buongiorno, signor Hollister,» lo salutò la receptionist. «Ho una lettera per lei da parte del dott. Brown,» disse porgendogli una busta.

Non era un buon segno.

«Grazie,» le rispose afferrandola. La salutò e s'incamminò

lungo il corridoio, verso la camera di suo fratello. Si fermò fuori e, infilato un dito sotto l'aletta, aprì la lettera che era scoraggiante come lui presumeva sarebbe stata. *Caro Sig. Hollister... stiamo continuando a provare a tenere l'infezione sotto controllo con nuovi antibiotici... non abbiamo perso la speranza...*

Dane si infilò la lettera in tasca e si preparò prima di aprire la porta per entrare. La prima occhiata a Finn era sempre uno shock, ma ormai aveva imparato a sorridere per coprire quello stato d'animo.

Quando entrò, gli occhi di suo fratello, infossati in un volto emaciato, si alzarono su di lui. «Ehi!» lo salutò Dane, facendo tre lunghi passi verso la sedia a rotelle, mantenendo il contatto visivo come un campione. Anche se Finn aveva abbassato il mento contro il petto, il suo viso si mosse come se lo avesse riconosciuto.

O forse era solo un tic.

Dane non poteva esserne sicuro. Il muro che quella malattia aveva costruito in mezzo a loro, all'inizio era stato basso e poteva essere scavalcato, se non addirittura ignorato del tutto, ma, strato dopo strato, negli ultimi quindici anni era cresciuto e ora era diventato così alto da essere impenetrabile.

«Ciao, Finn.» Dane prese la mano fragile del fratello nella sua, distendendogli le dita come poteva. Quella mano, una volta incredibilmente forte e agile, lo aveva aiutato a infilarsi i primi scarponi da sci, facendo scattare le fibbie in posizione. In quel momento, invece, era piegata come un pezzo di cartone, chiusa su se stessa, inutile.

E febbricitante.

Dane sentì la pressione crescergli nel petto, quell'inevitabile dolore che lo attanagliava sempre quando era in quel posto. Si guardò intorno e trovò la copia di Finn del Boston Globe, intatta sul comodino accanto al letto. «Cerchiamo la pagina dello sport,» disse sfogliando le pagine. «Chi è primo in classifica nel basket?» domandò prima di iniziare a leggere.

Lesse ogni articolo presente nelle pagine sportive ad alta voce. Prima che Finn deteriorasse fino a quel punto, Dane gli raccontava la sua vita e suo fratello, sentendo le buffonate che combinava sulle piste da sci, gli regalava splendidi sorrisi nonostante fossero offuscati dalla bava.

In quel momento, però, la situazione appariva disperata con il tubicino del cibo che usciva da sotto il lenzuolo e la flebo che gli somministrava gli antibiotici, e a Dane sembrava ingiusto raccontargli di tutte le belle cose che poteva fare lui, mentre suo fratello non avrebbe potuto farle mai più.

O forse Dane aveva smesso di raccontagli delle cose belle, perché parlare con suo fratello era un po' come guardarsi allo specchio. Dato che stava per compiere trent'anni, il suo sfortunato futuro incombeva sempre di più. Quanto tempo sarebbe passato prima che anche lui si fosse trovato nei panni di Finn, forse in quella stessa stanza? Aveva scelto quella casa di cura perché era stata la più bella che aveva trovato. La retta di quindicimila dollari al mese era una somma importante, ma ogni volta che veniva a trovarlo, suo fratello era sempre ben accudito, pulito e ben curato, e le infermiere che si prendevano cura di lui erano allegre e ovviamente ben pagate.

La miglior casa di cura del New England, anche se era un onore molto particolare.

Una volta completata la lettura della sezione sportiva, Dane si ritrovò ben presto con poco altro da dire. Guardò suo fratello sbattere le palpebre. C'era ancora una persona dentro quel corpo che cercava di prestare attenzione. Quella malattia aveva un effetto marcato sulla personalità del malato, ma la demenza non colpiva tutti nello stesso modo. Non poteva sapere quanto suo fratello riuscisse ancora a comprendere, poiché il deterioramento muscolare aveva impedito a Finn di parlare più di un anno prima.

Dane esitò, chiedendosi cosa avrebbe potuto raccontargli ancora. *Tipo, ho incontrato una ragazza?* Forse una parte di Finn avrebbe apprezzato sentire le abilità amatorie di suo fratello sui sedili posteriori di una Jeep, ma Dane non gli avrebbe raccontato quella storia, perché se Finn fosse ancora stato in grado di capire, entrambi sarebbero stati depressi per l'inevitabile conclusione. Dane non avrebbe potuto avere un futuro con quella ragazza, perché il destino aveva già deciso che molto probabilmente anche lui avrebbe perso la stessa partita di suo fratello alla roulette genetica.

E comunque, il destino era una puttana scaltra, perché se non fosse stato per Finn, Dane non avrebbe mai incontrato Willow, non si sarebbe mai allenato nel New England e non avrebbe mai incrociato la sua strada. Testa, vinci. Croce, perdi.

Quel tipo di matematica, quella della malattia, era sempre nella sua testa. Quanti anni sarebbero passati prima che il suo cervello iniziasse a vacillare, facendogli dimenticarsi le cose? Quante persone avrebbero pensato che fosse ubriaco, mentre la sua andatura diventava goffa e incerta?

Perso nei suoi pensieri, rimase in silenzio per alcuni minuti. «Mi dispiace,» disse Dane, la cui voce risuonò nel silenzio della stanza. «Sono un'orribile compagnia oggi.» Riaprì il giornale e continuò: «Vediamo cosa danno in TV, magari ci sarà qualcosa di bello per te da vedere in settimana.»

CAPITOLO OTTO

«Apprezzo davvero questa cortesia, Willow.» Il suo amico Travis si passò di nuovo le mani nei capelli biondi e ondulati cerando di tenerli sotto controllo. «Non volevo perdermi la finale.» Quando sorrideva, gli occhi di Travis si increspavano agli angoli. Aveva un viso aperto e un sorriso amichevole, caratteristica di ogni buon barista.

«Non è un problema, Trav,» disse Willow, mentre si legava il grembiule in vita. «Penso che sarà divertente.»

«Lo spero,» le rispose Travis, lasciando vagare lo sguardo all'interno del bar che in quel momento era quasi vuoto, eccetto per i tre addetti allo ski-lift in fondo alla sala, e l'amica di Willow, Callie, dall'altra parte. «I mercoledì non sono mai troppo caotici,» le disse, «e io arriverò prima che i ragazzi della squadra di bowling siano qua. Se non riesci a trovare qualcosa, chiedi a Annie.» Abbassò la voce, nonostante la cameriera non potesse sentirli perché era nella sala da pranzo adiacente. «È un po' stronza, ma lavora qui da tantissimo tempo.»

«Capito,» disse Willow, lisciandosi il grembiule. «Divertiti e non ti preoccupare di nulla.»

«Se la vedessi troppo sbattuta, l'aiuterò io,» si offrì Callie dal suo sgabello.

«Se venisse sbattuta, io voglio guardare,» mormorò uno degli addetti agli impianti di risalita, mentre i suoi amici sghignazzavano.

Travis si accostò di nuovo all'orecchio di Willow. «Sono disgustosi, ma probabilmente innocui,» disse.

«Ho sentito ben di peggio,» gli rispose Willow con un sorriso.

Quando Travis se ne andò, Willow fece una piroetta davanti a Callie. «Sarà divertente! È come mettere la bancarella per vendere la limonata ma con il benefit dell'alcol.»

La cameriera, Annie, arrivò dalla sala da pranzo, gettando il foglietto con l'ordine sul bancone del bar.

Willow lo prese per leggerlo. «Annie, mi sembra di leggere: un e-book, un collare e un budino.»

Annie sbuffò. «Una Beck's, una Corona e una Budwiser.»

«Huh, okay, arriva subito.»

Quando Annie se ne andò sbuffando, Willow sorrise alla sua amica. «Visto? Anch'io ho finalmente detto "Arriva subito".»

«Credo proprio che Travis abbia chiesto il favore alla persona giusta,» disse Callie sorseggiando la sua birra. «Ti paga per questa cosa?»

«Non glielo permetterò,» disse Willow. «Mi ha aiutato molto da quando John se ne è andato. Mi ha raccomandato per il mio lavoro a tempo determinato, e mi ha anche trovato qualcuno che mi aggiustasse il tetto per poco. È un ottimo amico.»

«Lo sai che ti vuole, vero?»

Willow stappò la Beck's e la Corona prima di alzare lo sguardo. «Cosa?»

«Travis,» disse Callie. «Gli piaci, e anche molto.»

Willow corrugò la fronte, inserendo uno spicchio di limone

nel collo della bottiglia della Corona. La Bud era alla spina, così afferrò un boccale dalla rastrelliera e iniziò a spillarla. «Non mi sembra.»

«Allora sei cieca.»

Willow sistemò le bevande sul vassoio e si appoggiò sul bancone davanti a Callie. «Se vuoi sapere una novità, questa settimana ho avuto un po' di fortuna.»

«Intendi qualcos'altro oltre all'aver fatto sesso con uno sconosciuto?»

Willow le mise un dito sulle labbra. «Non farmi pentire di avertelo raccontato, Callie. Non l'ho detto a nessun altro.»

«Non possiamo permetterci di avere guidatori di Jeep che se ne vanno in giro ovunque, facendoti delle avances.»

«Giusto.»

«Oh, Willow,» sospirò Callie. «Sono solo gelosa. Sono single per la prima volta in tre anni, e la vita in ospedale è faticosa.»

Willow si sporse oltre il bancone e le accarezzò il braccio. «Mi dispiace tanto.»

«Aspetta, sono così occupata a lamentarmi che mi sono dimenticata di ascoltare le tue novità.»

«Ho affittato l'appartamento.»

«Evviva!» applaudì la sua amica. «È fantastico. Come?»

Willow alzò le spalle. «Stavo per andare a cambiare il cartello quando ho ricevuto una telefonata. Il mio nuovo inquilino è una specie di allenatore che lavorerà in montagna fino a primavera. Era molto dispiaciuto quando mi ha detto che gli sarebbe servito solo per alcuni mesi, mentre io saltavo di gioia, ovviamente, anche se era solo per quel breve periodo.»

«È sexy?»

Willow le sorrise. «Sarò felice di presentartelo. Sembra avere circa sessantacinque anni, ma con un viso molto carino e amichevole.»

Callie alzò gli occhi al cielo. «Lo sapevo. Ma sono lo stesso contenta per te. È un gran bell'aiuto, giusto?»

«Riuscirò a tenere buoni i creditori e, magari, per quando andrà via, potrà raccomandarmi qualche altro inquilino.»

Annie tornò di nuovo al bar, con un altro bigliettino illeggibile. Willow lo afferrò prima che la cameriera se ne potesse andare. «Questo è un White Russian? Un Dirty Martini e l'ultimo cos'è?»

«Un Shirley Temple.»

«Giusto.» Willow si guardò intorno e si chiese come mai, insieme ai due contenitori che Travis aveva lasciato con dentro lime e limoni, non ce ne fosse anche uno con le ciliegie. Dove potevano essere? Si accovacciò per ispezionare gli scaffali sotto al bancone, perché Travis teneva tutti gli ingredienti lì sotto, tipo la salsa Worcestershire e alcuni tipi di olive dentro a dei vasetti. «Il mio regno per un barattolo di ciliegie,» brontolò. «Chi poteva immaginare che sarei stata sconfitta da un Shirley Temple?»

«Wills?» la chiamò Callie. «C'è un altro cliente.»

«Solo un secondo...» Willow rimise il barattolo di olive nello scaffale e si alzò di scatto. C'era un uomo seduto a un paio di sgabelli di distanza rispetto a Callie.

Porca miseria.

Era Dane, sorpreso almeno quanto lei, con i suoi bellissimi occhi blu spalancati. Willow si bloccò per un secondo con il cuore che le batteva all'impazzata. Fece un mezzo passo all'indietro, andando a sbattere contro il frigorifero delle birre. Per non cadere si aggrappò a una delle spillatrici e tirando fece scendere un rivolo di birra prima di riuscire a stabilizzarsi. Il suo viso divenne di un rosso acceso.

«Ciao,» la salutò con gli occhi che si increspavano agli angoli.

«Ciao,» ricambiò Willow fissandolo.

«Non sei Travis,» puntualizzò Dane.

«Esatto.» Willow si schiarì la gola e proseguì. «Lo sto sostituendo perché doveva andare a vedere la partita di hockey di suo figlio.»

Il loro gioco di sguardi fu interrotto da uno degli addetti agli ski-lift. «Ehi, bellezza! Vieni qui un attimo.»

Willow si asciugò le mani sul grembiule. «Nessuna opera buona rimane impunita,» disse. «Scusami.»

«Ho sete.» L'uomo le fece un cenno con la mano. «Un'altra Guinness, dolcezza.»

«Arriva subito,» sospirò Willow. Andò alle spillatrici e iniziò a tirare una Guinness, facendo attenzione a non fare troppa schiuma. «Cosa ti posso portare?» domandò a Dane da sopra la spalla.

«Uhm,» iniziò. «Gradirei un cheeseburger,» disse.

«Cibo...» disse Willow. «Complicato. Dammi solo un minuto.» Portò la Guinness allo stronzo che l'aspettava alla fine del bancone, poi vi si appoggiò sopra per chiamare la cameriera nell'altra stanza. «Ehi, Annie!»

Un attimo dopo la cameriera fece la sua comparsa. «Dove sono i miei cocktail?» disse salutandola.

«Ci sono quasi,» le promise Willow. «Per caso sai dirmi dove Travis tiene le ciliegie al maraschino?»

«Hai controllato nel frigorifero?» domandò Annie.

Willow si sentì di nuovo arrossire. Dove aveva il cervello? «In realtà no.»

Annie sbuffò.

Willow si chinò per guardare dentro al frigorifero del bancone. «Pensavo che non andassero a male,» disse sottovoce. «Credevo ne avessero trovate alcune anche a Pompei. Il tuo cocktail arriva in due minuti,» disse afferrando il barattolo di ciliegie. «Potresti prendere l'ordine a questo signore che vorrebbe mangiare qualcosa, per favore?» Willow annuì in direzione di Dane, come se si trattasse di un perfetto sconosciuto. Se lui voleva far finta che la notte che avevano passato insieme non fosse mai esistita, allora lei avrebbe fatto lo stesso.

Annie si sporse verso di lui, spingendogli le tette in faccia. «Il solito? Hamburger con Cheddar, media cottura, anelli di cipolla e una Corona?»

«Ottimo,» le rispose Dane, spingendosi indietro di un paio di centimetri.

A Willow, Annie disse: «Se gli devo preparare il cibo, allora anche la birra andrà sul il mio ordine.»

«Procedi pure,» replicò senza nemmeno alzare lo sguardo.

Quando Annie se ne andò, Callie disse: «Mi chiedo se porterà il cibo appoggiandoselo su quelle cose.»

Willow sentì sbuffare Dane nascosto dietro alla pagina dello sport di un giornale. Finì di preparare lo Shirley Temple, mettendo due ciliegie nel bicchiere. «Quel ragazzo ti ringrazierà per quelle,» le disse Callie.

«Giusto,» le rispose Willow cercando di rimanere calma. «La ragione per cui si ordina uno Shirley Temple sono le ciliegie. Quindi, perché non regalargli un extra?» Appoggiò i cocktail su un vassoio e li portò in fondo al bancone vuoto. «Potrebbe essere la mia firma su quel cocktail. Lo Shirley Temple con una ciliegia extra.» A quel punto stava mormorando.

Quando appoggiò il vassoio sul bancone, l'addetto agli skilift che le era più vicino le afferrò un polso impedendole di muoversi. «Prenderò io la tua ciliegia, dolcezza,» le disse.

A Willow mancò il respiro. Ci sarebbe stata una fine a quella serata di umiliazioni? Quello stronzo non mollava la presa e, mentre lei lo fissava, ci fu un movimento alla fine del bancone del bar. Con la coda dell'occhio vide Dane appoggiare il giornale e spostare indietro lo sgabello.

«È una cattiva idea,» disse Willow con voce ferma, socchiudendo gli occhi mentre si rivolgeva all'idiota che le era di fronte, «fare il maleducato con la donna che ti porta da bere.»

Nonostante Dane si stesse incamminando verso il loro piccolo battibecco, l'uomo mollò la presa.

Sentendo dentro di sé che aveva qualcosa da provare, Willow non mollò l'osso. «Allora, cos'hai da dirmi, adesso?» lo pressò.

«Uhm, mi dispiace? Mi potresti portare un'altra birra?»

«Non ho sentito la parolina magica,» lo incalzò.

«Per favore?»

«Così va meglio,» disse dirigendosi verso la spillatrice.

In silenzio, Dane cambiò direzione, andando verso il bagno degli uomini.

Respira, Willow, disse tra sé e sé. Il cuore le stava battendo all'impazzata e non per colpa dello stronzo che le aveva afferrato il braccio. La vista di Dane l'aveva sconvolta fin nel profondo. In primo luogo era almeno dieci volte più sexy di quanto si ricordasse. Era stata parecchio dura non fissarlo mentre si sfilava la giacca rossa della squadra da quelle spalle enormi, e quella barba di tre giorni che gli copriva quella mandibola così mascolina le aveva fatto venire voglia di sporgersi per sentire con le sue mani quanto fosse ruvida. Si era accorta che la stava fissando, beccandolo sul fatto a guardarla con i suoi occhi intelligenti. Quella vicinanza era sufficiente per farla diventare matta.

Aveva pensato a lui per due settimane. Alcune volte si ricordava il momento esatto in cui le aveva dato il primo bacio nella Jeep, e in qualsiasi posto si trovasse, in fila alla cassa al supermercato, o alla scrivania del suo lavoro a tempo determinato, i suoi occhi si spalancavano per l'incredulità. Quelle immagini ormai le comparivano spontaneamente e, ogni volta che si immaginava il suo petto muscoloso coprirla mentre era distesa nel letto, si scioglieva tutta dentro.

Non le era nemmeno sfuggito che era stato pronto a toglierle quell'ubriacone di dosso. Lo avrebbe fatto per lei. Eppure non voleva rivederla.

Perché?

Scosse il capo. Spillò altre due Bud per gli addetti allo ski-lift e cercò di non apparire troppo eccitata per averlo rivisto. *Non sono un tipo da relazioni stabili,* le aveva detto. Ma lo aveva detto *prima* dei momenti strepitosi che avevano passato insieme. Tutto quello che era successo tra di loro era stato così elettrico.

Sperava che avesse significato qualcosa.

Callie la chiamò gesticolando. «Il ragazzo che ha ordinato l'hamburger... oh mio Dio!» disse facendosi aria con la mano. «Lo hai guardato bene?»

Willow si strofinò la fronte con entrambe le mani. «Perché?» Aveva raccontato alla sua amica cos'era successo, ma non le aveva mai detto un nome.

«Perché l'ho riconosciuto da una foto sul giornale... merda, sta arrivando.»

Willow afferrò l'orlo del top e se lo scostò dal corpo per qualche secondo. Stava iniziando a sudare.

«Sembri esausta,» disse Callie. «Ma te la stai cavando bene. A parte il fatto di esserti dimenticata di dargli la birra,» continuò indicandole Dane.

«Oh!» disse Willow, balzando verso il frigorifero. Afferrò una bottiglia e la stappò. «Mi dispiace,» disse, cercando di non guardarlo negli occhi. Non gli avrebbe mai dato la soddisfazione di fargli sapere cosa, quelle quindici ore che avevano passato insieme, le avessero suscitato.

«Nessun problema,» mormorò Dane. «Grazie.»

Si obbligò a voltarsi, scrivendo il numero delle birre che gli addetti agli ski-lift avevano già consumato sul blocco di Travis.

«Willow!» ansimò Annie, appoggiando il piatto di fronte a Dane. «Gli hai dato la birra sbagliata. Lui beve la Corona.»

Willow bloccò la penna sul taccuino e si voltò lentamente. Fu a quel punto che, con orrore, realizzò che marca di birra Dane tenesse in mano.

Gli aveva portato una Saint Pauli Girl.

Dane la stava guardando con occhi divertiti. Alzò subito una mano e disse: «Va bene,» bevve un sorso per provare ciò che le stava dicendo. «Mi piace molto anche questa.»

«Sei una barista terribile, Willow,» disse Annie, portandosi le mani sui fianchi enormi.

«Perché non lo dici un po' più forte, Annie?» sbottò Willow con il volto in fiamme. «Credo che nel retro non ti abbiano sentito.» Afferrò un altro ordine che la cameriera le stava porgendo e se ne andò.

––––––––

Dane osservò Willow spostarsi verso la fine del bancone dove era seduta la sua amica. Era ancora più carina di quanto ricordasse, e i suoi capelli splendevano sotto le luci soffuse del bar. Indossava un top che metteva in mostra le sue spalle strette, aprendosi poi appena sopra alla cintura dei suoi jeans aderenti.

«Callie, questa calligrafia è del tutto illeggibile,» la sentì dire. «Credo che Annie lo stia facendo intenzionalmente.»

«Fammi vedere,» le disse la sua amica. «Versami un'altra birra mentre io ci lavoro su.»

Willow le porse il bigliettino e andò a spillarle una pinta di UFO Pale Ale direttamente nel suo bicchiere.

«La prima è una prescrizione per degli antibiotici,» sbuffò Callie. «Questo è di gran lunga peggio della maggior parte delle cose che ho visto in ospedale. A dire il vero, credo che il primo sia un Apple Martini. Il secondo inizia per S. Potrebbe essere uno Screwdriver. Oppure uno Scotch, o un Salty Dog? No...»

Mentre Dane le osservava, Willow tirò fuori una Corona dal frigo, la stappò e infilò uno picchio di limone nel collo della bottiglia.

«Quali sono gli altri cocktail che iniziano per S?» domandò Callie.

Willow si avvicinò, mettendogli la Corona davanti, senza mai alzare lo sguardo.

«Non eri obbligata a farlo,» disse Dane con calma, ma Willow si era già voltata per andare dalla sua amica.

Quindi le cose sarebbero andate in quel modo. Non lo avrebbe nemmeno guardato in faccia. Ma cos'altro poteva aspettarsi visto che era scappato dopo averla scopata? Era successo due settimane prima e, fin da allora, aveva ripensato a quell'incontro dozzine di volte. Si sarebbe fermato in quello Stato di nuovo per un po', ma aveva sempre cercato di fare attenzione a non passare vicino a casa sua mentre andava verso le stazioni sciistiche. Non voleva guardare le luci accese e ritrovarsi a chiedersi cosa stesse facendo quando era sola in casa.

Non erano per niente affari suoi. E non lo sarebbero mai stati.

«Che inizia con la S... Sea Breeze?» Tentò Callie. «Sidecar?» Anche se Willow stava cercando di fare di tutto per rimanere fuori dall'orbita di Dane, la sua amica non se ne stava accorgendo. «Ne conosci qualcuno anche tu?» domandò guardando verso Dane, cercando di coinvolgerlo nella conversazione.

Prima di rispondere, alzò lo sguardo verso Willow. «Um... Southern Comfort?»

«7 and 7,» provò Callie. «Sex on the Beach?»

«Sex in a Jeep,» disse Dane sottovoce, mentre Willow si muoveva verso di lui.

Forse però non lo aveva detto piano abbastanza, perché a

Callie andò di traverso la birra e iniziò a sputacchiarla in giro. Si voltò sullo sgabello e fissò Dane.

Gli occhi di Willow si infiammarono mentre gli passava accanto per andare verso gli addetti agli ski-lift. Disse qualcosa a bassa voce, qualcosa che poteva sembrare: «Sparatemi.»

Nemmeno Dane capì perché lo avesse detto. Non avrebbe mai voluto metterla in imbarazzo, voleva solo che lo guardasse, ma lei non lo aveva fatto. E da quel momento, l'amica di Willow, in fondo al bancone del bar, non aveva smesso di guardarlo.

Tranquillo, Dane.

Ma lui non era mai stato un tipo tranquillo, se non quando indossava un paio di sci. E nella maggior parte dei posti in cui era stato durante la settimana, quello era più che sufficiente. Vinci un bel po' di gare e la gente ti si butta ai piedi, indipendentemente dalla tua vita sociale o dalla sua assenza. Ci sapeva fare sulla neve, ed era lì che aveva pianificato di vivere la sua vita, finché il suo corpo non lo avesse tradito, e i soccorritori sarebbero stati costretti a farlo scendere sulla slitta.

Sentì una folata di vento gelido colpirgli la schiena e un attimo dopo un gruppo di uomini entrarono nel bar portando delle borse da bowling. Con il viso del colore di una barbabietola, Willow iniziò a prendere gli ordini delle birre e quando Annie arrivò per prendere i suoi cocktail, Willow le ripose il bigliettino con gli ordini. «A Callie è uscita la birra dal naso finendo su questo prima che potessi leggerlo tutto. Credo ci fosse un Apple Martini e un...»

«Sloe Gin Fizz,» le rispose Annie.

«Quello non ci era venuto in mente,» scherzò Callie.

«Con amiche come te...» disse Willow prima di sporgersi per prendere una bottiglia di Sloe gin.

———

Mentre il bar si riempiva di gente, Dane sapeva che avrebbe dovuto pagare e andarsene via in fretta. Guardare Willow era una dolce tortura perché non la poteva avere, non importava quanto la desiderasse. Eppure, non riusciva ad andarsene. Anche se non era chiaramente il suo lavoro, spillava birra e miscelava cocktail con grazia e umorismo e ogni ragazzo nel bar le lanciava occhiate, sperando in un suo sorriso o in un suo sguardo.

La madre di Dane l'avrebbe chiamata "Petardo", perché chiamava così le donne con quello spirito. Anche se era morta più di quindici anni prima, i modi di dire preferiti di sua madre ultimamente gli tornavano sempre in mente. Così come quelli di Finn. Gli mancava così tanto il suono della voce di suo fratello.

«Scusami, sono in ritardo!» urlò Travis, infilandosi dietro al bancone del bar. Il sollievo sul viso di Willow era quasi palpabile. «La partita è andata ai supplementari,» si scusò. «È andato tutto più o meno bene?»

«È stata l'ora del principiante,» disse Annie prendendo due cocktail dal bancone.

«È stata l'ora e mezza del principiante,» la corresse Willow. «Ma non sta morendo dissanguato nessuno,» continuò incrociando le braccia sul petto. «Questi ragazzi sono a posto,» disse poi indicando un gruppo di giocatori di bowling. «Quelli hanno già il conto,» continuò indicando un altro gruppo di ragazzi. «Gli addetti agli ski-lift ti devono pagare sei pinte, e Annie ha gettato il conto di Dane. E questo è tutto, a parte Callie.» Willow prese un boccale e iniziò a spillare una UFO.

«Ottimo lavoro Wills,» disse Travis. «Per chi è la UFO?»

«Per me, Trav,» gli rispose Willow, con un tono esasperato.

«Bene,» rise Travis. «Non ti potrò mai ringraziare abbastanza.» La guardò nello stesso modo in cui l'avevano guardata tutti gli altri ragazzi del bar: voglioso.

Dane aveva conosciuto Travis al liceo, ma per un breve periodo, perché poi era dovuto andare ad allenarsi sulle Burke Mountain e lui era un tipo troppo solitario per mantenersi in contatto con le persone. Ma quando aveva iniziato a farsi vedere al Rupert Bar and Grill per un cheeseburger e una birra, fin dal mese prima, Travis aveva fatto uno sforzo per aggiornarlo sugli ultimi gossip di paese, inclusi i suoi. Il barista aveva sposato la sua ragazza del liceo e avevano già divorziato.

Allora, perché Travis non faceva la sua mossa verso Willow, che era la cosa più luminosa nell'intera stanza? Anzi, probabilmente della città intera.

Dane lo vide prendere possesso del locale, andando a controllare i clienti. Era il barista perfetto, sempre sorridente e con la battuta pronta. Era sempre stato così anche quando erano adolescenti, tutto fascino e niente sostanza. Parlò con i giocatori di bowling circa le partite, spillando una birra gratis per quello che aveva fatto il punteggio più alto. Ci aveva sempre saputo fare con le persone, cosa che invece non riusciva a fare lui.

Ritrovarsi a essere geloso di Travis Rupert fu un momento abbastanza deprimente.

«Come sta il tuo uomo, Callie?» domandò Travis all'amica di Willow.

«Trav,» lo ammonì Willow. «Cambia domanda.»

Le sopracciglia di Travis scattarono verso l'alto. «Perché?»

«L'ho sbattuto fuori.» Callie arrossì. «L'ho beccato...» Alzò la testa al cielo chiudendo gli occhi. «Con un'infermiera. In una sala visite.»

«Non è possibile,» disse Travis.

«E come se non fosse già brutto abbastanza che questa cosa sia un cliché,» continuò Callie, «li devo vedere all'ospedale ogni singolo cazzo di giorno.»

«Callie, mi dispiace,» disse Travis. Mise un braccio attorno alle spalle di Willow e l'altro su quelle di Callie. «Che ne è stato di voi due e della vostra fortuna?»

Mentre Dane li guardava, le dita di Travis stavano massaggiando la spalla di Willow e sentì un dolore allo stomaco.

Era arrivato il momento di andare.

Mise il denaro nella cartellina del conto e si infilò la giacca.

«Dove sei stato, Danger?» domandò improvvisamente Travis. «Mi ero abituato a vederti seduto qui nel mio bar,» disse raccogliendo il piatto vuoto.

«Austria.» Finì la sua Corona e il lime gli sfiorò le labbra.

«Sei salito sul podio?»

«Secondo te?» Dane chiuse la giacca. «Buona notte, Travis,» disse. Prese il giornale che aveva con sé ed esitò un istante per dire: «Buona notte Willow.»

Willow alzò lo sguardo, accennando a un saluto con il capo, poi si chinò per oltrepassare il bancone, sorpassò i giocatori di bowling e si diresse verso la sua amica.

Dane uscì da solo, proprio come aveva sempre fatto.

———

Non appena Willow le fu seduta accanto, Callie le afferrò il braccio. «Era quello il ragazzo della Jeep? O mio Dio!»

«Shh...» la ammonì Willow. «È stato così mortificante.»

«È un campione olimpionico, Wills, ed è così carino, no?»

«Voi ragazze conoscete Dane?» domandò Travis portando via il boccale vuoto di Callie.

«Non proprio,» gli rispose Willow a bassa voce.

«Bene,» disse Travis, appoggiando un'altra birra davanti a Callie. «Porta solo problemi.»

«Perché?» chiese Callie, nonostante Willow le avesse appena tirato un calcio sotto al tavolo.

Travis scosse il capo. «Siamo andati al liceo insieme a Little

Creek. Tutta la sua famiglia è pazza. Fino all'ultimo membro. Diciamo... proprio da ricovero.» Passò lo strofinaccio sul legno bucherellato del tavolo e se ne andò.

«Non mi sembrava pazzo,» sussurrò Callie. «Mi sembrava sexy.» Ridacchiò prima di continuare. «Credevo mi avessi detto che era solo di passaggio.»

«Be', non è quello che ha appena fatto?» domandò Willow.

Callie tirò fuori il suo cellulare. «Diamo un'occhiata su di lui su Google.»

«Anche no.»

«Oh, dai su, Wills! Magari lo rivedrai di nuovo. Potresti indossare la giacca della squadra di sci sul tuo corpo nudo.»

Willow si mise a ridere. «Non succederà okay? Me lo ha detto molto chiaramente e se mi facessi delle illusioni mi renderei solo patetica.»

«Non sei patetica, Willow.»

«Grazie Callie.»

A dire il vero, c'era qualcosa di interessante nella giacca che indossava Dane. Il suo nuovo inquilino ne aveva una simile. Forse c'era qualche legame tra i due. Se Dane le aveva mandato il suo allenatore, aveva fatto una cosa molto importante.

Anche se lui non sembrava volersene prendere i meriti.

CAPITOLO NOVE

FALLIMENTI AMOROSI A PARTE, Willow iniziò a sentire che la sua vita era in ripresa. Visto che le sue finanze non erano più così ristrette, riuscì a prendersi cura di quelle piccole cose che aveva tralasciato. Fece cambiare l'olio al pick-up e rifornì la dispensa. In farmacia, si prese una nuova crema idratante, perché gli inverni in Vermont erano parecchio secchi. Si avvicinò poi al bancone per acquistare anche la pillola.

E fu proprio mentre aspettava che la giovane donna, con indosso un camice bianco da laboratorio, finisse di prepararle il tutto, che iniziò a preoccuparsi. Secondo i suoi calcoli, avrebbe dovuto avere il ciclo proprio in quel momento.

Uscì con le sue prescrizioni e si mise a sedere dietro al volante del pick-up con la mente in subbuglio. Si era dimenticata di andare a comprare la pillola e lo aveva fatto qualche giorno dopo rispetto a quello in cui avrebbe dovuto iniziare a prenderla. Aveva saltato così alcuni giorni, ma siccome il suo ragazzo con il quale stava da molto tempo se ne era andato, non le era sembrato poi così importante. Aveva ripreso a prenderla quando le aveva acquistate di nuovo.

E in un momento, in mezzo a quella dimenticanza, aveva incontrato Dane.

Willow iniziò a sudare. Tornò in farmacia e, per la prima volta nella sua vita, comprò un test di gravidanza; con dita tremanti si diresse verso una cassa rapida, per poter pagare da sola.

Probabilmente era solo un falso allarme, pensò mentre guidava verso casa. Il ritardo con cui aveva iniziato a prendere la pillola, doveva aver convinto il suo corpo a ritardare il ciclo.

Ma dieci minuti dopo, seduta sulla tavoletta abbassata del water, Willow fissava un test di gravidanza positivo.

C'era una sola persona che poteva chiamare. «Callie?»

«Willow?»

«Ti prego, dimmi che non sei di turno stasera.»

«Perché dolcezza? Mi sembri sconvolta.»

«Potresti venire qui? Ho bisogno di vederti.»

«Mi stai spaventando. È un problema che può essere risolto con del gelato o della tequila?»

Willow sospirò. «Credo gelato.» *E comunque non la tequila di certo.*

«Arrivo appena finisco di lavorare.»

———

Sedute sul divano di Willow, si stavano asciugando entrambe le lacrime dal viso.

«Oh Willow, devi smetterla di colpevolizzarti.»

«Se ci fosse qualcun altro da biasimare, sarei ben felice di farlo,» disse, poi continuò. «Ma questo è proprio tipico di me.»

«Incolparti non ti aiuterà. E poi, magari, questo tizio ha uno speciale tipo di sperma da discesista che è andato dritto verso la tua cervice.»

Quando Willow iniziò a ridere, altre lacrime le rigarono le guance. «Pensa solo a che eccellente psicologa della scuola sarò un giorno. Potranno bussare alla mia porta tutti gli adolescenti con dei problemi e io saprò esattamente ciò che stanno passando.»

Callie si mise a ridere, asciugandosi gli occhi. «Oh, Willow.»

«Metterò un recipiente pieno di preservativi sulla mia scrivania, proprio come gli altri ne mettono uno con le caramelle.»

«A parte tutto... non riesco a credere che questo sia succedendo proprio a te.»

«È colpa mia Callie, proprio come per tutto il resto che è andato storto.»

«Non ho intenzione di chiederti cos'hai deciso di fare, perché spero che tu non abbia ancora deciso nulla.»

Willow scosse il capo. «Dovrei rifletterci sopra per un po', giusto?»

«Glielo dirai?»

Willow sospirò. «Probabilmente devo farlo, vero? Ma non la prenderà bene. Non ho mai conosciuto nessuno meno interessato a una relazione impegnativa di questo ragazzo.»

Callie grugnì. «Quindi non sarà una conversazione piacevole.»

«No,» sospirò Willow. «Non lo sarà affatto.»

«Hai sempre detto di volere dei bambini, Willow.»

«E li voglio,» disse con dolcezza. «Nel modo più assoluto.»

Callie abbassò il tono di voce. «Ma le circostanze fanno schifo. È dura, vero?»

«Molto dura,» annuì Willow.

«Sarai una bravissima mamma,» disse Callie mentre se ne andava. «Lo so e basta.»

———

Dopo che Callie se ne fu andata, le parole che le aveva detto la sua amica continuarono a tornarle in mente. *Sarai una grande mamma, Willow*. In un qualsiasi altro momento della sua vita, le avrebbe dato ragione, anche perché aveva sempre voluto avere la possibilità di dimostrarlo. I suoi genitori avevano rinunciato a lei in favore di droga e alcool e lei era andata in affidamento all'età di quattro anni. Aveva passato tutto il periodo delle scuole elementari a chiedersi cosa avesse fatto di male perché i suoi genitori l'avessero abbandonata. Quella cosa l'aveva trasformata in una ragazza molto coscienziosa, quella che riusciva a prendere sempre una A durante i compiti in classe di ortografia e quella che lavava sempre i piatti prima che la sua mamma affidataria potesse avvicinarsi al lavello.

Fu solo all'università, però, che Willow riuscì a mettere tutto nella giusta prospettiva. Quando aveva scoperto i corsi di psicologia, se ne era appassionata subito. Proprio lì, nei suoi pesanti libri di testo, Willow era riuscita a capire che il comportamento che aveva avuto durante l'infanzia era un tipico caso di sovracompensazione. Era stato un sollievo scoprire che c'era una spiegazione per tutte le decisioni che aveva preso, e per la compulsione che aveva sempre avuto nel cercare di compiacere la gente a tutti i costi.

Willow aveva sempre voluto diventare madre, per poter amare un bambino come i suoi stessi genitori non erano riusciti a fare. Ma in quel momento si chiese se non stesse sovracompensando di nuovo. Sarebbe stato giusto far nascere un bambino così? Farlo nascere da una persona che lottava addirittura per mettere il cibo sulla tavola?

Semplicemente lei non lo sapeva. E in quel momento doveva cercare di capirlo da sola, senza l'aiuto di quel partner innamorato con cui lei, nelle sue fantasie, aveva sempre voluto vivere quest'esperienza.

E avrebbe dovuto anche farlo in fretta.

DANE SI ASCIUGÒ il sudore dalla fronte con la manica della giacca.

«Ho spostato la settima porta,» disse l'allenatore. «La nuova combinazione è un tornante diretto sulla discesa. Riesci a vederlo da qui?»

«Sì,» rispose Dane abbassando gli occhiali. «Dovrò tagliare la linea sulla sinistra in modo da riuscire a entrare nell'ottava.»

«Esattamente. Quando sei pronto,» disse l'allenatore, piantando le sue racchette nella neve e sciando sulla linea della corsa, arrivando al traguardo a sci paralleli.

Lo slalom non era la specialità preferita di Dane. Era troppo complicato e tecnico per i suoi gusti. Ma un paio di volte durante la stagione, riusciva a salire sul podio anche in quella specialità. Dane se ne stava in piedi, all'inizio della discesa, controllandola ancora una volta con gli occhi. Poi si lanciò, prendendo velocità fin dalla prima combinazione.

Anche se lo slalom non era così veloce e pericoloso come la sua specialità preferita, Dane si godette il sibilo che gli sci facevano sulla neve, così come il rombo dell'eco che si creava nelle porte una volta che le oltrepassava. Non c'era nulla come una discesa di slalom per svuotare la mente da tutto il resto, eccetto che una gara vera a propria. Uno sciatore distratto avrebbe potuto inforcare una porta prima ancora di sentire la parola "squalificato."

Sciò per la prima parte della discesa senza sforzo, incluso il cambio del tornante fatto dal suo allenatore. Le cose filarono ancora lisce nella parte più ripida dove l'allenatore aveva preparato tre combinazioni consecutive molto strette. Nell'ultimo terzo della discesa, Dane iniziò a inclinarsi, sperando che i suoi quadricipiti continuassero a fare il loro lavoro, ma l'accumulo di acido lattico iniziò a dargli problemi mentre scendeva nell'ultima mezza dozzina di porte.

Era quasi arrivato al traguardo quando sentì scivolare il piede sinistro. Guardò verso il basso per una frazione di secondo, e vide lo sci inforcare la porta facendolo scivolare di lato. Iniziò a battergli forte il cuore nel petto, mentre rallentava la velocità bypassando le ultime porte per fermarsi accanto all'allenatore con una fermata da hockey.

«Ma che cazzo?» domandò Dane senza fiato, massaggiandosi la coscia sinistra.

«Hai preso un piccolo accumulo lassù,» gli disse l'allenatore.

«Non ho sentito nulla urtare la punta,» rispose Dan. «È stato proprio strano.» Il suo cuore non voleva saperne di rallentare. Scosse la gamba sinistra chiedendosi cosa fosse appena successo. *Tremori muscolari,* gli suggerì il suo subconscio.

«Non è così strano,» disse l'allenatore, avvertendolo. «Andiamo a pranzo che è già ora.»

Dane tornò a guardare la discesa come se la risposta fosse proprio lì. Si massaggiò la coscia sinistra cercando di convincersi che non gli era successo nulla di strano. *Non pensarci,* ordinò a se stesso. Si tolse il casco, lasciando che l'aria gelida gli arrivasse sulla testa sudata. «Va bene. Andiamo al The Main Lodge o allo Scary Pizza?» domandò. Il problema con il cibo delle stazioni sciistiche era che faceva schifo ovunque. Era molto caro e la qualità era scarsa. Zuppe grasse e pizze molli. Dane viveva di quella roba.

«Vuoi venire a mangiare da me? Ho dei panini di maiale sfilacciato.»

«Sul serio?» domandò Dane. «Non ti ho mai visto cucinare niente che non fosse cibo congelato.»

L'allenatore rise. «Non lo faccio. Ma la mia padrona di casa sì. Mi ha portato un contenitore pieno dicendomi che ne aveva fatto in abbondanza.»

Uh, oh. «Be' è un ottimo affare per te,» disse Dane.

«Vero. Dovresti conoscerla, Dane. È bellissima. Fatti una ragazza per una volta.»

Dane si chinò per slacciarsi gli scarponi. «Questo è il punto, Coach. Io non ho una ragazza e, sfortunatamente, non posso venire da te, a meno che lei non sia in casa.»

L'allenatore rimase in silenzio per un po' e quando Dane si rialzò, sbuffò. «Sul serio?»

«Sì, sul serio.»

L'uomo scosse il capo. «Siamo in questo paesino da dieci minuti e tu ti sei già fatto quella ragazza?»

Dane alzò le spalle. «È quello che faccio.»

L'allenatore aspettò che Dane prendesse gli sci. «Be', andiamo a mangiare e io mangerò un panino al maiale sfilacciato. Tu puoi venire o no.»

«Se vedo il pick-up nel vialetto, proseguo.»

«Va bene,» gli rispose scuotendo il capo.

———

Willow aveva un lavoro a tempo determinato presso l'agenzia di assicurazioni del paese. Alcuni giorni a settimana si infilava vestiti da ufficio e aiutava l'assicuratore a rinnovare le polizze e a procedere con le richieste di risarcimento. Come tutto il resto nella sua vita, quel lavoro tremava come una candela al vento, sempre sull'orlo di spegnersi. Quella settimana l'avevano chiamata solo per tre mezze giornate.

Era appena passata l'una quando entrò nel suo vialetto e vide una familiare Jeep verde parcheggiata in cima alla salita. La sua prima reazione fu: *gli uomini sono così prevedibili.*

Dire che quel cibo regalato era stato un calcolo per riuscire a condurre Dane alla sua porta non era del tutto vero. Aveva fatto un arrosto di spalla di maiale per portarlo al suo club del libro, la sera prima, ma poi le sue amiche avevano mangiato molto poco di ciò che lei aveva portato. E nonostante Willow adorasse il maiale sfilacciato, sapeva che si sarebbe stufata di mangiarlo abbastanza in fretta. Portarne un po' all'allenatore non era quindi solo un gesto ponderato, ma anche di buon vicinato.

Ma si era subito chiesta se lo *avrebbe* condiviso.

Willow si diede un'ideale pacca sulla spalla per quell'intuizione, ma ora che Dane era lì, a pochi passi da lei, capì che non era pronta a dirgli della gravidanza. La novità, il problema, era troppo fresco, e siccome lei sapeva fin troppo bene come avrebbe reagito Dane alla notizia, non poteva dargliela finché non avesse capito come si sentiva lei a riguardo.

Se non altro, riuscire a capire un po' di più, dato che da sempre si considerava una ragazza un po' confusa.

Scese dal pick-up e si diresse a passo spedito verso casa. Non si sarebbe messa in quella situazione, non era pronta. Ma visto che aveva avuto la conferma che Dane e l'allenatore erano nella stessa squadra, se non altro sapeva di potersi mettere in contatto con lui se ne avesse avuto bisogno, e non solo con dell'arrosto. Quando fosse stata pronta a dire a Dane del bambino, avrebbe potuto contare sul gentile signore con gli occhi dolci per farlo arrivare fino a lei. Ne era sicura.

Nella sua cucina, Willow mise una manciata di fagioli secchi nell'acqua. L'indomani avrebbe cucinato del tacchino con fagioli bianchi e peperoncini verdi. Il chili era il cibo perfetto per una ragazza single. I fagioli erano poco costosi e salutari, e se si fosse stancata di mangiarli, avrebbe sempre potuto congelare gli avanzi.

Si chiese se il cibo piccante che tanto amava mangiare l'avrebbe fatta star male. Quando sarebbero iniziate le nausee mattutine?

Il suo telefono squillò.

CAPITOLO UNDICI

IL PANINO al maiale sfilacciato era davvero molto saporito, proprio come Dane sapeva sarebbe stato. E l'appartamento dell'allenatore era, come avrebbe detto una ragazza, accogliente. C'erano grosse travi di legno sul soffitto e una stufa a legna in un angolo.

«Hai sentito anche tu?» domandò l'allenatore facendogli l'occhiolino, mentre il rumore del pick-up di Willow rombava sul vialetto.

«Certo che l'ho sentito,» sospirò Dane. «Non c'è una volta in cui io sia riuscito a farla franca, quando combinavo qualcosa. Ricordami di non toccare mai nulla in un negozio di liquori.»

L'allenatore si mise a ridere. «Se le cose sono brutte come dici, non busserà alla porta. Sa almeno che tipo di auto guidi?»

«Sì.» *Se la ricorderà per sempre.*

L'allenatore mangiò l'ultimo boccone del suo panino e disse: «Un giorno, ballerò al tuo matrimonio, ragazzo.»

Dane socchiuse gli occhi nella sua direzione. «Mai.»

L'uomo più anziano annuì. «Lo so che tu pensi sia impossibile, e solo Dio saprà chi sarà la sposa. Ma un giorno...»

Qualcosa nelle parole dell'allenatore arrivò un po' troppo

vicino alla verità. Aveva detto *impossibile* anziché *improbabile*, e Dane si chiese il perché. Non aveva mai detto a nessuno il suo segreto. Ovviamente l'allenatore sapeva che Finn stava morendo, ma Dane non gli aveva mai detto la causa. Non aveva bisogno che qualcuno andasse a leggere su Google cosa lo aspettava.

Si alzò e portò il piatto fino al lavello dell'allenatore, e aprì il rubinetto. «Torniamo indietro e non pensare nemmeno per un istante di abbandonarmi là fuori,» disse Dane indicando con un cenno della testa il vialetto. «Mi aspetto che inizi con la routine del poliziotto cattivo. "Danger, siamo in ritardo per l'allenamento".»

L'allenatore sghignazzò. «Bene, farò schioccare la frusta.»

«Mi piacerebbe fare alcuni esercizi per lo slalom gigante questo pomeriggio, se va bene anche per te,» disse Dane. Proprio mentre si voltava verso la porta, qualcuno bussò. «Cristo,» disse Dane sottovoce.

L'allenatore sorrise e gli passò accanto per aprire la porta.

Quando la aprì, c'era Willow con un viso serio e gli occhi che passavano dall'allenatore a Dane.

Su, forza ragazza, non fare così, pensò Dane senza troppe carinerie.

«Mi dispiace ragazzi,» disse Willow schiarendosi la gola. «Mi hanno telefonato da una casa di cura del New Hampshire, chiedendomi di uno di voi due. Mi hanno detto che il mio numero è sulla segreteria telefonica dell'allenatore.»

Oh.

Oh, Cristo, no. Dane sentì la terra che gli scivolava via da sotto ai piedi.

«Dane.» L'allenatore lo osservava, la sua faccia di pietra. «Devono aver provato a chiamarci sui cellulari,» disse sottovoce.

Ma Dane non lo stava più ascoltando. Camminò invece come uno zombie e uscì dall'appartamento.

«Il telefono è sul bancone della cucina,» disse Willow mentre Dane la oltrepassava.

Nella cucina di Willow, Dane alzò la cornetta e se la portò all'orecchio. «Pronto? Sono Dane.»

«Signor Hollister, sono Janice, una delle infermiere della casa...»

«So chi è,» disse con voce che apparve inutilmente fredda anche alle sue stesse orecchie.

«Mi dispiace tanto doverglielo dire,» disse, «ma Finn è appena deceduto.»

«Grazie per aver chiamato,» disse con il calore di un robot.

«Ci sono dei preparativi da fare...» iniziò l'infermiera.

«La richiamerò più tardi,» disse piccato prima di riagganciare. Si lasciò andare contro il tavolo con il desiderio di voler rompere qualcosa... il telefono, il tavolo, la sua stessa testa. Qualcosa.

Aveva sempre saputo che quella telefonata sarebbe arrivata, ma l'aveva comunque sempre temuta. Da quel momento in poi era veramente da solo. Solo due persone lo avevano amato: Finn e sua madre. E ora se ne erano andati entrambi. In quel momento il corpo di suo fratello avrebbe già potuto essere in un frigorifero. Freddo come il ghiaccio.

Lo stesso posto dove anche lui sarebbe finito, in un giorno non troppo lontano.

Rabbrividì.

———

Willow e l'allenatore si guardarono l'un l'altro per un momento molto imbarazzante.

«È...» disse l'allenatore togliendosi il berretto da in testa.

«... suo fratello,» sussurrò Willow.

L'allenatore spalancò gli occhi, ovviamente sorpreso che Willow lo sapesse. «Sì.» Alzò lo sguardo al soffitto e poi lo rivolse di nuovo verso di lei. «Mi dispiace per la telefonata. Non ho chiamato la compagnia telefonica per farmi dare una linea per me, perché mi sembrava una specie di perdita...»

«Nessun problema,» sussurrò Willow.

«Quindi... dubito che scieremo ancora, oggi,» disse l'allenatore. «Di' a Dane che sono qui se vuole parlare.»

«Lo farò.» Lo lasciò da solo nell'appartamento e camminò verso la porta di casa. Rimase lì, sulla veranda per un attimo, lasciando a Dane un po' di privacy, ma non c'erano suoni provenienti dall'interno. L'unica cosa che riusciva a sentire era il chiocciare eccitato di una gallina che aveva appena fatto l'uovo. Aprì la porta della cucina e vide Dane in piedi, accanto al tavolo sul quale aveva abbandonato il telefono. Fissava la venatura in legno con occhi assenti.

Willow entrò in punta di piedi. Dane era immobile come una statua. Il suo bellissimo viso scolpito come se fosse concentrato su qualcosa che lei non poteva vedere né sentire. Non si muoveva e sembrava non averla neppure sentita. «Dane,» sussurrò facendo un passo in avanti. Gli mise una mano sulla spalla e domandò: «Lo hai perso?»

Per un attimo non fu sicura che l'avesse sentita, ma poi Dane mise le sue grandi mani sul tavolo e si piegò in avanti, lasciando cadere la testa in mezzo alle braccia. «L'ho perso molto tempo fa,» sussurrò con voce roca.

Il dolore nella sua voce la fece stare male. Gli mise una mano sulla nuca, appoggiando il palmo sulla sua pelle calda. «Mi dispiace così tanto,» sussurrò. «Mi dispiace tanto.» Spostò la mano in basso, sulla schiena, accarezzandogliela con movimenti rapidi. Un tocco casto per poterlo sostenere. Ogni volta che i suoi amici stavano male Willow si sentiva così inutile, e nonostante la terrificante complicazione che c'era tra lei e Dane, in quel momento non faceva alcuna differenza.

«Non aveva nemmeno compiuto quarant'anni,» sussurrò Dane. «Nemmeno quarant'anni.»

Willow vide la sua espressione, ma Dane non alzò mai lo sguardo verso di lei. Sembrava intrappolato nel suo stesso dolore, come se fosse sotto shock. Era quasi sul punto di chiedergli se dovesse chiamare l'allenatore, quando Dane si voltò e puntò gli occhi nei suoi. «Cosa farò adesso senza di lui?» domandò Dane.

«Oh,» disse Willow sentendo che le si inumidivano gli occhi. «Mi dispiace tanto.» Sembrava perso. Willow si sporse verso di lui con entrambe le mani.

Dane si alzò e le strinse le braccia attorno al corpo. La strinse forte, e il mento di Willow spinto contro il suo petto, tenuta stretta da una delle sue grandi mani appoggiata sulla schiena.

Non c'era niente che lei avrebbe voluto dirgli che avrebbe potuto farlo stare meglio. Willow gli strinse le mani dietro alla schiena e chiuse gli occhi. Inalò il suo profumo, il suo maglione di lana profumava di aria di montagna e di fumo. Il suo corpo era incredibilmente robusto.

Ma anche i più forti potevano provare dolore.

Sopra di lei, Dane le infilò il naso tra i capelli e inspirò. Willow lo abbracciò ancora più stretto e rimasero così. L'unico suono che riusciva a sentire era il suo stesso respiro e il richiamo insistente di una cincia fuori dalla sua finestra.

«Willow,» disse dopo un po'.

Willow si tirò indietro e alzò lo sguardo sul suo volto. «Dimmi.»

Dane se ne stava lì, con lei nella stanza, e non in qualche luogo lontano dove era stato fino a poco prima. Con espressione seria, sbatté le lunghe ciglia. «Perché sei così buona con me?»

Quella domanda la stupì. «Intendi... ora?»

Dane annuì.

«Perché... perché...» Willow deglutì. *Perché è ciò che fa la gente.* «Perché sei triste,» disse invece.

Dane la fissò, come se stesse riflettendo sulla sua risposta. Willow lo sentì tremare e le si strinse forte il cuore. Fece un passo verso di lui, e lo strinse forte. Di nuovo. Dane le appoggiò il naso sulla guancia.

«Dane,» disse a bassa voce, «c'è qualcuno che posso chiamare per te?» Dane le aveva detto di essere cresciuto nelle vicinanze e forse c'erano altri membri della famiglia che dovevano essere avvisati. O magari aveva un amico che poteva confortarlo.

Si tirò di nuovo indietro e la guardò con i suoi grandi occhi blu lago. «Non un'anima,» le rispose con voce roca, poi si chinò verso di lei e la baciò.

Quando le sue labbra morbide incontrarono quelle di Willow, quest'ultima si irrigidì per la sorpresa. Dane la baciò ancora, con più passione e le attirò i fianchi contro i suoi, facendole aprire le labbra con la lingua. Willow sospirò contro di lui, immergendosi totalmente nella situazione. Mentre si baciavano, Willow fu attraversata dal desiderio che le arrivò fin nel profondo, rendendole difficile pensare razionalmente.

Sentì le farfalle nello stomaco. Non avrebbe dovuto baciarlo perché c'erano delle complicazioni tra di loro, delle quali lui non era nemmeno a conoscenza. Non era giusto, ma nonostante lei avesse quei pensieri, le labbra di Dane diventarono vogliose e bisognose. Le infilò una mano nei capelli e con l'altra la strinse forte a sé. Le afferrò il sedere, attirandola contro la dura evidenza del suo bisogno, che stava premendo contro la cerniera.

C'erano un centinaio di ragioni per le quali quella era una cattiva idea, ma il corpo di Willow era pronto a ignorarle. I suoi capezzoli si indurirono contro il torace di Dane, e sentì i suoi pollici sfiorarle la pancia, mentre con le mani le afferrava il tessuto della gonna che aveva indossato per lavorare.

«Willow,» ansimò. «Vorrei che mi aiutassi a liberarmi di tutto questo, come hai già fatto prima.»

La psicologa che c'era in lei a quel punto si fece avanti. Con un sospiro profondo, portò entrambe le mani sul suo viso, ma si spostò all'indietro. Gli parlò dolcemente, anche se le sue parole furono molto chiare: «Oh tesoro,» disse e Dane chiuse gli occhi, come se quel nomignolo fosse troppo per lui. «Non funzionerebbe.»

Dane aprì gli occhi di scatto. «Ma è tutto ciò che mi è rimasto.»

«Shhh...» lo rassicurò Willow, accarezzandogli gli zigomi con i pollici.

Dane le si avvicinò. «Fammi dimenticare.»

Quella richiesta era così dura, così onesta che le fece stringere il cuore. A quel punto lo baciò, arrendendosi al bisogno di Dane, la cui lingua le rispose con l'urgenza di qualcuno che si era perso, e le sue labbra erano bollenti dalla disperazione.

Anche se sapeva che non era affatto una buona idea, il corpo di Willow la pensava diversamente. A ogni carezza delle mani erranti di Dane contro il suo seno, i suoi fianchi o mentre le afferravano il sedere, la caricò di passione come se fosse stata attraversata da un lampo.

Dane la lasciò andare, e dopo aver afferrato la cerniera la aprì, abbassandosi i pantaloni. La sua erezione era pronta, dura e con le vene in rilievo, e puntava dritta verso di lei. A quella vista a Willow mancò il fiato e si sentì arrossire. Dane si appoggiò contro il tavolo, mentre lei gli afferrava l'erezione. Con una sola occhiata verso i suoi bellissimi occhi, Willow abbassò le labbra sulla cappella, baciandola dolcemente. Iniziò poi a leccarlo, e Dane grugnì mentre lei continuava a tenerlo stretto nella sua mano.

Willow schiuse le labbra e lo prese in bocca. Sopra di lei, Dane si appoggiò al tavolo con un sospiro. Willow sentì le sue grandi mani scivolarle sui capelli, e si prese tutto il tempo necessario, iniziando a leccarlo lungo tutta la lunghezza; fece del suo meglio per prenderne quanto più possibile.

A un certo punto, Dane le fece scivolare una mano sotto il mento e le diede un leggero colpetto. Willow si alzò sorpresa e lo guardò. L'uomo l'attirò a sé, appoggiando la fronte contro la sua, e sfiorandole il naso con il suo. «Ho bisogno di vedere il tuo viso,» disse.

A quelle parole Willow rabbrividì. Quella era la sua debolezza, vero? Quell'uomo bellissimo le aveva appena detto che aveva bisogno di lei, e lei sarebbe andata da lui correndo. Quella cosa non sarebbe finita bene, perché, come tutte le altre volte in passato, si trattava sempre di una bugia.

Dane diede uno strattone alla sua gonna, guardandola negli occhi con dolorosa intensità.

Per un lungo istante Willow non si mosse e non distolse lo sguardo dal suo. Poi si decise, portò le braccia all'indietro e si aprì da sola la gonna, che lasciò cadere a terra. Dane le mise le mani sui glutei, facendole scendere le calze lungo i fianchi, poi fece passare un braccio sotto al suo sedere, la alzò e, dopo essersi voltato, la posò sul tavolo della cucina. Con un forte strattone le sfilò le calze e le lasciò cadere a terra, lasciandola nuda dalla vita in giù.

Willow mantenne il suo sguardo e aprì le ginocchia. Gli appoggiò le mani sulle spalle, e poi gli avvolse la vita con le gambe. Dane le strinse il sedere, mantenendola in bilico sul bordo del tavolo.

Willow non riusciva a distogliere lo sguardo.

Gli occhi di Dane erano ancora incollati ai suoi e con il pollice iniziò ad accarezzarla. I suoi occhi si illuminarono mentre si sentiva sempre più bagnata, ma il grugnito di Dane la riportò al presente in un istante.

E fu allora che Willow capì che non avrebbe potuto distogliere lo sguardo, mentre gli occhi gelidi di Dane affogavano nei suoi. Lo sentì che la penetrava e fu il suo turno di gemere, mentre lui iniziava ad accarezzarla. Avevano le fronti una contro l'altra e rimasero così per un momento, uniti e in silenzio. Willow trattenne il fiato.

Dane si mosse e la baciò. «Cosa c'è in te?» sussurrò e poi le coprì le labbra con le sue. Le sue spinte si fecero più insistenti, il ritmo veloce e bisognoso.

Nonostante tutto, Willow si sentì in pace, arrendendosi ai suoi bisogni. Con gli occhi blu puntati su di lei, non aveva importanza che stesse iniziando solo in quel momento a soffrire, o che la gravidanza la stesse terrorizzando, perché, qualche volta, un momento di dolcezza significava tutto. La frizione del suo corpo poderoso contro di lei iniziò a infrangere i suoi pensieri, che diventarono languidi e sognanti come il fumo nell'aria invernale.

«Oh, cosa mi stai facendo?» ansimò Dane. Il suono dei suoi gemiti eccitati si radicò in lei, strappandole un gemito dal corpo, che arrivò dritto alle sue orecchie. La sua visuale iniziò ad annebbiarsi e quando sentì arrivare il primo brivido, si ritrovò ad aspettare, stringendogli i fianchi con le ginocchia. Il suo nome le sfuggì dalle labbra e l'orgasmo li travolse entrambi.

Dane urlò mentre si spingeva in lei ancora una volta, e quel suono per poco non le spezzò il cuore. Il corpo di Willow stringeva quello di Dane, come se volesse alleviargli tutto il dolore.

Ansimando, rimasero stretti l'uno all'altra senza muoversi.

Per alcuni minuti fu la pace assoluta. Con le dita Dane le accarezzava la schiena, un tocco assente. Willow gli lisciò i capelli, massaggiandogli dolcemente il collo. «Andrà tutto bene,» disse poi e, facendo scivolare il mento sulla spalla di Dane, lo baciò. «Andrà tutto bene.»

D'un tratto Dane si tirò indietro, il viso stravolto dal dolore, tanto che per un attimo Willow pensò che potesse piangere. Ma poi scosse il capo con fierezza. «No... non succederà, Willow.»

Quando Dane si scostò, Willow perse l'equilibrio per la posizione precaria sul bordo del tavolo e scivolò rapidamente a terra. «Qual è il problema?» domandò.

Quando lei gli porse quella domanda, lui si stava già tirando su i pantaloni. «Non deve succedere mai più.» Chiuse la lampo e continuò: «Questo deve finire.»

«Dane sei stato tu che...»

Dane afferrò la giacca dal pavimento. «Tutto questo è tossico. *Io sono* tossico.»

La rabbia montò dentro di lei e si sentì imbarazzata. «Chi dice una cosa del genere?» Sentì l'angoscia nella sua stessa voce mentre raccoglieva la gonna e la usava per coprirsi.

«Credo di essere io stesso a dirlo.» Detto questo si voltò di scatto verso la porta.

Willow lo guardò andare via, sconvolta da quella fuga improvvisa. Non si era scusato. Non l'aveva nemmeno salutata.

La sua porta sbatté dietro di lui.

Willow rimase lì in piedi, immobile, mentre sentiva accendersi il motore della Jeep, e poi il suono dei pneumatici che facevano schizzare la ghiaia mentre lui imboccava il vialetto.

Quando capì che se n'era veramente andato, Willow raccolse tutti i suoi vestiti e se ne andò verso il retro della casa. Con le mani che le tremavano, si appoggiò alla vecchia vasca con i piedini in ottone e si preparò un bagno. Entrò nella vasca prima ancora che il livello dell'acqua fosse alto abbastanza, ma Dane l'aveva lasciata con la sensazione di essere sporca e lei non vedeva l'ora di lavarsi.

Inspirò nell'aria umida satura di vapore e cercò di non piangere. Oddio. Avrebbe dovuto saperlo. Cosa ci si poteva aspettare da qualcuno che stava soffrendo? No, Dane non aveva ancora iniziato a soffrire, era semplicemente sotto shock. E di nuovo Willow aveva fatto lo stesso errore che faceva ogni volta. Concedere il suo cuore a qualcuno che non era capace di amarla.

Di nuovo, idiota! Quando imparerai?

Appoggiò la testa contro il bordo della vasca e lasciò scorrere le lacrime. Forse Dane le aveva fatto persino un favore, perché adesso sapeva che non poteva aspettarsi nulla da lui. Sarebbe stato molto più semplice dirgli che era incinta, dopo il promemoria che le aveva lasciato su quanto poco gli importasse di lei.

CAPITOLO DODICI

C ON GRANDE RILUTTANZA, qualche giorno dopo Dane entrò nel vialetto di Willow e sussultò quando vide il suo pick-up parcheggiato nel garage.

Lui e il suo allenatore erano di nuovo diretti verso l'aeroporto Logan di Boston. E siccome Finn se ne era andato, non c'era più alcun bisogno che lui passasse alla casa di cura. Aveva cercato di scegliere un itinerario che prevedesse di non passare a prendere il suo allenatore in quel posto, ma tutta la sua attrezzatura non ci sarebbe stata nella berlina. Non aveva tutta questa gran voglia di dargli delle spiegazioni, voleva solo caricare e andarsene via, senza perdere troppo tempo.

Scese dalla Jeep e si affrettò verso l'appartamento dell'allenatore. «Ehi, Coach,» disse aprendo la porta ed entrando nella sala da pranzo.

«Ehi, ragazzo,» lo salutò l'allenatore, tirando un trolley fuori dal piccolo bagno. «Come ti senti oggi?»

A causa della morte di Finn, il suo allenatore aveva suggerito di saltare del tutto le gare italiane, ma se così fosse stato, Dane avrebbe perso punti nella classifica mondiale, cosa che non voleva fare. E poi, che senso aveva starsene nella sua squallida stanza ad Hamilton, in compagnia solo di pensieri negativi?

Quando hai dei dubbi, scia lungo la montagna.

«Sto bene. Andiamo a vincere qualche punto.»

L'allenatore guardò l'orologio. «Eccellente. Abbiamo ancora tempo per prendere da mangiare in aeroporto.»

Dane capì che l'uomo era parecchio sollevato dal fatto che sarebbero arrivati in Italia insieme, e soprattutto puntuali.

Dane prese il trolley dell'allenatore e lo trascinò fuori. Uno sguardo veloce verso la casa di Willow intercettò dei movimenti all'interno. *Ti prego, rimani lì*, pensò. *Per il bene di entrambi.* Dane non poteva stare nella stessa stanza con quella ragazza. Mai più. Non sapeva cosa ci fosse in lei, ma qualsiasi cosa fosse, gli stava scombussolando la mente. Gli faceva venir voglia di avere cose, di fare cose, che per lui erano off-limits.

Non importava cosa sarebbe successo, non poteva lasciare che accadesse ancora.

«Ehi, Coach,» chiamò Dane, chiudendo il portellone posteriore. «Dopo che saremo ritornati da questa gara, credo che possiamo anche andarcene da questo posto. Potremmo trovare qualche baita sulle Alpi, concederci una pausa dai fusi orari e potremmo rimanere in Europa per il resto del tour.» Le sei settimane successive sarebbero state piene di gare nel continente.

L'allenatore lo guardò di traverso. «Non volevo farti pressioni e non volevo parlartene prima che avessi seppellito tuo fratello.»

Dane annuì. «Non gli farò il funerale.»

«No? Posso sempre vestirmi elegante.»

«Non avevamo più nessuno in famiglia,» disse Dane. «Non ha alcun senso farlo.»

Dane vide il suo allenatore lottare con l'impulso di dargli un consiglio o di lasciar perdere. «Dane,» iniziò.

Dai su, coach, non puoi lasciar semplicemente perdere?

«Potresti rimpiangere di non avergli detto addio.»

Dane scosse il capo. «Gli ho detto addio molto tempo fa.»

L'allenatore serrò la mascella. «Va bene. Mi dai cinque minuti? Devo andare in bagno e poi possiamo andare.» Detto questo se ne andò.

Cristo.

Dane decise di aspettare in auto.

Willow non era andata in panico quando aveva visto la Jeep verde entrare nel suo vialetto, ma le era stato subito chiaro che Dane e il suo allenatore stavano partendo. Il retro della Jeep era pieno di sci e di altri bagagli e aveva subito collegato le due cose. C'erano dozzine di gare in Europa (grazie, Google), perciò chi poteva sapere quando sarebbe tornato?

Aveva paura a dirglielo, ma era una cosa che andava fatta.

Attraverso la finestra, Willow vide che l'allenatore stava rientrando. Si sentiva le ginocchia molli, ma o lo faceva in quel momento o non lo avrebbe fatto mai più. Senza preoccuparsi di indossare una giacca, uscì di casa e fece il giro intorno alla Jeep.

Willow si accorse che Dane la stava guardando dal sedile del guidatore sul quale si era seduto lasciando la portiera aperta.

«Ciao,» la salutò cauto

«Ciao,» ricambiò Willow con voce cupa.

«A proposito dell'altro giorno...»

Willow alzò una mano interrompendolo. «Dimenticati dell'altro giorno,» disse. «C'è qualcos'altro che ti devo dire.» Willow lo guardò in viso, ma Dane non rivelò il suo stato d'animo. Aveva sempre quell'espressione intensa e attenta che lei amava, ma non c'era modo per lui di anticipare la bomba che lei stava per scagliare.

Willow si schiarì la gola. «So che non hai bisogno anche di questo, adesso, ma non te lo direi se non fossi sicura che potrei anche non rivederti...»

Dane non disse una parola.

«... e non c'è un modo semplice per dirlo.» Le si chiuse la gola. «Ma sono incinta. E penso che avresti voluto che te lo dicessi.»

Lo guardò assimilare la cosa e si aspettò una sfuriata di rabbia o di sorpresa, invece tutta la luce se ne andò dal suo sguardo. La sua espressione divenne piatta e contrasse la mascella. «Non può essere mio,» disse alla fine.

«Lo è, Dane,» deglutì Willow. «Mi dispiace. Non so cosa provi...»

«Non è possibile,» sussurrò Dane. «Mi avevi detto che prendevi la pillola.»

«Ho... ho commesso un errore.» L'espressione piatta che aveva in viso era ancora più preoccupante che se si fosse messo a urlare. «Ho saltato qualche giorno...» Era troppo scossa per riuscire a difendersi oltre. Riusciva solo a starsene lì, a rabbrividire per lo stress.

«Bene. Cercherò di passare oltre al fatto che mi hai mentito, ma ho bisogno che tu ci *pensi* bene, Willow.» Si leccò le labbra e continuò: «Dev'essere di qualcun altro.»

«No c'è nessun altro,» disse cercando di essere forte per se stessa. «So che non ne sei felice, ma non c'è nessuna possibilità che mi sia sbagliata.»

Dane abbassò la testa e, per poco, Willow non riuscì a sentire le sue parole. «Non puoi essere incinta del mio bambino.»

«Cosa?» domandò, nonostante fosse abbastanza sicura di aver capito bene.

«Non puoi, perché io...» Alzò lo sguardo, freddo come il ghiaccio, verso di lei. «È una pessima idea avere questo bambino. Dimmi che non lo farai.»

Willow rimase senza parole, era ancora peggio di quanto si era aspettata, perché di tutte le cose deludenti che lui avrebbe potuto dirle, non le era nemmeno passato per la testa che l'avrebbe spinta ad abortire. Ma, forse, c'entrava il suo dolore, perché Willow riusciva a vedere le cose per ciò che erano. Una ragazza non poteva studiare psicologia per sette anni e non riuscire a sentire la verità attraverso il rumore.

Io non c'entro nulla.

Quella realizzazione l'aiutò a sopravvivere ai successivi sessanta secondi. Premette le unghie contro i palmi delle mani. «Dane, mi dispiace per il mio errore, ma non stavo cercando di mentirti sulla pillola. Solo non pensavo che l'universo sarebbe stato così crudele.»

Quello che Dane fece la sorprese di nuovo. Si mise a ridere, un suono amaro, e il suo viso assunse un'espressione di disgusto. «Willow, non ti illudere. L'universo è molto crudele.»

Guardandolo, Willow si dimenticò di respirare. Iniziò ad ansimare e fece un passo indietro. «Lo vedo,» disse. A quel punto sarebbe stato facile urlargli contro, digli esattamente ciò che pensava della sua freddezza, ma quello non avrebbe fatto altro che prolungare quell'incontro. Qualsiasi fosse tipo di bagaglio che Dane stava portando, e doveva essere parecchio pesante, non aveva fatto nulla per aggiungerne altro. Aveva fatto la cosa giusta dicendogli la verità e, a quel punto, non le restava che andarsene. «Mi dispiace, ma quello che ti ho detto è la verità. E non so quello che tu...» prese un lungo respiro e continuò. «... Credo che tu sia meglio di così.»

Dane deglutì vistosamente. «A questo punto credo che tu sia proprio incasinata.»

Okay, abbiamo finito, si disse Willow, andandosene.

«Non sto scherzando, non puoi avere questo bambino.»

Willow si voltò e accelerò il passo verso casa. Non avrebbe fatto alcuna promessa, ma quella era una decisione che spettava solo a lei prendere.

«Ehi! Stiamo ancora parlando!» le urlò dietro Dane.

Willow riuscì ad arrivare fino in cucina prima di iniziare a piangere.

———

«C'è qualche problema?» domandò l'allenatore mentre saliva sulla Jeep.

«No,» gli rispose Dane, guardando un punto imprecisato seduto dietro al volante, mentre avviava il motore.

«Mi è sembrato di sentire delle urla,» continuò l'allenatore chiudendo la portiera.

«Io non ho sentito nulla,» disse Dane. Fece inversione a U così in fretta che l'allenatore dovette appoggiare le mani sul cruscotto per non perdere l'equilibrio.

«Dio, ragazzo, cosa sta andando a fuoco?»

Dane si immise sulla strada principale e accelerò verso la città. Fu una benedizione che conoscesse la strada per l'aeroporto così bene, perché la sua mente, incredula, era da tutt'altra parte.

Era brutto. Era dannatamente brutto e non aveva idea di cosa fare.

Ed era solo colpa sua.

CAPITOLO TREDICI

WILLOW se ne stava sdraiata sul suo divano a fissare le travi che aveva sopra la testa. C'era silenzio, rotto solo dagli scricchiolii che una vecchia casa come quella produceva quando si sistemava per la notte. Aveva avuto ventiquattro ore per elaborare la terribile conversazione che aveva avuto con Dane, ma anziché sentirsi meglio, si era depressa ancora di più.

Si alzò e si sporse per prendere il telefono e chiamare Callie a casa.

«Willow! Come stai? Ti ho pensato per tutta la settimana.»

Willow sospirò. «Callie, gliel'ho detto. E non avrebbe potuto andare peggio di così.»

«Oh, no,» sospirò la sua amica. «Cosa ti ha detto?»

«Io...» In quel momento Willow realizzò che non voleva ripeterlo ad alta voce. Non voleva rivivere quella crudeltà e l'essersi messa in quella posizione era stato parecchio mortificante. «È stato freddo Callie, e non ha mostrato un minimo di empatia.»

«Bastardo!» urlò Callie.

«Non che mi aspettassi chissà cosa, te lo avevo già detto. Ma è stato veramente bruttissimo. E adesso mi sento in imbarazzo perché a me piaceva quel ragazzo, mi piaceva sul serio...» le si ruppe la voce.

«Oh, tesoro, mi dispiace così tanto.»

«Pensavo di essere sempre stata brava a giudicare le persone,» pianse Willow, «e credo di aver avuto questa idea stupida...» Non riuscì nemmeno a finire la frase. Ma era la verità. Una piccola parte del suo cuore aveva sperato che lui ci sarebbe stato. Non aveva avuto nessuna ragione per pensare che lo avrebbe fatto, se non la sensazione che anche lui fosse stato preso da lei, come lei lo era stata da lui.

Era ridicolo. E si era rivelato anche peggio.

Anche Callie sembrò sull'orlo delle lacrime. «Di solito l'essere onesti è la miglior soluzione, ma talvolta l'onestà ti si ritorce contro.»

«È stato abbastanza chiaro sul fatto che si aspetta che io abortisca.»

«Oh, mio Dio. Davvero si aspetta una cosa del genere? Non spetta a te decidere?»

«Ovvio che sarò io a decidere, ma sentirlo dire... be'... È diventato anche più difficile per me prendere una decisione, adesso che so come la pensa. Avrei preferito non saperlo. Avrei preferito non sentirlo pronunciare quelle parole. È stato spaventoso, Callie. Quando gliel'ho detto, ha perso ogni espressione in viso.»

«Aspetta... In che senso, spaventoso? Ti ha per caso minacciato?»

Willow si asciugò le lacrime con la manica. «No, assolutamente no. È difficile da spiegare, adesso che ci ripenso.» Rabbrividì, ripensando al cambiamento dell'espressione di Dane. I suoi occhi, da vispi e intelligenti, diventarono piatti e inespressivi. Il posto in cui era andato nella sua testa... doveva essere qualcosa di primordiale.

«Sai cosa mi dà più fastidio di questa storia?» disse Callie.

«Travis. Ti ricordi che aveva detto che la famiglia di Dane era pazza? La gente dice cose del genere di continuo. Ma pensi che volesse intendere alla lettera?»

«Mi sembra un po' troppo vittoriano, Callie. Come se vivessimo in un capitolo di *Cime tempestose*. Le malattie mentali non sono come il colore dei capelli, che passa accuratamente da un bambino all'altro.»

«Sei tu lo strizzacervelli.»

«Io sono lo strizzacervelli che non sa cosa pensare. Sono la brutta copia del Dr. Seuss.»

«Willow devi tenere duro, okay? Hai toccato il fondo, ma adesso devi fare dei lunghi respiri profondi. E quando starai meglio e sarai pronta, prenderai la tua decisione.»

«Sai qual è stata la parte più dura?» deglutì Willow. «Che una delle cose che ha detto è vera.»

Callie sospirò. «Scommetto che non è vero.»

«Mi ha detto, "sei proprio incasinata". Ed è difficile controbattere a questo.»

«No che non lo è,» ribatté Callie. «Respira profondamente, Willow. Dico sul serio.»

«Callie, quest'anno mi sono andate storte tantissime cose, molte delle quali possono essere spiegate anche con una giusta dose di sfortuna. Ma questa è veramente solo colpa mia.»

«Semantica. C'erano due persone in quella... Jeep.»

«Letto, a dire il vero. È stato nel secondo round, quando lui ha detto: "Non abbiamo un altro preservativo" io gli ho detto che non era importante.» Willow sospirò e dicendolo ad alta voce chiarì il concetto. «Solo che alla fine è stato importante,» disse iniziando di nuovo a piangere.

«Oh, Willow,» la consolò la sua amica Callie.

———

Dane ebbe un mal di testa talmente forte, durante tutta la traversata sull'Atlantico, che il giorno dopo, durante l'ispezione pre-corsa, non se n'era ancora andato.

«Scopriamo solo ora le insidie dell'allenamento a bassa quota,» disse l'allenatore porgendogli una bottiglietta di Evian.

«No,» disse Dane bevendone un sorso. «Non ho bisogno che anche tu mi faccia pressioni.»

«Chi ti sta facendo pressioni?» domandò l'allenatore. «Io sono dalla tua parte, qui. Andiamo a dare un'occhiata alla quarta discesa,» suggerì, risalendo il crinale. «Mi piace il fianco sinistro del salto grande.» Unì le punte dei pollici, con i palmi in fuori, come se stesse componendo una cornice per una fotografia. «Questo ti mette sulla linea di atterraggio direttamente nella curva del carosello.»

«Giusto.» Dane piegò la testa verso sinistra facendosi scrocchiare il collo. Doveva concentrarsi. Dane guardava i concorrenti attorno a lui, che si appoggiavano in avanti sulle racchette, muovendo le braccia in un modo ipnotico, come fossero dei tentacoli di meduse, intenti anche loro a visualizzare rapidamente la discesa. Era un Super G, il che significava che le porte erano in numero minore e distanti l'una dall'altra, e la velocità, piuttosto che l'agilità, avrebbe fatto la differenza.

La solita confusione del giorno della gara li circondava, ma Dane non si era mai lasciato confondere dalle centinaia di persone che si allineavano dietro alla rete di sicurezza arancione. Non si era mai lasciato sopraffare dagli altri sciatori che erano determinati a batterlo. E non si era mai lasciato abbattere dalla paura.

Ma quel giorno era del tutto confuso.

«Dane, stai bene?» gli chiese l'allenatore per la centesima volta.

«Smettila di chiedermelo, cazzo,» ringhiò Dane.

La verità era che lui era ben lontano dallo stare bene. L'annuncio di Willow lo aveva innervosito fino al midollo. Dane non poteva, nel modo più assoluto, avere un bambino. Se lo avesse avuto, significava che quella povera creatura sarebbe cresciuta proprio come era cresciuto lui, ad aspettare terrorizzato la comparsa dei sintomi che avrebbero distrutto il suo corpo, mentre si era costretti a guardare il resto del mondo vivere la sua vita.

E Willow sarebbe stata costretta a guardarlo succedere, e avrebbe finito col sopravvivere a suo figlio di almeno di una ventina d'anni.

Non avrebbe dovuto finire in quel modo. Quando Dane fosse morto, quella malattia genetica avrebbe smesso di uccidere delle persone che appartenevano alla sua famiglia. Lui avrebbe dovuto essere l'ultima vittima di quel male.

Non aveva dormito la notte prima, perché non era riuscito a smettere di pensare a Willow. Il suo annuncio lo aveva indotto sul serio, in modo perverso, a pensare che lei scopasse in giro. Sarebbe stato meglio per tutti se fosse rimasta incinta di qualcun altro e che stesse solo cercando di affibbiare a lui la paternità. Cercò di immaginarsi se fosse fattibile che lei avesse calcolato tutto, presumendo che lui avrebbe guadagnato milioni di dollari dagli sponsor, dopo le ultime Olimpiadi.

Cristo. Willow non era il tipo. Non sarebbe mai stata quel tipo di persona.

Il suo giorno più sfortunato era stato quando lo aveva incontrato.

Quando arrivò alla casetta in partenza, il suo mal di testa se ne era solo parzialmente andato. Era decimo nell'ordine di partenza, e i primi sette erano già scesi. C'era stata una sola caduta, uno sfortunato norvegese, che aveva preso una buca nella seconda discesa, cadendo di culo e andando a sbattere contro le reti di protezione. Dane saltellava sugli scarponi in modo da tenersi caldi i piedi.

«Danger.»

Si voltò e trovò uno dei suoi cosiddetti compagni di squadra, un ragazzo che lui chiamava J.P., che era arrivato dodicesimo, piazzandosi meglio del solito.

«Sì?» Perché quel tipo voleva mettersi a chiacchierare proprio in quel momento che gli mancavano solo tre minuti alla partenza?

«Ho appena sentito la radio tedesca che il secondo salto è rovinato sulla sinistra,» disse J.P.

Dane lo fissò. «Sei sicuro di aver capito bene quello che hanno detto?»

«*Ja, Absolut*. Mia madre è tedesca,» gli fece l'occhiolino J.P.

Dane piegò le ginocchia, cercando di pensare, poi si voltò verso J.P. «Perché non mi ha avvisato Harvey?»

J.P. alzò le spalle. «Non ne ho idea, ma io starei sulla destra. Ovviamente avrei una traiettoria bruttissima per entrare nel carosello, ma se facendo così rimango in piedi...»

'Fanculo. Quel tipo stava forse tirando l'acqua al suo mulino? Dane aveva già tracciato il suo percorso, e quello stronzo, forse, stava solo cercando di confonderlo. J.P. non lo aveva mai battuto in nessuna gara, ma quell'anno stava gareggiando meglio di quanto avesse mai fatto e forse insinuare dei dubbi in lui faceva parte della sua strategia.

Dane sentì chiamare il suo nome dal giudice al cancelletto di partenza, così fece un passo avanti e i suoi lunghi sci atterrarono sulla neve davanti a lui. Dane entrò nella casetta in partenza e guardò la discesa, serrando la mascella.

Il suo allenatore si affrettò a controllargli gli attacchi. «Cosa c'è che non va?» domandò subito.

«Niente, cazzo,» disse Dane abbassandosi gli occhiali. Scosse i quadricipiti, si avvicinò al cancelletto di partenza e guardò la discesa. Focalizzò il suo sguardo proprio in mezzo alle linee blu, mentre il contatore alla partenza iniziava a emettere il bip sonoro.

Dietro di lui, gli altri concorrenti cominciarono a urlare: «Uccidila, Dane! Come un killer!»

Quando il contatore gli diede il via, Dane si lanciò in avanti spingendo al massimo per accelerare. A quel punto iniziò a giocare anche la gravità, e Dane sentì la discesa ghiacciata scivolare sotto di lui, finché non avvertì il famoso vuoto d'aria tipico delle montagne russe. Si infilò le racchette sotto le braccia e si accucciò nella posizione aerodinamica tipica dei proiettili. La prima curva era a sinistra. Si piegò sulla lama degli sci che insieme alle gambe avvolsero la discesa, mentre i muscoli intervenivano per gestire la forza centrifuga della curva improvvisa.

Si dimenticò di avere mal di tesa, e anni di allenamento, uniti ai muscoli fecero il loro lavoro. Le due curve successive arrivarono in rapida successione e lui riuscì a mantenere la linea. A quel punto stava arrivando nella zona più veloce della discesa. Uno sciatore meno esperto avrebbe di sicuro perso la concentrazione, riducendo la velocità per riuscire a tenere tutto sotto controllo. Dane, invece, guardò il primo salto che gli si parò di fronte. Abbassò le spalle e diede il benvenuto all'aria. Durante gli anni, dozzine di giornalisti avevano usato la frase, "desiderio di morte" quando dovevano descrivere il suo stile aggressivo. Nel mondo di Dane c'erano solo due certezze: la morte e la gravità. Ogni altro essere umano sul pianeta viveva con le stesse sue restrizioni, ovviamente, solo che Dane ne era molto più consapevole rispetto alla maggior parte delle altre persone.

Morire in un incidente ad altissima velocità non sarebbe stato di certo peggio che deteriorarsi in una casa di cura. Si può giustificare ogni rischio quando non c'è nessuno che dipende da te. Chi avrebbe fatto soffrire se fosse successo?

Willow.

Anche se stava scendendo ai centoquindici chilometri all'ora, l'immagine di Willow che si sentiva in colpa, gli schizzò nella mente. Quell'infinitesimo sfarfallio dell'immagine della ragazza fu sufficiente per alterare la sua concentrazione. Mentre atterrava dal primo salto, i suoi sci toccarono entrambi la neve quasi nello stesso nanosecondo. Quasi, ma non proprio. Il suo sci destro rimbalzò e Dane aprì le spalle per correggere la posizione, preparandosi per una curva stretta verso destra.

Sfortunatamente, però, la corresse troppo e nonostante stesse scendendo come un razzo, continuava a ondeggiare troppo. È così che le cose vanno in fumo, una curva non allineata porta a un non allineamento ancora maggiore. Ogni errore ne crea un altro, obbligando a fare correzioni sempre più importanti.

Proprio come succedeva nella vita reale.

Quando iniziò a vedere il secondo salto, era a circa un metro e mezzo a sinistra rispetto a dove avrebbe dovuto trovarsi e, proprio come gli aveva detto J.P, era rovinato da morire. Ormai, però, era troppo tardi per cambiare la traiettoria. L'unica cosa che poté fare fu guardare raggiungere la parte sbeccata, mentre il giacchio gli faceva divaricare gli sci, nell'attimo in cui prendeva il volo.

Lanciato senza fiato in aria, il suo peso era troppo in avanti rispetto ai fianchi. Fece ruotare le braccia per cercare una posizione migliore, ma l'universo non fu dalla sua parte. Appoggiò uno sci alla perfezione, mentre l'altro atterrò su un angolo malconcio della discesa, e alla prima pressione che Dane gli mise sopra, l'attacco si aprì.

A quel punto, arrivò l'inevitabile terrore di volare lungo una discesa con poco più che una misera tuta addosso, occhiali e casco a proteggerti. Inclinò al meglio delle sue possibilità l'unico sci che gli era rimasto, rallentando ancora di una trentina di chilometri orari, prima che gli si sganciasse anche quello per la troppa pressione. Il suo corpo cadde in avanti, spingendolo di torace contro le reti di protezione.

Sarebbe andato tutto bene se fosse caduto guardando il cielo, invece i suoi novanta chilogrammi caddero tutti sul ginocchio destro. Non ci fu nessun segno che i legamenti si fossero lacerati, solo un dolore improvviso seguito da uno strano intorpidimento alla gamba.

La prima persona a raggiungerlo fu un giudice di porta. «Va tutto bene?» gli chiese in italiano.

Dio, no. Non stava bene affatto.

Doveva essere svenuto perché la cosa successiva di cui si rese conto fu che un uomo gli stava puntando una luce negli occhi mentre urlava in italiano. Era legato a qualcosa. Una slitta? Alzò la testa. Era su una barella alla base della discesa e sembrava avesse circa un centinaio di persone intorno.

Doveva essere grave. «Coach?»

«Ragazzo,» era la voce del suo allenatore. «Hai preso una bella botta.»

Dane fissò il suo allenatore, ma sfortunatamente ne vedeva due. «Tutto qui?»

«Non ne siamo sicuri,» rispose evasivo l'uomo. «Hai detto loro che il dolore alla gamba sinistra era a nove.»

Cristo.

«Danger, amico, mi dispiace così tanto.» Era una voce nuova.

Dane alzò lo sguardo per vedere una versione sfuocata di J.P. in piedi accanto a lui. «Col cazzo che ti dispiace,» mormorò Dane. «Questo va tutto a tuo favore.»

«Gesù, amico, questa è cattiveria.» Tutti e due i J.P. stavano danzando nella sua mente. «Tieni duro.»

Ci fu un'altra ondata di discorsi in italiano e Dane sentì che lo stavano alzando. Il suo corpo era a penzoloni in aria e una fitta acuta di dolore gli attraversò la gamba. Dane sibilò e chiuse gli occhi.

CAPITOLO QUATTORDICI

IL TELEFONO di Willow squillò mentre era al lavoro. Il messaggio di Callie diceva: *Hai letto la pagina dello sport di oggi?*

Willow, che non leggeva mai la pagina dello sport, replicò: *Perché?*

La risposta di Callie fu: *Leggila e poi chiamami.*

Il titolo la fece rimanere senza fiato. «La stagione dell'olimpionico Danger Hollister finisce in anticipo con un ginocchio rotto in Italia.»

Chiamò subito Callie a casa. «So che è sbagliato, però mi sento responsabile,» disse Willow.

«Senti, potrebbe essere stata colpa tua solo se fossi volata in Italia e lo avessi spinto giù dalla montagna. Il che non sarebbe nemmeno stata una cattiva idea.»

«Cerchi sempre di farmi reagire, Callie.» Eppure suo fratello era morto, aveva una gamba rotta e lei gli aveva detto di essere incinta. Tutto nella stessa settimana.

«Be' indovina chi sta volando qui per farsi operare stasera? Gli metteranno due viti nella tibia. Dal modo in cui tutto il reparto di ortopedia si sta dando da fare, sembrerebbe che stia arrivando la regina a cena.»

«Non è possibile. Pensi che potrebbero assegnarti al suo caso?» Callie faceva parte del personale ospedaliero del Windsor County Medical Center.

«Spero di no, in effetti non credo sia possibile. Se la cartella del paparino stronzo del bambino finisse tra le mie mani, la scambierei con quella di un altro paziente.»

Willow si mise a ridere. «È molto leale da parte tua, ma non devi farlo.»

«Dico davvero, sarebbe una tentazione troppo forte dimenticarmi di dargli gli antidolorifici.»

«Riesci sempre a farmi ridere.»

———

Il giorno dopo Willow ricevette un altro messaggio. *Lo stronzo è stato assegnato allo stronzo del mio ex.*

Al quale lei rispose: *Molto adatto.*

Dopo quello che era successo, Willow aveva fatto del suo meglio per non pensare a Dane. Quello che realmente aveva bisogno di fare era di prendere le distanze da lui e cercare di gestire da sola la sua vita. Dirgli della gravidanza era stato un errore enorme, perché non riusciva a smettere di sentirlo ripetere *"Sei proprio incasinata"*. E sentirsi come una che non aveva una mente stabile, non era una bella sensazione per una che doveva prendere una decisione così importante.

Così andò alle lezioni di yoga e, nella posizione del bambino, cercò di aprire il suo cuore a tutte le possibilità.

Durante il tempo libero iniziò a navigare nei siti di adozione e scoprì che c'erano molte famiglie pronte ad adottare. Willow già lo sapeva, ma era anche cresciuta sapendo che i suoi genitori non l'avevano amata abbastanza da tenerla, e lei si era ripromessa tantissime volte di non fare mai una cosa del genere a nessun bambino.

Ed eccola, invece, a prendere seriamente in considerazione la cosa.

Riportò la mente alla lezione di yoga e cercò di riallineare la sua anima travagliata. Quella era una decisione che non poteva essere presa di fretta.

———

Nemmeno gli esercizi di respirazione avrebbero potuto prepararla allo shock di vedere una certa Jeep verde risalire lungo il suo vialetto, due giorni dopo. Dalla finestra della cucina rimase immobile, mentre guardava aprirsi la portiera lato guidatore. Scese l'allenatore e lei sospirò per il sollievo. Era ovvio che doveva essere l'allenatore, perché gli uomini con le gambe rotte non guidavano le Jeep.

Willow ritornò alla lista della spesa su cui stava lavorando quando sentì urlare.

«Non posso stare qui.»

Quando riconobbe la voce, le vennero i brividi, così si sporse per sbirciare dalla finestra della cucina.

«Esci da quella cazzo di Jeep, Dane!» L'allenatore aveva aperto il portellone posteriore e stava urlando a qualcuno ancora in auto. «Non ti porterò in braccio su per le scale della tua stanza in Main Street solo perché sei un testardo figlio di puttana.»

Qualsiasi cosa avesse detto Dane in risposta, Willow non riuscì a sentirla, ma l'allenatore appoggiò un paio di stampelle contro il portellone e poi se ne andò via di corsa verso l'appartamento. Per alcuni minuti non successe niente. Quando l'allenatore di Dane ricomparve, Willow fece un passo indietro dalla finestra. Guardò la lista della spesa senza nemmeno vederla, finché delle voci attutite non si muovevano lentamente oltre la sua porta. A quel punto, si avvicinò di nuovo alla finestra per dare un'occhiata a Dane che si appoggiava pesantemente al suo allenatore, saltellando, lentamente su un piede, verso l'appartamento. Aveva la testa bassa e le spalle piegate.

Sembrava abbattuto.

CAPITOLO QUINDICI

PASSARONO altri due giorni prima che Willow vedesse Dane o il suo allenatore. Aveva lavorato delle ore in più nell'agenzia di assicurazione e si era incontrata con Callie per lo yoga. I sintomi della gravidanza avevano fatto la loro comparsa in modi subdoli. Era sempre stanca e andava a letto alle nove di sera, crollando nel vero senso della parola.

Poi, una mattina, proprio mentre era in procinto di salire sul pick-up per andare al lavoro, l'allenatore era uscito per parlare con lei.

«'Giorno,» lo salutò con le chiavi in mano.

«Buongiorno,» le rispose l'allenatore con uno sguardo di scuse in volto. «Speravo di poterti chiedere un piccolo favore.»

«Certo,» disse spostando il peso da un piede all'altro. «Avrei comunque voluto chiedervi se avevate tutto ciò che vi serviva.»

«L'ho sistemato sul divano letto,» disse l'allenatore. «Il che va bene, ma oggi devo andare alla Burke Mountain School per una riunione. Ti dispiacerebbe solo fare un salto questo pomeriggio per vedere se ha bisogno di qualcosa? Non ho mai avuto tempo a far installare una linea fissa,» continuò, «ma credo che a questo punto dovrei.»

Willow deglutì. «Sì, certo che posso farlo.»

«Stamattina mi sembra un po' perso e sono preoccupato che possa cadere e farsi male. Merda. Non dirgli che te l'ho detto.»

«Uhm, va bene,» disse Willow. «Se hai bisogno di questo, lo farò.»

«Mi sento meglio sapendo che c'è qualcuno che lo tiene d'occhio e poi sono sicuro che sarà felice di vedere un viso che non sia il mio.»

Non ci scommetterei, pensò Willow. Se non altro, quell'affermazione rispose a una domanda che continuava a farsi. L'allenatore non aveva idea che fosse incinta e quindi non conosceva nemmeno l'opinione di Dane a riguardo. «Sarà un piacere,» mentì Willow.

———

Un paio di ore dopo, Willow bussò piano alla porta dell'appartamento. Quando nessuno rispose, bussò ancora.

All'interno c'era solo silenzio. In base alla loro recente conversazione, Willow sapeva più che bene che Dane non voleva avere niente a che fare con lei. Ma cosa sarebbe successo se fosse caduto?

Willow girò la maniglia e aprì la porta. Rimase sorpresa nel vedere come Dane la stesse fissando, disteso sul divano letto. La sua espressione era illeggibile. Entrò in casa e si chiuse la porta alle spalle. «Ciao,» lo salutò cauta. Il modo in cui la stava fissando era inquietante. «L'allenatore mi ha chiesto di passare per vedere se ti servisse qualcosa.»

Dane chiuse gli occhi per un secondo e poi li riaprì. In quel momento erano del colore del mare in tempesta. «Non sei reale,» disse con voce roca.

A Willow si rizzarono i capelli sulla nuca. «Scusa?»

Dane deglutì. «Non sei qui,» disse.

«Dane?» Willow fece un paio di passi in avanti e notò che le labbra di Dane erano secche in modo innaturale e aveva gocce di sudore sulla fronte. Con cautela si abbassò e gli mise una mano sulla fronte. «Oh, mio Dio.» Scottava.

A quel punto le sue grandi braccia si alzarono verso di lei e con una mano le afferrò la sua, spingendosela sulla fronte. «Non dovresti farlo,» le disse.

«Fare cosa?» sussurrò con la mente che andava a mille. Doveva chiamare qualcuno, Dane aveva la febbre troppo alta.

«Toccarla,» disse. «Non è permesso.» Dane strinse la sua grande mano sopra la sua.

«Dane,» sussurrò mentre il cuore le batteva all'impazzata, facendo scivolare la sua mano da sotto quelle di Dane. «Devo chiamare qualcuno,» disse.

Ma Dane non mollava la presa e, con una velocità sorprendente, le afferrò l'altra mano. «No.» Le sue dita attorno a quelle di Willow erano secche e bollenti, i suoi occhi che la fissavano erano vulnerabili.

«Dane,» disse con più fermezza. «Lascia che chiami qualcuno e torno subito.»

In tutta risposta lui la strinse ancora più forte. Willow avrebbe potuto semplicemente tirare via con forza la mano, ma aveva paura della sua reazione. Se si fosse arrabbiato e avesse iniziato ad agitarsi, cosa sarebbe successo? Una persona con la febbre così alta, sarebbe stata consapevole di avere il ginocchio rotto?

Cercò di utilizzare la psicologia inversa. Si mise a sedere sul bordo del letto e gli mise la mano libera sulla sua e Dane gliela afferrò subito. «Non vado da nessuna parte.»

Dane le strinse le mani e chiuse gli occhi. Willow aspettò un minuto, o forse più, chiedendosi come fosse riuscita a farsi coinvolgere. Avrebbe chiamato subito l'allenatore e se lui non avesse risposto, avrebbe chiamato Callie. Dane aprì di nuovo gli occhi, così Willow contò fino a dieci e poi cercò di liberare le mani dalla presa di Dane.

«No,» disse, tenendola stretta, a occhi chiusi.

Willow sospirò. Abbassò lo sguardo sulle sue grandi mani che stringevano le sue. Nei suoi sogni, lui sarebbe tornato da lei e con quelle mani l'avrebbe stretta e si sarebbe scusato, ma l'unica versione di Dane che la voleva vicino a sé era quella resa folle dalla febbre. «Dane,» disse. «Pensavo che non ti fosse permesso toccarmi.»

Dane aprì gli occhi di scatto, ma poi, sbattendo le palpebre, li richiuse di nuovo. «Non è reale,» disse sospirando. «Va tutto bene.»

«Buono a sapersi.» Willow ascoltò il vecchio orologio sulla parete e si chiese cosa dovesse fare.

«Non ti posso avere,» sussurrò Dane e, facendo una smorfia di dolore, proseguì: «Mai più.»

Willow rabbrividì ancora. «Perché?» sussurrò. O magari aveva solo pensato di chiederlo. E forse, Dane non sapeva ciò che stava dicendo.

Perché doveva essere tutto così complicato?

Willow lo guardò in viso. Aveva rilassato la mandibola, e la sua fronte si era distesa. Con quel viso pacifico, a Willow venne in mente un dipinto rinascimentale, tutto linee maschili e tessuto drappeggiato. Il torace di Dane si alzava e abbassava sotto le lenzuola e, dopo pochi minuti, mollò la presa sulla sua mano. Willow scivolò via e in punta di piedi uscì dall'appartamento, per correre verso casa sua.

———

L'allenatore non rispose alla chiamata, il che era abbastanza scontato. Aveva solo una vaga idea di dove fosse Burke, ma sapeva che nel nord del Vermont, dove all'incirca si trovava, la copertura della rete cellulare era decisamente inferiore rispetto a dove viveva lei.

Rintracciare Callie era una cosa che richiedeva sempre tempo, così Willow telefonò direttamente in ospedale, chiedendo di poter essere richiamata. «È un'emergenza?» domandò la receptionist.

«A dire la verità, sì.»

Qualche minuto dopo il telefono di Willow squillò. «Cos'è successo?» domandò Callie senza fiato. «Stai bene?»

«Io sto bene,» disse Willow, «ma Dane ha la febbre alta.»

«Quanto alta?»

«Non ne ho idea,» sospirò Willow, «ma l'allenatore mi ha chiesto di andare a dargli un'occhiata e la sua fronte è come un termosifone. E in più dice che io non sono reale.»

«Merda,» imprecò Callie. «Le infezioni postoperatorie possono essere molto brutte. Non hai guardato l'incisione, vero?»

«No,» le rispose Willow. «Ho preferito chiamare te.»

Ci fu silenzio mentre la sua amica rifletteva sul da farsi. «Ovviamente non lo puoi spostare e in quelle condizioni non sarà in grado di camminare fino alla macchina, soprattutto se è fuori combattimento e crede che tu sia la sua zia defunta, Zelda.»

«Fidati di me, non è in grado di andare da nessuna parte.»

«Credo che tu debba chiamare il 911, Willow. Se avesse un'infezione da stafilococco potrebbe morire. Se mi dici che ha la febbre altissima...»

«È così. Credevo che scottare per la febbre fosse un cliché, ma dopo oggi non lo penso più.»

«Okay, caricalo su un'ambulanza e mandacelo qui.»

———

Willow chiamò il 911 e chiese che le mandassero un'ambulanza. Lasciò un messaggio per l'allenatore e poi tornò verso l'appartamento con il cordless in mano, chiedendosi se avrebbe funzionato anche da lì. Quando riaprì la porta, Dane aveva ancora gli occhi chiusi, ma stava tremando.

Andò nel piccolo bagno e bagnò l'asciugamano con l'acqua fredda. Dopo averlo strizzato glielo mise sulla fronte.

«Cristo,» disse Dane d'improvviso.

«Scusa,» sussurrò lei.

Le mani di Dane tremavano per la febbre alta e quella cosa la spaventò. Se le prese entrambe nelle sue solo per farlo smettere. Se le appoggiò in grembo e guardò l'orologio.

Ci vollero quindici minuti prima che sentisse il rumore di pneumatici entrare nel suo vialetto e, in quel momento, si ripromise di non avere mai un attacco di cuore nel Vermont rurale. Corse verso l'ingresso, facendo segno ai due paramedici, che altrimenti sarebbero andati a bussare alla sua porta.

«Sono Bill,» disse il primo paramedico. «Come sta?» Doveva avere pressappoco la sua età. La sua collega era una donna con la cresta e un piercing in mezzo al naso.

«Be',» iniziò, «il mio amico ha avuto un'operazione al ginocchio qualche giorno fa e adesso ha la febbre altissima. Ho chiamato l'ospedale e il medico è preoccupato ci possa essere un'infezione. Lo avrei portato io ma...» Willow aprì la porta.

«... ma è un enorme figlio di puttana,» disse Bill raggiungendo il letto.

«Attento al linguaggio,» lo redarguì la donna.

Bill toccò gentilmente Dane sulla mano. «Sono Bill,» disse, ma Dane non si mosse, così gli appoggiò il polso sulla guancia. «Bingo. Ha veramente la febbre alta.» Prese il polso di Dane e gli controllò il battito.

«Quindi non sono pazza,» domandò Willow.

«Non per questo,» le rispose Bill. «A parte l'intervento chirurgico, sa se ci sono altri problemi medici?»

«Non saprei.»

«Andiamo a prendere la barella.»

———

Willow si tolse di mezzo mentre i paramedici portavano la barella all'interno dell'appartamento. «Ha il ginocchio destro rotto,» disse.

«Faremo attenzione,» disse la donna. «Fammi dare un'occhiata.» Tolse le coperte da addosso a Dane, che spalancò gli occhi. «Finn?»

«Mi chiamo Rhonda,» disse la donna. «Voglio solo dare un'occhiata al tuo ginocchio, ma starai bene.»

«Finn?» domandò di nuovo Dane, con la voce piena di panico. A Willow si spezzò il cuore nel sentirlo chiamare suo fratello, ma non sapeva cosa dire. «Coach?» domandò poi Dane.

«Sta arrivando,» gli rispose Willow. «Lo vedrai presto.»

Al suono della sua voce, Dane alzò la testa, ma i suoi occhi erano spaventosamente assenti.

Nel frattempo, Bill gli aveva fatto scivolare sotto una tavola per poterlo alzare. «Al mio tre,» disse. «Uno, due...» Lui e Rhonda lo alzarono dai bordi della tavola e lo trasferirono sulla barella. Muovendosi in fretta, Bill assicurò le cinghie sul torace e sui fianchi di Dane.

A Dane però la cosa non piacque per niente e cercò di alzare la testa dalla barella.

«Calma,» gli disse Bill, «è solo per il viaggio.»

Dane non ne voleva sapere. Iniziò a dimenarsi da una parte all'altra e la barella ondeggiò. «Ehi, calma,» lo avvertì Rhonda, poi lanciando uno sguardo verso Willow le disse: «Ci potresti dare una mano?»

Willow si avvicinò alla barella e lo guardò. «Dane,» disse mentre lo sguardo dello sciatore si posava su di lei. «Sei malato, e bisogna che ti veda un medico.»

«Non alla casa di cura,» le rispose.

«Casa di cura?» Willow scosse la testa. «Certo che no. E vedrai l'allenatore non appena arriverai dal medico.»

La mano di Dane assicurata al suo fianco da una cinghia intorno al polso si stava gonfiando, perché lui stava cercando di raggiungerla. Così Willow gliela prese tra le sue. «Sei così buona,» le disse.

«Non possiamo farla salire sull'ambulanza,» le disse Rhonda, «ma può sempre seguirci.»

Willow considerò l'idea. Avrebbe potuto prendere il pick-up e seguirlo, ma Dane, quando era cosciente, non aveva voluto avere niente a che fare con lei. E siccome lei non faceva parte della famiglia, avrebbe dovuto aspettare in sala d'aspetto. Se fosse andata, sarebbe dovuta starsene seduta su una sedia di plastica tutta la notte, per qualcuno che non l'amava e non l'avrebbe mai amata.

La cosa brutta fu che lei lo voleva fare.

È veramente patetico, disse tra sé e sé. Anche se Dane stava stringendo la presa sulla sua mano, sapeva quello che doveva fare. Avrebbe lasciato andare via l'ambulanza e poi se ne sarebbe tornata a casa sua. Era la soluzione migliore.

———

Dane tenne stretta la mano dell'angelo anche se il letto iniziò a muoversi. L'angelo provò a lasciarlo andare, ma lui la tenne stretta.

«No,» disse.

«Non riusciremo a farvi passare entrambi nella porta, amico,» disse una voce. Un paio di mani lo separarono dall'angelo ma a lui la cosa non piacque affatto. Così glielo fece sapere. Urlando. Ma il letto sotto di lui si mosse comunque. E lui urlò ancora più forte.

«Gesù, tienigli subito quella cazzo di mano,» disse una voce e la mano dell'angelo scivolò nella sua.

L'aria era fredda e il fatto che gli colpisse il viso non gli dispiacque affatto. C'era una luce invernale, il che rendeva tutto migliore. Il viaggio fu pieno di scossoni e sentì delle fitte di dolore attraversargli il ginocchio. «Cazzo,» disse e l'angelo gli strinse forte la mano.

«Ci siamo quasi,» gli promise la voce. Poi si sentì alzare. «Avrei dovuto mangiare i miei cereali Wheaties,» si lamentò la voce.

E lui perse la mano dell'angelo.
Cristo.

CAPITOLO SEDICI

Non era ancora l'ora di pranzo, ma Willow si allontanò dalla sua scrivania all'agenzia di assicurazioni. Si infilò il cappotto e decise di andare a comprarsi un bagel al negozietto all'angolo. Era stata una brutta mattinata per la sua nausea. Aveva già vomitato una volta nel bagno dell'agenzia, tirando l'acqua per coprire il suono dei conati. Non si era ancora abituata alle nausee mattutine, ma i carboidrati sembravano placare il drago che aveva nello stomaco.

Anche l'aria fredda sembrava aiutarla, così camminò con calma verso il ristorante, sbirciando nella finestra del negozio di sci che era sulla strada. C'era un camion per le consegne parcheggiato davanti al bar di Rupert. Un nastro trasportatore era stato appoggiato sul marciapiede, e un ragazzo robusto, con in testa un berretto di lana, spostava veloce delle casse di birra lungo la rampa, mentre un altro ragazzo le afferrava, impilandole una a una sul camion.

Willow si fermò, considerando l'idea di fare il giro attorno al camion, e mentre stava considerando il da farsi, l'odore della birra stantia unita a quella dell'urina di qualche cliente notturno lasciata nel canale di scolo arrivò alle sue narici.

Tutto d'un tratto Willow sentì i segni rivelatori della nausea: troppa saliva in bocca e un panico crescente lungo la gola.

Bloccata, si voltò verso la porta del bar che era aperta per permettere di far entrare le consegne e corse dritta verso i bagni delle signore. Una volta arrivata al water vi si appoggiò e vomitò violentemente. Il suo corpo cercò di espellere una quantità patetica di... non le piaceva pensare a cosa fosse, ma, se non altro, dopo si sentì meglio.

Willow si pulì le labbra, togliendo ogni traccia di saliva e poi si lavò le mani. Si sciacquò la bocca ripetutamente, e con occhi umidi guardò il suo riflesso nello specchio. Era quasi impressionante vedere che la Willow che la stava fissando sembrava quasi normale. Ovvio, era pallida, ma era anche fine gennaio. Aveva gli occhi un po' arrossati, ma considerato come si sentiva realmente, avrebbe dovuto vedere riflessa una bestia mitologia a più teste. Era ora di uscire da lì e tornare al lavoro.

«Willow, stai bene?» domandò Travis che la stava aspettando fuori dalla porta, con un'espressione preoccupata. *Cazzo.*

Raddrizzò la schiena e tirò indietro le spalle. «Sì, Travis, sto bene. Solo una piccola...» si schiarì la gola, «emergenza, scusa.»

Con le braccia conserte si appoggiò al muro. «Sei sicura? Sei pallida.»

«Certo che sono sicura.» Se solo fosse stato vero. Sentiva di nuovo la bocca riempirsi di saliva. L'unica cosa di cui aveva bisogno era uscire da quel posto e andare a comprarsi un bagel. Quello avrebbe sistemato tutto. Non avrebbe mai creduto che mangiare qualcosa le avrebbe sistemato lo stomaco, ma le nausee che l'assalivano erano diverse da qualsiasi cosa avesse mai provato prima.

«Okay,» disse continuando a fissarla. «Mi stavo preoccupando per te.»

Quell'affermazione attirò la sua attenzione. Alzò di scatto lo sguardo su di lui e quello che vide la lasciò senza parole. I verdi occhi del suo amico era dolci, come se le stesse facendo una muta domanda e gli angoli della bocca erano all'insù in un bellissimo sorriso.

«Verresti a cena con me, Willow?»

Willow esitò. «Non so, Travis. Io sono...» deglutì. Il suo stomaco vuoto le si rivoltò contro e si preparò a quella sensazione. Se non avesse fatto subito qualcosa, sarebbe tornata in fretta nel bagno delle signore. «Travis, io...» si portò una mano davanti alla bocca cercando di mantenere il controllo.

L'espressione di Travis cambiò, diventando interrogativa e poi preoccupata. «Vieni con me, Willow,» disse voltandosi. Camminò dritto verso una porta aperta.

Willow fece un respiro profondo, il più lungo che riuscisse a fare, e lo seguì. Quando entrò nella grande cucina del bar, Travis aveva già afferrato qualcosa dove teneva la zuppa. Alzò l'angolo di cellophane che aveva sopra e tenendolo sul palmo della mano, le porse il piccolo pacchetto.

Willow afferrò i salatini, ne prese uno e dopo esserselo infilato in bocca sentì che il suo viso tornava ad avere un colore normale. Mangiò l'altra metà dei cracker e iniziò a sentirsi un po' meglio. Alzò lo sguardo verso Travis non sapendo quello che avrebbe trovato. Era già abbastanza brutto il fatto di dover prendere la decisione più importante della sua vita, ma ora tutti i suoi problemi erano allo scoperto e lui avrebbe potuto vederli.

Ma quando incontrò il suo sguardo, lo vide posato. «Credo di avere un tempismo pessimo chiedendoti di uscire mentre tu stai cercando di non vomitare.»

«Come hai fatto a saperlo?» domandò.

Travis si appoggiò contro il bancone d'acciaio. «Io ti osservo, Willow.» Abbassò poi lo sguardo, ma poi lo alzò di nuovo e la guardò. «E poi, l'ho già visto prima. È stato poco dopo che la mia ragazza ha iniziato a vomitare ogni mattina, e mi sono ritrovato sposato con una donna che non mi ha mai amato. Spero che questo non succeda anche a te.»

Willow sentì che le si stavano riempendo gli occhi di lacrime. Ogni volta che pensava alla terribile conversazione che aveva avuto con Dane sulla sua gravidanza arrossiva dalla vergogna, come se lei fosse realmente colpevole di ciò che lui l'aveva accusata di aver fatto. Non aveva alcun senso, ma la sensazione di essere stata rifiutata era ancora forte. «Non mi preoccuperei per quello,» disse con voce incerta. «Il matrimonio è davvero una delle ultime possibilità nella lista delle cose da fare,» disse cercando di sorridere.

Travis sospirò. «Non sembri molto felice. Se si tratta di qualcuno che conosco... se qualcuno sta facendo lo stronzo su questa cosa... sarò ben felice di farlo rinsavire.»

Willow scosse la testa. «Non sono ancora pronta. Non posso parlarne, perché non so ancora cosa farò.»

«Va bene,» disse Travis. «Non dirò più una sola parola. No... non è vero. Voglio dire ancora una cosa ed è questa: può succedere a chiunque, lo sai vero?» I suoi occhi verdi cercarono il suo viso.

Willow annuì, ma le si riempirono comunque gli occhi di lacrime, perché la verità era che non era affatto sicura che fosse una cosa che poteva succedere a chiunque. Le sembrava che potesse succedere solo a quelle incasinate come lei.

«Oh, Willow,» sospirò Travis. «E noi andremo comunque a cena. Anche solo perché tu possa stare con un vero amico.» Fece un passo avanti e l'abbracciò. «Mi dispiace molto per questa situazione.»

Willow contraccambiò l'abbraccio. «Lo apprezzo molto, davvero. Non ne hai idea.»

CAPITOLO DICIASSETTE

IL FURGONE della compagnia telefonica passò tutta la mattinata nel vialetto di Willow. A seguito dello spavento per l'infezione di Dane, l'allenatore non voleva più correre alcun rischio e quando finalmente il furgone se ne andò, un altro fece il suo ingresso. Questa volta era quello dell'UPS.

Willow firmò per un pacco indirizzato a Dane. Esitò. Non c'era la Jeep verde nel vialetto, il che voleva dire che l'allenatore non era in casa. Rimase lì in piedi, considerando le sue opzioni. Non poteva lasciare il pacchetto sulla neve, sarebbe stato da maleducati. L'etichetta del mittente era di una casa di cura del New Hampshire, quindi era più che possibile che Willow stesse tenendo in mano gli effetti personali del fratello di Dane.

Con un sospiro, camminò verso l'appartamento. Magari Dane e il suo allenatore se ne erano andati insieme per una visita dal medico, e lei avrebbe potuto lasciare il pacchetto oltre la porta.

Sfortunatamente, Dane stava dormendo quando entrò. Il rumore della porta che si apriva lo svegliò da un bellissimo sogno. Così, per i primi secondi dopo aver aperto gli occhi, non si ricordò della cruda verità. Tutto ciò che riuscì a vedere fu il suo bel viso, e la sua figura aggraziata mentre chiudeva svelta la porta dell'appartamento per non fare entrare il freddo. Forse aveva addirittura iniziato a sorridere.

Ma quando si voltò verso di lui, Dane vi lesse la paura. A quel punto era sveglio, e cambiò la sua espressione in una maschera illeggibile.

«Ciao,» lo salutò con cautela. «È appena arrivato questo per te.»

Dane la vide esitare con il pacchetto in mano, come se non sapesse dove appoggiarlo. Sembrava quasi sul punto di gettarlo a terra e di scappare via dalla porta. Così lui, le domandò a bruciapelo: «Hai abortito?»

Willow rimase a bocca aperta. «Non puoi avermelo chiesto sul serio.»

Dane deglutì. «Non sto cercando di torturarti, voglio solo saperlo.»

In piedi davanti a lui, Willow prese un lungo respiro. «Non discuterò di questa cosa con te.»

«È un errore,» disse calmo. «Chiunque avesse un bambino da me, lo rimpiangerebbe.»

Dane la vide inspirare con cautela. «Lo hai già detto,» le disse. «E nonostante ciò, onestamente credevo che dopo lo shock iniziale saresti stato molto più civile. Ma siccome non è possibile, me ne vado.»

Quella risposta lo scoraggiò. Willow era in piedi davanti a lui e tremava infelice. Eppure non aveva mai fatto un passo indietro. Una donna più debole avrebbe afferrato il primo oggetto pesante che fosse riuscita a trovare e glielo avrebbe tirato direttamente in testa. Invece lei continuava a fissarlo, vulnerabile, ma reale.

Quando fu chiaro che Willow non avrebbe sopportato oltre, appoggiò il pacco a terra a pochi metri da lui e si voltò, dirigendosi verso la porta.

«Aspetta.» La sua voce era grave. «Mi hai detto che la tua amica fa il medico. In cos'è specializzata?»

Willow lasciò vagare gli occhi attraverso l'appartamento poi li posò su di lui, e Dane vi lesse dell'incredulità. «Medicina Interna.»

«Posso avere il suo numero, per favore?»

«Dio, *perché?*»

«Non sono sicuro di avere lo specialista adatto e vorrei anche la sua opinione.»

Willow inspirò e Dane la vide che cercava di non lasciarsi andare. Era dura da guardare. Era dura averla così vicino e sapere che lo odiava. Willow prese il cellulare dalla tasca e cercò il numero. Con le mani che le tremavano, gli trascrisse il numero sul bordo del giornale appoggiato sul tavolino basso e poi glielo gettò sullo stomaco. «Si chiama Callie Anders,» gli disse. «Ma dubito che voglia parlare con te.»

Detto ciò uscì di corsa dall'appartamento, sbattendosi la porta alle spalle.

Dane sentì il rumore dei suoi passi diretti verso casa e prese in mano il telefono nuovo. Era riuscito a tenere quella malattia fuori dalla sua vita fin da quando era un ragazzino, ma non lo avrebbe fatto più.

Chiamò lo studio di Callie, ma ovviamente lei non gli rispose. La chiamata fu presa da una vivace receptionist e quando lui chiese di parlare con la dottoressa, gli disse che era con un paziente. «Vuole lasciare un messaggio?»

«Sì,» rispose Dane. «Il mio nome è Dane e sto chiamando

per Willow Reade. La dottoressa Anders vorrà parlare con me. È urgente.»

———

Dieci minuti dopo squillò il telefono. «Pronto, sono Dane,» rispose.

«Sono Callie Anders.» La voce della donna era rude. «Mi ha lasciato un messaggio su Willow.»

Dane si schiarì la gola. «Callie, ho chiesto io a Willow il suo numero e credo che lei sappia chi sono.»

Callie esitò. «Sì.»

«Ho bisogno di chiederle un favore,» disse lentamente. «Anche se nella realtà sarebbe più un favore per Willow.»

«Cosa?» gli domandò tesa.

«Prima di tutto,» disse, «è strettamente confidenziale.»

Callie sospirò. «Vada avanti.»

«Potrebbe...» Questa cosa non le sarebbe piaciuta per niente. «Verrei io nel suo studio, ma non posso guidare...»

«... l'ascolto.»

«Va bene. Vorrei che venisse qui, preferibilmente quando Willow non è in giro. Ho bisogno che mi faccia un prelievo di sangue. Non le serviranno che alcune fialette.»

Ci fu un lungo silenzio dall'altra parte del filo mentre il buon dottore che era in lei fece due più due. Sapeva che c'era una sola ragione se lui le chiedeva di fargli un prelievo di sangue. Doveva testarlo per una qualche malattia. Una malattia che avrebbe potuto infettare anche Willow. «Dane, non so chi si crede di essere, ma in questo momento mi sta spaventando a morte.»

«E non lo farei,» Dane mantenne la sua voce stabile, «se non fosse veramente importante.»

Callie rimase ancora in silenzio. «Per cosa la dovrei testare?»

«Glielo dirò quando verrà qui.»

Callie fischiò. «Lei è davvero uno stronzo.»

«Sì, dottore, lo sono.»

Ci fu un altro lungo silenzio e Dane pensò che Callie avesse riappeso. «Alle sette Willow sarà al corso di yoga. Sarò lì per quell'ora.» Detto ciò, riagganciò.

———

Willow metteva scaglie di cera d'api nella grande bocca del vaso, dove l'odorosa sostanza gialla si scioglieva creando un turbine. Abbassò la temperatura della teglia dell'acqua facendola sobbollire, e usò un vecchio coltello per tagliare un altro stoppino per una candela. La sua cucina era permeata dall'odore mieloso della cera fusa.

Anche se si stava tenendo occupata, trasformando dei vecchi resti di candele in preziosa c'era d'api, riusciva ancora a sentire la presenza di Dane. Anche se cercava di dimenticarsi di lui, ormai era diventato un ronzio nella sua testa. Quando si sedeva sul divano per leggere o era in piedi davanti al lavandino, intenta a lucidare una pentola, era come se lui era solo a pochi metri da lei. Il Dane che era riuscito ad arrivare al suo cuore con occhi brillanti e la risata facile. Quello che le si era aggrappato come se non volesse più lasciarla andare. *Cosa mi stai facendo?* aveva sospirato Dane.

Willow sperava di poter smettere di pensare a quel Dane, perché quello che era nell'appartamento era colui al quale gli occhi si erano rabbuiati quando l'avevano vista e le aveva detto cose orribili solo per ferirla. Quell'uomo aveva paura di qualcosa ma lei non sapeva di cosa. Sperava con tutta se stessa di riuscire a smettere di pensarlo. Doveva concentrarsi sui suoi bisogni e aveva una decisione importante da prendere, ma non riusciva a pensare ad altro. Se solo avesse saputo la ragione per la quale era così arrabbiato, magari sarebbe stata in grado di capire i suoi stessi sentimenti, sotto quell'ammasso di cocci rotti che era il suo cuore.

O magari si trattava solo di un pretesto.

La decisione era già molto difficile senza la disapprovazione acida di Dane. Willow voleva un bambino. Quella parte era semplice. Ma non aveva mai pensato che lo avrebbe fatto da sola. Eppure aspettare che arrivasse il compagno giusto sembrava non funzionare. Sarebbero stati una piccola famiglia composta da due sole persone, non sarebbe stato facile, ma le cose belle non lo erano mai.

Willow spense il gas e mescolò la cera con una bacchetta.

C'era solo un ostacolo che lei non sapeva proprio come superare. Un giorno, il bambino le avrebbe chiesto: «Chi è mio padre?»

E Willow aveva paura che l'unica risposta che poteva dargli sarebbe stata: «Un uomo che non ci ha nemmeno guardato.» Sembrava tutto sbagliato. Willow stessa era cresciuta sapendo che i suoi genitori non l'avevano voluta abbastanza da tenerla. E invece si ritrovava nella situazione di infliggere lo stesso dubbio, anche se in misura minore, in suo figlio, fin dal momento della sua nascita.

Quale decisione sarebbe stata più egoista? Tenere il bambino sapendo che sarebbe vissuto per sempre con l'animosità di suo padre? O cercare un'altra via di uscita e evitando così di non dover mai spiegare nulla?

Semplicemente non lo sapeva.

———

Dane sentì scricchiolare la ghiaia sotto i pneumatici del pick-up di Willow, appena dopo le sei e mezzo. Verso le sette l'allenatore se ne stava seduto in fondo al suo letto, ed entrambi guardavano una partita di box. Qualcuno bussò qualche minuto più tardi.

«Stai aspettando qualcuno?» domandò l'allenatore, alzandosi per andare ad aprire.

«A dire il vero sì.»

L'uomo alzò le sopracciglia e aprì la porta. «Buongiorno.»

Dane riconobbe la voce di Callie dalla volta che l'aveva incontrata al bar. Il medico spostò lo sguardo tra l'allenatore e Dane.

«Salve, sono l'amica di Willow, Callie.»

«Piace di conoscerti, Callie,» la salutò l'allenatore. «Posso portarti qualcosa da bere?»

Callie scosse la testa.

«Coach,» disse Dane. «Mi dispiace, ma potresti lasciarci soli per dieci minuti?»

L'allenatore cambiò espressione. «Certo, ragazzo. Vado a prendermi una birra.» Si infilò la giacca e uscì di casa chiudendosi la porta alle spalle.

Callie aveva con sé un piccolo frigorifero blu. Dane sapeva che si sarebbe presentata per fare ciò che gli aveva chiesto, anche perché non le aveva lasciato molta scelta. Callie si mise a sedere su una sedia in legno. «Ho portato l'occorrente, ma prima mi devi dire tutto.» I suoi occhi erano grandi e in attesa di risposte.

«Willow ha abortito?» domandò.

Callie rimase a bocca aperta. «Non ho nessuna intenzione di dirtelo. Mi hai trascinata qui per questo? Per invadere la sua privacy?»

Dane indicò il piccolo frigorifero. «Sto solo cercando di capire se abbiamo bisogno di quello.»

Il viso di Callie divenne sempre più confuso. «Be', non ne abbiamo bisogno? Se ti sei infettato con qualcosa...»

«Con cosa, Callie? Sono sicuro che durante il viaggio fino a qui, ti sarai fatta delle idee. Sentiamole.»

Callie sbatté le palpebre. «Non farò giochetti con te. Dimmi subito di che tipo di pericolo si tratta o me ne vado.»

Dane deglutì, leggendole in faccia che era sincera. Il problema era che Dane non lo aveva mai detto ad alta voce. Mai. Nemmeno una volta. *Io probabilmente ho...* Le parole gli si bloccarono in gola mentre lei continuava a fissarlo.

«Ne ho abbastanza.» Callie si alzò.

Dane tossì una volta. «Mia madre è morta per la malattia di Huntington.» Dane la guardò in viso.

Callie rimase senza fiato e si lasciò cadere sulla sedia. Lentamente i suoi occhi si riempirono di lacrime.

Dane si mise a ridere. «Questo è ciò che hanno detto tutti i medici e chiunque abbia frequentato la facoltà di medicina.» Si mise poi a sedere nel letto e ricominciò. «Pensavi all'HIV, vero? Quella sarebbe stata una bomba, ma controllabile con le medicine.» Arrotolò le maniche del maglione di flanella. «O forse pensavi all'epatite C. Invece è una malattia schifosa. Ma guardiamo il lato positivo, dottoressa Callie. Anche se non avrai la mano stabile con quell'ago, non riuscirai a portarmi via quello che ho preso, e nemmeno Willow potrà farlo, ovviamente.»

«Ma il piccolo potrebbe averla,» sussurrò Callie, asciugandosi le lacrime con il palmo delle mani. «E non ti sei mai fatto fare un test genetico? E adesso sei obbligato a farlo. Per Willow.»

Dane guardò il soffitto. «Se avesse abortito, allora non dovrei farlo.» Dane aspettò.

Callie lo guardò. «Mi stai mettendo in una situazione impossibile.»

«Davvero? Vuoi metterti nei miei panni?» Callie non disse

nulla, così Dane continuò. «Quando ero un bambino, e aspettavo fuori dalla stanza d'ospedale di mia madre, un'orda di studenti di medicina uscirono dalla porta. Il primario li aveva portati tutti per vedere il paziente con l'Huntington, perché forse non ne avrebbero visto un altro. Malattia troppo strana. Troppo rara. Comunque, uno di questi studenti disse al suo amico: "Questa è quella malattia che mi fa dire che qualsiasi cosa mi succeda, starò bene, perché non devo morire per causa dell'Huntington."»

Alzò lo sguardo su Callie, che lo fissava con la paura dipinta sul viso. E poi, lentamente, si chinò e prese il piccolo frigorifero. «Willow non ha...» si fermò. «Credo che tu debba fare i test. Hai mai considerato il fatto che sapere la risposta potrebbe essere un sollievo?»

Dane non riusciva a distogliere lo sguardo dalle sue mani, che stavano aprendo la fiala sterile. Il suo stomaco si chiuse. «No, per nessuna ragione al mondo. Non avrei mai fatto il test, ma Willow mi sta obbligando a farlo.»

«Non è colpa sua.»

«Un po' è come se lo fosse,» disse Dane mentre le sue mani iniziavano a sudare. Bugiardo. Sei stato tu a infrangere la tua regola. Prese un respiro profondo e continuò. «Se non altro ne ho ricavato qualcosa, perché Willow è stata una buona scopata.»

Lo sguardo di Callie avrebbe potuto essere imbottigliato e venduto come repellente. «Ti do un consiglio, Dane. Non dire una cosa del genere a una donna che ti sta per pungere.» Tirò fuori un paio di guanti in lattice e poi aprì una salvietta disinfettante.

Dane le porse il braccio. «Ho una gamba rotta e una malattia mortale. Non potresti farmi più male con quel coso di quanto io non abbia già adesso.» Voleva sembrare duro, ma la sua gola gli mangiò le parole.

Callie gli disinfettò il braccio. «Se la memoria non m'inganna, le probabilità che tu abbia ereditato l'Huntington sono del cinquanta per cento,» disse. «E se non ce l'avessi e fossi stato stronzo per niente?»

Dane scosse il capo. «Nella mia famiglia, non facciamo mai le cose al cinquanta per cento,» spiegò Dane.

Callie agganciò il tubo alla fiala e spacchettò una siringa. «Sentirai...»

«Fallo,» tagliò corto. «Mi prelevano il sangue ogni cazzo di mese per l'antidoping.»

Sentì il sangue che veniva attirato nella siringa, dove, attraverso il tubo, sarebbe finito nella fiala.

«Anche altre persone hanno dei problemi, sai?» disse il medico dolcemente.

«Non me ne frega niente.»

Callie sospirò. «Non credo che tu sappia che Willow è vissuta in sei famiglie affidatarie prima di compiere i diciotto anni.»

«No, merda,» sussurrò Dane.

«No, merda,» ripeté il medico. In silenzio cambiò le fiale.

«Be', credo che la sua sfortuna non si sia ancora fermata,» disse Dane.

«Credo di no,» rispose Callie con la voce instabile per via della rabbia.

Una volta finito il prelievo mise le fialette nel ghiaccio e gli applicò un cerotto sul braccio. «Che nome metto su queste fiale?»

«Paperino,» le rispose. «Se metterai il nome vero, puoi anche uccidermi subito.»

Callie fece due passi verso la porta.

«Pagherò in contanti, dimmi solo dove inviare il denaro.»

Callie sospirò e si voltò. «Sai che potremmo fare un test

anche se il bimbo è ancora nell'utero. Anche se tu fossi positivo...»

«Non dirai nulla a Willow. C'è il segreto dottore-paziente.»

Le si inumidirono gli occhi. «Se non fosse per Willow, ti direi di andare direttamente all'inferno.»

Dane si sistemò i cuscini. «Tutti gli altri lo fanno.» Prese poi il telecomando della televisione e continuò: «Abbiamo bisogno di avere i risultati prima della fine del primo trimestre,» disse. Poi continuò: «L'aborto sarà più facile per lei.»

Quando Callie uscì, si sbatté la porta alle spalle.

L'allenatore arrivò qualche minuto più tardi. «Stai bene?» domandò.

Dane alzò il volume. «Bene come sempre,» disse sopra al rumore.

CAPITOLO DICIOTTO

LA SETTIMANA SUCCESSIVA, durante una sera molto fredda, Willow fece gli gnocchi fatti in casa per cena. Sentiva ancora il bisogno di mangiare carboidrati, e la sua ospite per la serata, Callie, era una complice consenziente. Aveva preparato anche un buon ragù alla bolognese che aveva fatto cuocere a lungo.

«Allora, come vanno le cose con il tuo vicino maleducato?» domandò Callie.

Willow scosse la testa. «L'ho visto una volta sola da quando ha avuto la febbre, e l'unica cosa che ha voluto è stato il tuo numero di telefono. Voleva chiederti il nome di uno specialista che lavora in ospedale. Ti ha chiamato?»

Callie sembrava addolorata. «Non l'ho richiamato.»

«Gli avevo detto che lo avresti fatto.» Mangiarono in silenzio per alcuni istanti, ma Willow aveva un peso da togliersi. «Callie,» la chiamò. «Voglio chiederti una cosa, ma non pensare che...» Lasciò la frase in sospeso.

«Cosa c'è tesoro?»

Willow posò la forchetta nel piatto. «Voglio solo essere sicura di aver soppesato tutte le opzioni, va bene? E son curiosa di sapere cosa pensano i medici riguardo all'aborto. Cosa ti insegnano all'università in merito?»

Callie impallidì. «Willow... io pensavo che tu...»

«Non so ancora cosa voglio,» le rispose lei. «Sono solo curiosa, okay? Una volta laureati, i medici sono di più a favore o contro?»

Callie sembrava in imbarazzo. «Be'... all'università ti insegnano tantissime cose su orribili malattie congenite, quindi...» Callie prese un lungo respiro.

«Callie?» domandò Willow. «Stai bene?»

La sua amica scosse il capo. «Non me la sento di parlare di questo adesso,» disse. «Mi dispiace.»

Willow non aveva mai visto la sua amica restare senza parole e si chiese se, inavvertitamente, le avesse fatto una domanda più personale di quanto non avesse pensato.

«Va bene,» le rispose Willow a bassa voce. «Ho preso molte decisioni irresponsabili durante gli ultimi anni, e sto valutando anche questa idea, perché non voglio più sbagliare.»

«Willow, di quante settimane sei?»

Willow guardò la sua amica che era diventata stranamente livida. «Sono di sei settimane, perché?»

«Allora hai ancora tempo per pensarci,» le rispose Callie. «Prenditi ancora un po' di tempo.»

«Lo farò.» Willow mangiò ancora un boccone, mentre Callie, non fece altro che spostare il cibo nel piatto. «Stai bene, Callie? Sembri molto stanca.»

«Non sto dormendo molto,» ammise la sua amica. «È stata una settimana molto dura.»

«Mi dispiace sentirlo,» disse Willow. «Vuoi un bicchiere di vino? Una di noi può.»

———

Quando il lunedì successivo Willow guidò verso casa, si ritrovò a seguire la Jeep verde lungo la strada, e poi su, lungo il suo vialetto. Parcheggiarono uno a fianco all'altro e Willow gettò uno sguardo verso l'auto, sentendosi sollevata nel constatare che l'allenatore era solo.

«Salve, Coach,» disse scendendo dall'auto.

«Willow!» la salutò. «Come stai?»

«Bene,» disse tutta contenta, anche se stava mentendo. Dubitava che l'allenatore conoscesse il suo piccolo spaventoso segreto. E, sicuro come l'oro, non lo voleva coinvolgere.

«Willow, odio chiedertelo...» iniziò inclinando la testa di lato.

«Ha bisogno di qualcosa?»

L'allenatore aprì il bagagliaio con un sospiro esasperato. «Potrei fare una lavatrice da te? Non avevo la minima idea che la lavanderia a gettoni fosse chiusa oggi,» disse, tirando fuori un borsone con la roba da lavare e una bottiglia di detersivo.

«Oh, certo,» disse Willow. Se solo tutti i problemi della vita fossero così facilmente risolvibili. «Mi segua.»

———

«Ti ringrazio molto,» disse l'allenatore uscendo dalla lavanderia di Willow, che teneva appesa al pollice la sua bottiglia di detersivo. «Sono un po' sopraffatto dal dovermi prendere cura del Signor Scontroso. Non c'è nessuno più infelice di uno sciatore allettato durante la stagione delle gare.»

Willow non voleva finire a parlare di Dane. «Il ciclo di lavaggio durerà circa quarantacinque minuti,» disse. «Se gioca bene le sue carte, impiegherà qualche minuto in più così arriverà giusto in tempo per mangiare uno di questi appena uscito dal forno.» Prima di andare al lavoro, Willow aveva lasciato a lievitare sul bancone della cucina del pane e in quel momento lo stava suddividendo in piccoli rotoli.

«Be' non vedo l'ora,» disse. «Nel frattempo andrò a controllare sua signoria.»

Willow non riuscì a trattenersi e scoppiò a ridere e il coach le fece l'occhiolino mentre andava verso la porta.

Quando l'allenatore bussò di nuovo alla sua porta, Willow stava tirando fuori dal forno la prima infornata di pane. «Entri,» lo invitò.

«Dio, che buon profumo che c'è qui,» disse l'uomo entrando in casa.

«Le ho messo il bucato nell'asciugatrice e le ho imburrato uno dei rotoli, tutto per lei.»

Quando riapparì, Willow gli porse un piatto con il rotolo fumante imburrato. «Caffè?» domandò.

«Non voglio crearti problemi,» disse l'allenatore.

Agitando una mano, Willow gli rispose: «Nessun problema.»

«Allora, grazie, mi farebbe piacere.» L'allenatore si mise a sedere su uno sgabello e le sorrise. Aveva un viso gentile, e quel tipo d'atteggiamento con cui è facile sentirsi a proprio agio.

Willow si voltò verso la macchina per l'espresso e iniziò a far scendere il caffè dal manicotto. Si sarebbe fatta un caffè leggero con tanto latte. Era strano, ma ultimamente si ritrovava a comportarsi proprio come una donna incinta. Aveva portato la sua assunzione di caffè vicina allo zero, e non aveva preso nessun medicinale per il mal di testa che aveva avuto durante la settimana. La sua mente poteva essere ancora del tutto indecisa, ma si sarebbe comunque presa cura del suo corpo in gravidanza. Il suo subconscio le stava mandando dei messaggi molto diretti.

«Allora, cos'ha di speciale il lunedì in Vermont?» domandò l'allenatore masticando. «È tutto chiuso. Guidare verso la lavanderia a gettoni chiusa è stata un po' la goccia che ha fatto traboccare il vaso.»

«Non me lo dica,» gli sorrise Willow. «Sono chiusi anche i ristoranti. Mi ci è voluto un po' per capirlo quando mi sono trasferita qui. Non bisogna avere fame di lunedì. Credo sia dovuto al fatto che debbano soddisfare anche i turisti che arrivano dal Connecticut, quindi chiudere la domenica non è una buona idea.»

«Ah,» rispose l'allenatore mordendo il rotolo di pane. «Wow,» disse poi masticando. «È buonissimo.»

«Non c'è niente che risollevi lo spirito come il pane caldo,» disse Willow e il suo, di spirito, ne aveva proprio bisogno.

«Quindi tu non sei del Vermont?» domandò l'allenatore.

Willow rise. «Ben lontano. Sono cresciuta a Philadelphia.»

«La tua famiglia vive ancora lì?»

Era una domanda del tutto innocente e l'uomo non poteva sapere in alcun modo quanto fosse difficile per lei quell'argomento. «Nessuna famiglia,» disse Willow senza andare oltre. Tecnicamente Willow non poteva esserne certa, ma dopo che lo stato era intervenuto dietro a una segnalazione dei suoi vicini per negligenza nei suoi confronti, Willow non aveva più rivisto i suoi genitori. Aveva solo più un vago ricordo dei loro visi.

L'allenatore la stava studiando. «Un altro membro del club, allora.»

«Quale club?» domandò Willow intanto che trasferiva gli altri rotoli di pane su una griglia perché si raffreddassero.

«Dane non ha famiglia, ed è per questo che io sono diventato la sua infermiera.» Si mise un altro boccone in bocca e continuò: «Per quanto mi riguarda, avevo una moglie, ma è morta.»

«Mi dispiace tanto.»

«Ti ringrazio. È successo anni fa. Allora, come sei finita in Vermont?»

Willow fu più che felice che avesse di nuovo cambiato argomento. «C'era un uomo. Se n'è andato. Cose che succedono.»

«È vero,» le rispose sorseggiando il caffè.

«Quindi...» Willow aveva una domanda che la tormentava da un po'. «Il ginocchio. Guarirà bene?» Non che volesse davvero iniziare una nuova conversazione su Dane, ma odiava pensare che la sua carriera fosse finita, e solo per una brutta caduta. E anche se non aveva senso, si sentiva colpevole.

«Guarirà,» disse l'allenatore. «Non c'è alcuna ragione di pensare che per l'autunno non si allenerà per le Olimpiadi. Non è stato poi così male prendere una pausa.»

«Be', questa è una buona notizia,» disse Willow.

«Lo è sicuramente,» convenne l'allenatore.

CAPITOLO DICIANNOVE

WILLOW PARCHEGGIÒ dal benzinaio e scese dal pick-up con la carta di credito in mano. Iniziò la transazione e quando alzò lo sguardo vide che l'uomo che stava facendo rifornimento davanti a lei era Travis. Si sentì arrossire mentre bloccava la pistola nel serbatoio. Travis le aveva lasciato due messaggi chiedendole di uscire con lui a cena, ma lei li aveva ignorati entrambi. Si sentiva troppo sopraffatta per uscire, soprattutto con qualcuno che poteva essere attratto da lei.

«Ciao,» la salutò Travis. «Come stai, Willow?»

«Bene, Trav,» gli rispose sorridendo e sperando che la conversazione rimanesse su un piano neutrale. «Sto bene.»

Quella era un'enorme bugia.

«Ho sentito in giro del tuo inquilino infortunato,» rise Travis.

«Sul serio?» domandò Willow, cercando di sembrare impassibile. Si guardò i guanti così da non doverlo guardare negli occhi.

«Sì, gli addetti agli ski-lift parlano sempre di lui. Come si sta ad avere uno stronzo mondiale che vive nella tua proprietà?»

«Non c'è nessun problema, perché non lo vedo mai,» gli rispose Willow eludendo la domanda. Ed era vero.

«Se non altro gli assegni dell'affitto non saranno scoperti.» Travis tolse la pistola dal serbatoio e la riagganciò alla pompa.

«Ehi, Travis,» lo chiamò Willow.

«Sì?»

«Cosa intendevi l'altra sera quando hai detto che la sua famiglia era pazza?»

«Ah,» iniziò Travis, incrociando le braccia sul petto. «Non credo che sia pericoloso, non esattamente.» Si mise a ridere e continuò: «Nonostante il suo nome, giusto?» Si diede una pacca sulla gamba. «Comunque... Quando eravamo adolescenti, sua madre girava sempre in paese, e sembrava fuori di testa per la maggior parte del tempo. E poi anche suo fratello. Sono solo una famiglia di ubriaconi, cosa che ti trasforma in uno stronzo.»

Quando la pistola nel suo serbatoio si bloccò, Willow la rimise al suo posto. «Sono quasi sicura di provenire da una famiglia di ubriaconi,» disse poi, lanciandogli un'occhiata storta mentre avvitava il tappo del serbatoio. Quella era una delle poche cose che aveva appreso dai file sulla sua infanzia. Non conosceva quasi nient'altro sui suoi genitori, eccetto che l'alcolismo era stata una delle cause per cui gliel'avevano portata via. «Questo mi rende una stronza?»

Travis alzò entrambe le mani come qualcuno colto in fragrante. «Willow, su... Stavo solo dando aria alla bocca,» disse paonazzo in viso.

Willow sapeva che stava diventando ridicola, perché non c'era nessuna ragione per difendere Dane, e Travis era sempre stato buono con lei. «Mi dispiace,» disse poi in fretta.

«È meglio che vada,» sospirò Travis. «Ci vediamo in giro.» Saltò sul pick-up e mise in moto.

Willow scivolò dietro al volante con la tristezza che l'avvolgeva.

———

Il giorno dopo, Willow e Callie pranzarono insieme alla caffetteria dell'ospedale. «Allora, ho appuntamento con un consulente per le adozioni e un corso per la cura del bambino tutto nello stesso pomeriggio. E dieci giorni per decidere quale appuntamento tenere.»

«Scommetto che non succede spesso,» disse Callie.

«Credo di sì, invece,» disse Willow. «Non posso essere l'unica persona a non aver ancora preso questo tipo di decisione.»

Callie appoggiò il panino sul tavolo. «Hai ragione, ovvio. Non volevo essere scortese.»

«Va tutto bene, so di dover prendere una decisione in fretta.»

«Stai davvero considerando ogni opzione.»

«Tutte fino all'ultima,» rispose Willow.

Rimasero in silenzio per un po', poi Callie mise giù il panino e si ripulì le dita dalle briciole. «Posso farti una domanda di psicologia?»

«Certo.»

«Supponi che ci sia un detenuto, e sta scontando la pena senza avere la possibilità della condizionale,» iniziò Callie bevendo la sua bibita con la cannuccia.

«No, non dovresti lasciarti coinvolgere,» si mise a ridere Willow.

Callie alzò gli occhi al cielo. «Davvero divertente. Ascoltami, okay? Quindi, questo detenuto ha già scontato di una decina d'anni forse due. Poi un giorno, il direttore della prigione entra e gli dice: "Ops, abbiamo fatto un grosso errore, sei libero di andare." La mia domanda è: come reagirebbe quell'uomo?»

Willow deglutì un boccone d'insalata. «Be', nei film bacerebbe il suo avvocato e ballerebbe fin fuori dalla prigione al suono delle trombe e dei violini,» disse Willow, «ma nella vita reale, probabilmente succederebbe l'esatto opposto.»

«Ovvero?» domandò Callie.

«Le persone sono governate dalle loro aspettative, e se succede qualcosa di inaspettato, anche delle cose belle, trovano difficile adattarsi. Nella vita reale, il detenuto probabilmente avrebbe un esaurimento nervoso. Picchierebbe il suo avvocato e urlerebbe contro sua madre. Berrebbe fino a perdere i sensi e forse non lo supererebbe mai.»

«Era proprio questo che temevo mi dicessi.» Lo sguardo sul volto di Callie sembrava perso.

«Callie, stai cercando di far uscire qualcuno di prigione?»

La sua amica la guardò pensierosa. «Probabilmente no,» iniziò, «ma ovviamente, non ne posso parlare.» Detto quello, prese in mano l'altra metà del panino.

CAPITOLO VENTI

DANE non si era mai sentito così intrappolato e solo.

Il suo allenatore era sempre nei paraggi, ovviamente, ma durante i week end andava a vedere le gare degli junior in Vermont o nel New Hampshire per controllare gli emergenti, mentre lui conduceva una vita claustrofobica nell'appartamento. Escludendo le visite dal medico, non c'era nessun altro posto dove andare. Con l'allenatore aveva cercato di andare a mangiare fuori qualche volta, ma era un grosso problema entrare e uscire dalla Jeep, dovendo anche spingere il sedile del passeggero più indietro possibile. Ed era altresì duro starsene seduto in un ristorante sentendosi una nuvola nera sospesa sulla testa.

L'unica cosa che gli procurava un po' di piacere era anche l'unica che lo faceva soffrire così tanto. Al pomeriggio, quando arrivava a casa dal lavoro, Willow andava sempre a controllare le sue galline e da una delle due finestre del salotto riusciva a vedere un taglio del cortile di Willow, inclusa la porta del pollaio. Dane se ne stava lì ad aspettare, appoggiato alle stampelle finché lei non arrivava e, oscillando il cestino per le uova, si dirigeva verso la porta.

Se era una giornata di sole il pollaio sarebbe stato aperto e di solito le galline arrivavano come un branco di cuccioli, beccando le caviglie di Willow, che appoggiava a terra il cesto e ne raccoglieva una che poi teneva in braccio accarezzandole la schiena. Poi, come al solito, avrebbe preso dell'uva passa dalla tasca, con le ragazze che le sarebbero impazzite intorno mentre lei elargiva il premio parlando con loro.

La osservava sempre, perché aveva sempre uno sguardo tranquillo. Non c'era modo di immaginare che stesse passando un periodo difficile. Callie aveva detto la stessa cosa, ma allo stesso tempo, almeno negli attimi in cui lui la osservava dalla finestra, non sembrava del tutto distrutta. Non ancora, comunque.

Quello era uno di quei momenti.

———

Era quando si faceva buio che Dane aveva la maggior parte dei problemi. Gli faceva apparire quell'appartamento e la sua vita troppo stretti, senza niente da poter vedere dalla finestra se non il suo orrendo riflesso che lo fissava. Quella sera, in particolare, a malapena distinguibile da tutte le altre, Dane stava facendo zapping da circa mezz'ora, senza che nulla catturasse la sua attenzione per più di qualche minuto.

L'allenatore stava iniziando a spazientirsi sulla sedia. «Allora, qual è l'accordo con Willow?» chiese.

«Cosa vuoi dire?» Dane mantenne gli occhi sul televisore.

«Cosa intendi con cosa voglio dire? Qual è 'sto cazzo di problema?» L'allenatore gli prese il telecomando e spense la televisione. «Ti vedo che la guardi quando è in cortile e posso solo immaginare perché tu lo faccia, ma quando ci porta la posta, tu non ti volti nemmeno nella sua direzione. Ci sono dei ragazzi di vent'anni che sono molto più navigati di te.»

Dane iniziò il difficile compito di scendere dal divano. Lasciando le gambe appoggiate alla sedia, portò la parte superiore del corpo sul pavimento. «So che sei annoiato, coach, ma ancora qualche settimana e saremo fuori di qua. Puoi andare a cercare qualche ragazzo prodigio nel caso cada un'altra volta, prima delle Olimpiadi.» Con i fianchi sospesi in aria, Dane fece pressione sulle dita e iniziò una serie di flessioni, allenando le braccia e il torace.

L'allenatore guardò nella sua bottiglia di birra. «Ti stai comportando come uno stronzo ingrato, Dane. È troppo anche per te. Voglio solo sapere cosa ti ha fatto quella bella ragazza.»

Dane finì una serie di trenta flessioni prima di appoggiare il sedere per terra. «Non me lo chiederesti se non pensassi che è accaduto l'esatto opposto. Ovvero, cosa *le* ho fatto?»

L'allenatore appoggiò i gomiti sulle gambe e guardò Dane negli occhi. «Va bene. Cosa le hai fatto?»

«Se lo vuoi veramente sapere, l'ho messa incinta.»

«Cazzo.» L'allenatore si prese la testa tra le mani. «Poveri ragazzi.»

«Perché ti dispiace per me? È lei quella che è rimasta ingabbiata.»

Lo sguardo sul viso del suo allenatore era il più duro che avesse mai visto. «Non rivolgerti mai più a me come se fossi stupido, Dane. Solo perché non parli dei tuoi problemi non significa che io non sappia quali siano.»

«Tu *non* sai quali sono.»

Lo sguardo dell'allenatore era illeggibile. «Se questa è la linea che vuoi tenere, allora okay.»

«Lasciami solo, coach.»

«Ti ho lasciato fin troppo solo. Se non vuoi parlare con me, credo tu abbia bisogno di un aiuto.»

Dane sbuffò. Alzò i fianchi dal pavimento e iniziò un'altra serie di flessioni.

«Ho una domanda, e se mi risponderai non ritornerò più sull'argomento.»

Dane alzò lo sguardo.

«Quando guardi Willow attraverso la finestra, cosa vedi?»

Dane contrasse gli addominali e decise di farne quaranta. «Vedo qualcuno che mi ha colpito dritto allo stomaco,» ringhiò.

«È così che ci si sente quando si è innamorati, ragazzo.»

Dane si sistemò in modo tale da potersi reggere su un braccio solo. Si distese e si sporse per prendere il telecomando, strappandolo dalle mani dell'allenatore. «Se sei così intelligente, cosa te ne fai seduto qui da solo, in questo buco merdoso con me?»

CAPITOLO VENTUNO

QUANDO ARRIVÒ ALLA FATTORIA, Callie fu delusa di vedere che il pick-up di Willow era parcheggiato in garage. Quando aprì la portiera, la sua amica le venne incontro uscendo dalla porta della cucina.

«Callie?» la chiamò Willow. «Che piacevole sorpresa.»

Mentre usciva dall'auto Callie prese la borsa e cercò di assumere il viso più calmo che poteva. «Willow, come mai non sei a yoga?»

Willow alzò le spalle. «Non ne avevo voglia e poi mi avevi detto che non potevi andarci nemmeno tu.»

Callie trasalì. «Willow, ho bisogno di parlare con Dane, ma vorrei che tu non ci fossi.»

«Perché?» sussurrò.

«Segreto professionale,» le rispose Callie a bassa voce.

Willow rimase a bocca aperta. «Callie, mi stai spaventando.»

«Non ti preoccupare,» disse la dottoressa. Poi continuò: «Non importa cosa succederà, tu starai bene. Rimani qui e metti il bollitore sul fuoco, okay?»

«Va bene,» disse Willow riluttante.

Callie le strinse la mano e poi si sforzò di voltarsi per non continuare a guardare gli occhi spaventati di Willow. Camminò fino alla porta dell'appartamento, infilando la mano nella borsa, controllando di avere tutto l'occorrente con sé.

———

Dane aveva sentito arrivare un'auto nel vialetto di Willow e poi il suono di voci femminili. Si preparò per ciò che stava per succedere, ma le sue mani iniziarono comunque a sudare. Qualcuno bussò due volte alla porta e poi l'aprì. Fu Callie ad apparire.

A Dane si seccò del tutto la bocca.

L'allenatore si alzò dal divano. «Andrò a fare un giro fuori,» disse, prima ancora che Callie potesse chiederglielo.

«A dire la verità,» disse il medico schiarendosi la gola, «potrei aver bisogno che lei stia nei paraggi.»

«No, no che non lo vuoi,» sputò Dane. «Coach, è una cosa privata.» Si asciugò le mani sulla maglietta e inspirò attraverso il naso. *Calmo*, disse tra sé e sé. Qualsiasi cosa gli avesse detto il medico, non avrebbe cambiato nulla. Il dado era stato lanciato molto tempo prima.

Eppure, si ritrovò a studiare il volto di pietra di Callie, cercando una qualche prova. I medici comunicavano i risultati degli esami di continuo, e Callie probabilmente aveva molti praticanti che comunicavano le brutte notizie al posto suo, ma non poteva sapere quando disperatamente lui volesse rimandare la verità ancora per un po'. Rimanere all'oscuro qualche altro anno era tutto ciò che voleva, ma ormai non poteva avere più nemmeno quello.

Più veloce di quanto non volesse, l'allenatore si mise la giacca e sparì, chiudendosi la porta alle spalle.

Callie si avvicinò al divano su cui era seduto Dane, che

aveva appoggiato la gamba rotta su una sedia. Tirò fuori qualcosa dalla borsa e gliela mostrò. *Una siringa.* «Questo è un sedativo. Se non riuscirai a controllare le tue reazioni e se pensassi che potresti fare del male a entrambi, ti sederò.»

«Non ce ne sarà bisogno. Quei risultati non sono affatto una novità.» Nonostante avesse pronunciato quelle parole coraggiose, sentì che il petto gli si stava stringendo.

Con un viso triste, Callie tirò fuori un foglio di carta dalla borsa. *Cazzo.* Dane assunse un'espressione sprezzante.

«Ho il risultato dei tuoi esami, Dane. Sei negativo per l'Huntington. *Non* hai il gene.»

Passò un secondo, poi due. Dane, con la mandibola cementata, stava avendo dei seri problemi a capire ciò che gli era appena stato detto. Per un lungo istante si ripeté quelle parole in testa cercando di dar loro un senso. Sentì il viso afflosciarsi e la stanza, negli angoli, cominciò a sfuocarsi. «No,» si sentì dire.

Callie si inginocchiò in modo da poterlo guardare in viso. «Sì. Ho proprio i risultati di laboratorio qui con me,» disse porgendogli il foglio. «Non ce l'hai.»

A Dane si chiuse la gola mentre afferrava il foglio, accartocciandoselo in mano. «È sbagliato.» Doveva essere così. E quando la diagnosi corretta fosse arrivata, questo momento di incertezza lo avrebbe bruciato come un hot dog bollente. Sapeva benissimo quanto le speranze malriposte potessero ferire un uomo, perché lui aveva passato tutta la sua adolescenza aspettando che qualcuno gli dicesse che c'era stato un errore e che Finn sarebbe vissuto a lungo.

Ma quella malattia vinceva sempre. Lo aveva visto così tante volte da credere che per lui non sarebbe stato diverso.

Callie infilò di nuovo la mano nella borsa e tirò fuori un altro foglio. «L'ho fatto fare a due laboratori diversi, Dane. Due risultati che provengono da due Stati diversi. La stessa risposta. Diventerai vecchio come tutti noi.»

«Sei una bugiarda,» sussurrò. Non era giusto fargli credere una cosa del genere.

Callie scosse la testa. «Non ti sto mentendo.»

«Troia.» Dane la fissò cercando dei segni di debolezza. Si aspettava di vederla tirarsi indietro, ma Callie lo fissò dritto in viso. «Ho fatto ciò che mi hai chiesto. Adesso sta a te.»

Quando Dane parlò di nuovo, gli tremava la voce. «Mi stai solo prendendo per il culo.»

«No. E questo significa che ogni brutto pensiero che hai avuto, ogni tremore muscolare, non erano sintomi, va bene? Stai bene e d'ora in poi dovrai capire come convivere con te stesso.»

Lanciare la bottiglia di birra che teneva in mano fu puramente un riflesso. La guardò oltrepassare la testa di Callie e andare a schiantarsi per terra dall'altra parte della stanza. Insieme al rumore dei vetri che si infrangevano sul pavimento, sentì anche un urlo di frustrazione uscirgli di bocca. A quel punto la porta si spalancò e l'allenatore corse dentro. «Non prendermi per il culo!» urlò Dane.

«Dane!» gridò l'allenatore correndo nella stanza, raggiungendo e appoggiandogli una mano sulla spalla. Dane se lo scrollò di dosso e barcollando si mise in piedi. La stanza era troppo calda e c'erano troppe persone dentro. Non riusciva a pensare. Se solo fosse riuscito a uscire, forse il mondo sarebbe ritornato a essere un posto riconoscibile.

«Siediti,» gli ordinò l'allenatore.

«Me ne vado,» disse Dane con il cuore che gli galoppava nel petto.

L'allenatore cercò di spingerlo contro il divano, ma Dane non ne voleva sapere. Gli tirò un pugno nello stomaco facendolo barcollare all'indietro, ma siccome si stava reggendo su una gamba sola, quel movimento lo sbilanciò e lo fece cadere.

Fu a quel punto che Callie gli si gettò addosso, spingendolo di nuovo sul divano. «Lo tenga!» urlò e l'allenatore andò verso di loro, appoggiandosi contro le spalle di Dane, bloccandolo sul divano.

Era intrappolato come un animale. Gli pulsava la gamba e la bile gli era arrivata fino in bocca. La stanza girava e chiuse gli occhi per spazzare via tutto.

«Non riesco a credere che tu mi abbia costretta ad arrivare a questo punto,» sibilò Callie. Dane sentì il rumore di una confezione di plastica che veniva aperta e poi sentì una mano tirargli giù i pantaloni. Un secondo dopo si sentì pungere il sedere.

Emise un ringhio profondo. «Toglietevi di dosso.» Aveva come l'impressione che il torace gli si stesse spaccando in due e il respiro gli usciva come un sussulto stanco.

«Mi devi settecento dollari e devi a Willow delle scuse,» mormorò Callie dietro di lui, spingendogli una mano sulla schiena. Dane si portò un braccio sul viso e si concentrò per non vomitare. Le estremità iniziarono a sembrargli stranamente pesanti.

———

Al sentire le urla, Willow si infilò le scarpe e aprì di scatto la porta della cucina. C'erano solo cinque passi a dividerla dall'appartamento, ma quando arrivò non riuscì a trovare un senso a ciò che aveva davanti.

Callie teneva in mano una siringa e in bocca il cappuccio e, mentre Willow la guardava, vide che lasciava andare Dane e rimetteva il cappuccio sopra l'ago.

«Cos'è *appena successo*?» domandò Willow. Dane era disteso sul divano, con la testa sprofondata nel mezzo, il respiro pesante.

«Willow, guardami,» disse Callie e Willow si voltò e trovò il viso confortante della sua amica. «Va tutto bene, tesoro. È tutto a posto.»

Ma non poteva esserlo, perché l'allenatore aveva preso un foglio da terra come se la tua intera vita ne dipendesse. Dopo averlo letto, cadde in ginocchio sul pavimento e si coprì gli occhi. «Oh mio Dio, non posso crederci.»

«Coach,» lo ammonì Callie. «Sta spaventando Willow.»

Willow entrò a grandi passi nell'appartamento e prese il foglio dalle mani dell'allenatore. Si trattava di risultati di laboratorio con uno strano nome in cima. «Chi è Igor Maniac?»

Callie indicò con il pollice Dane, che nel frattempo si era addormentato sul divano. «Il nome gliel'ho dato io...» Callie gettò la testa in avanti sentendosi esausta. «Willow, hanno fatto uscire il prigioniero di galera. Non so bene cosa succederà, ma in questo momento ho bisogno che andiamo a sederci tutte e due nella tua cucina. Vai a mettere il bollitore sul fornello, io arrivo subito.»

Willow annuì, ma i suoi piedi non ne volevano sapere di muoversi.

«Coach?» lo chiamò Callie, prendendo la borsa. L'uomo alzò gli occhi umidi verso di lei. «Lei sapeva di questa storia?» domandò Callie mentre si dirigeva verso Dane e, dopo avergli afferrato il braccio, gli controllò il polso.

L'allenatore annuì. «Ho sbirciato tra le cose di sua madre, in un certo senso.»

Callie rimise il braccio di Dane vicino alla testa, poi gli spinse la spalla contro il divano in modo che non potesse rotolare via. «Non si sveglierà fino a domani e i prossimi giorni saranno molto duri.» Callie gli porse il suo bigliettino da visita. «Mi chiami se pensa di non farcela.»

«Grazie,» sussurrò l'uomo.

———

«È una malattia pazzesca, in un certo senso,» le disse Callie. «Stai perfettamente bene per una trentina d'anni circa, perché i sintomi non si posso riscontrare fin nell'età adulta. All'inizio si hanno spasmi muscolari, e inizi a dimenticarti le cose,» continuò Callie. «E poi è tutto un degenerare. Il tuo corpo non è più come prima e la personalità ti si oscura. Non puoi più masticare né parlare, ma non perdi le capacità cerebrali se non verso la fine, così il paziente percepisce ogni singola sofferenza.»

Le tazze di tè ancora intatte erano appoggiate sul tavolo. «Oh, mio Dio,» disse Willow.

«È una malattia estremamente rara e sua madre ne è morta.»

«E anche suo fratello,» aggiunse Willow. «Il mese scorso.»

«Cavolo,» disse Callie. «Non si è preoccupato di dirmelo. Ecco perché è andato del tutto fuori di testa. Giuro su Dio, Wills, quel ragazzo non avrebbe potuto essere più stronzo con me, nemmeno se ci avesse provato.»

«Quindi...» Willow si portò una mano sulla pancia. «Lui pensava che il bambino...»

Callie annuì. «Dane non aveva mai fatto i test, perché non voleva saperlo, ma poi tu sei rimasta incinta...» Alzò gli occhi al cielo prima di continuare. «Se non fossi stata obbligata a sentire tutte le sue stronzate, si potrebbe pensare che il suo sia stato un comportamento nobile. Lo ha fatto per te, Willow.»

«Non c'è da stupirsi che fosse così arrabbiato.» Willow appoggiò la testa tra le mani. «Sono stata sconsiderata, Callie. La mia ricetta per la pillola era scaduta e io non ci ho fatto caso. Ho pensato che avrei potuto saltare un paio di giorni.»

«Be'...» Callie si schiarì la gola. «Un giorno si guarderà indietro e realizzerà che gli hai fatto un gran favore. Ma è veramente dura pensare a quando potrà succedere. Prima di tutto dovrà superare un'intera enciclopedia di problemi. Il senso di colpa per essere sopravvissuto...»

«Rabbia,» aggiunse Willow. «Negazione, dolore, isolamento. Anche i suoi problemi avranno dei problemi.»

Callie sorrise. «Se non altro sei addestrata per sapere cosa dovrai affrontare.»

«Sapevo che c'era *qualcosa*, Callie.»

«Sei uno strizzacervelli talentuoso.»

«Si riferiva a se stesso come tossico.»

Callie sospirò. «Non stava scherzando e intendeva quasi letteralmente, vero?»

Willow annuì. «E se era per questo che non voleva che avessi il bambino...» iniziò Willow, accarezzando il bordo della tazza con il dito, «è come se avesse ammesso che sperava di non essere mai nato.»

«Stiamo parlando di paura,» disse Callie.

«Stiamo parlando di anni di dolore. Lui... lui, a dire il vero... subito dopo che abbiamo... ha *pianto*.» Willow si schiarì la gola. «Sembrava spezzato.»

«Non trattenerti con me, Willow. Credo che in questo momento tu debba lasciarlo fuori da tutto questo e decidere per te stessa. Cosa ti dice lo stomaco?»

«Il mio stomaco è preoccupato per i soldi. Come posso pensare di superare anche i primi mesi dopo la nascita del bambino, se non ho nulla? Il mio lavoro temporaneo non mi dà diritto alla maternità.»

Callie sussultò. «Le cose potrebbero essere dure per un po', ma con un po' di fortuna, in un paio di anni potresti praticare la professione e avere così un ottimo lavoro. Non è impossibile.»

Willow appoggiò il mento sul pugno. «Se solo sapessi dove trovare un po' di fortuna. Ce n'è poca da queste parti. Io voglio il bambino, ma è giusto averlo sapendo che sono sulla strada buona per essere una madre che vivrà di sussidi?»

«Non ti dirò cosa fare, Willow,» disse Callie con calma. «Ma so che vivere di sussidi non è necessariamente una condizione permanente.»

«Non so qual è la risposta,» sospirò Willow. «Se hai una sfera di cristallo nascosta da qualche parte, ti prego, non darmela.»

«Non lo farei mai,» si mise a ridere Callie. «Sto ancora cercando di capire dentro di me come riuscire a trovare l'uomo giusto.»

CAPITOLO VENTIDUE

ANCHE SE ERA marzo e la neve aveva già iniziato a sciogliersi, il freddo aveva di nuovo iniziato a farsi sentire. Disteso sul divano, Dane ascoltava il vento soffiare.

Aveva passato gli ultimi giorni del tutto stupito e aveva a malapena parlato. Il giorno dopo che Callie gli aveva iniettato quella cosa potentissima, si era svegliato tremando e l'allenatore lo aveva trattato come se avesse avuto la febbre, portandogli della zuppa e bevande gassate. All'inizio si era sentito esattamente come se avesse avuto la febbre, perché aveva un mal di testa persistente e nessuna voglia di mangiare. Dormiva per ore a intervalli.

Mentre il freddo si insinuava sotto la porta, lentamente lo shock se n'era andato e quella mattina, all'improvviso, il suo cervello era tornato attivo. Aveva passato la giornata a guardare la sua vita con occhi nuovi.

Ed era straziante.

Ogni istante del passato di Dane era stato costellato dalla paura e il suo subconscio capiva che il test negativo avrebbe cambiato quella cosa. Il problema era, e lui stava iniziando a realizzarlo, che nessuna parola scritta su un foglio avrebbe potuto cambiarlo. Non dal giorno alla notte, comunque. Anziché essere felice, era spaventato. Sarebbe vissuto altri cinquant'anni anziché dieci, ma siccome aveva fatto di tutto per tenere le persone fuori dalla sua vita, eccetto Finn, che però se n'era andato, sarebbe stato un mezzo secolo abbastanza desolante, a meno che non avesse fatto un trapianto di personalità.

E forse era troppo tardi. Uno stronzo suicida rimaneva per sempre uno stronzo suicida?

Entro qualche giorno Dane avrebbe dovuto iniziare a caricare il peso sulla gamba infortunata, ritornando così nel mondo. Avrebbe dovuto iniziare una terapia fisica e avrebbe dovuto guardare la gente negli occhi, ma non era sicuro di ricordarsi come fare.

Una nube pesante di autodisprezzo aleggiava su di lui e ogni volta che pensava a Willow sentiva un nodo stringersi nello stomaco.

Lentamente, Dane si alzò e quando fu in piedi il ginocchio sano barcollò. *Un tremore*, pensò subito. Un pensiero veloce che gli attraversò la mente prima che potesse ricordarsi della verità. Qualsiasi tipo di tremore avesse avuto da quel giorno in poi, sarebbe stato solo debolezza muscolare, dovuta al fatto di aver avuto la febbre. Il barcollio che aveva provato non era il preludio di una fine tragica, non era un simbolo di morte o un avvertimento per la morte imminente. Qualsiasi tipo di problema che avesse avuto con le sue ginocchia era simile a quello che avrebbe potuto avere qualsiasi altro sciatore che avesse deciso di sciare alla velocità di una Porsche.

L'idea però era difficile da digerire, perché aveva temuto quella malattia per così tanto tempo, che non sapeva come fare a smettere di pensarci.

Prese una stampella e saltellò fino alla finestra. Era troppo presto per cercare Willow, che sarebbe rimasta al lavoro per almeno un altro paio d'ore. Quando guardò verso il pollaio, però, vide che la porta stava sbattendo a causa del vento e a ogni folata il chiavistello si apriva di un paio di centimetri prima di richiudersi. Le galline, probabilmente, a ogni folata venivano investite dall'aria gelida.

Non era una cosa buona. E Dane non aveva nulla di meglio da fare che uscire per andare a controllare. Mentre si infilava la giacca, l'allenatore uscì dalla camera da letto e mise il bollitore sul fuoco.

«Dove vai?» domandò perplesso.

«Fuori,» mormorò Dane. Non era ancora pronto a parlare del dramma che aveva vissuto durante la settimana. Avrebbero dovuto parlare e a un certo punto avrebbe anche dovuto ringraziare il suo allenatore per tutto ciò che aveva fatto per lui, ma per il momento era ancora impossibile. Aveva passato un decennio cercando di *non* parlarne, e non avrebbe nemmeno saputo da dove iniziare.

L'uomo lo osservò per qualche istante con i suoi occhi fermi, ma gentili. «Fa un freddo cane là fuori, copriti bene.»

«Sì signore,» gli rispose Dane. Si avvicinò all'angolo dove teneva gli scarponi, saltellando sull'unico piede su cui gli era concesso appoggiare il peso. Si infilò anche i guanti e il berretto.

L'allenatore aveva ragione, fuori si gelava. Mentre zoppicava sulla neve compatta, diretto verso il pollaio, il suo scarpone produceva un rumore stridulo contro la superficie, che si verificava solo quando le temperature erano sotto lo zero.

Quando fu abbastanza vicino per avere una visuale completa, gli fu facile capire il problema che aveva la porta del pollaio. Il chiavistello era rotto, e il vecchio raccordo metallico era spezzato in due. Willow aveva cercato di risolvere il problema legando uno spago alle due estremità, tirandolo stretto, ma per il vento non era sufficiente. Un altro paio di folate e lo spago si sarebbe rotto.

Dane strinse il legaccio temporaneo più che poté, poi tornò indietro, infilando la testa nell'appartamento e scioccando l'allenatore. «Che ne dici di andarci a fare un giro fino alla ferramenta?»

L'allenatore posò la pagina dello sport del quotidiano che stava leggendo e disse: «Non che abbia offerte migliori.»

———

Due ore dopo, Dane era in piedi nell'appartamento, in attesa accanto alla finestra. Quel giorno Willow era in ritardo. Quando la vide dirigersi verso il pollaio camminando sulla neve ghiacciata con le mani in tasca, dove teneva l'uva passa, il sole stava già tramontando.

La guardò avvicinarsi alla porta del pollaio. Per prima cosa toccò il chiavistello nuovo, testando come la barra vi scivolasse dentro. Poi si voltò.

Dane fece un passo indietro, nascondendosi nell'ombra in modo che lei non potesse vederlo. Dopo un attimo Willow tornò al chiavistello, controllandolo, aprendolo e chiudendolo un paio di volte. Alla fine, aprì la porta ed entrò e prima ancora che potesse chiuderla, Dane riuscì a intravvedere l'orda svolazzante arrivarle ai piedi.

Era il favore più piccolo che avesse potuto fare alla donna che aspettava suo figlio, ma se non altro era già qualcosa.

CAPITOLO VENTITRÉ

WILLOW NON SAPEVA perché la fatina tuttofare avesse deciso di scendere sulla sua fattoria.

Per prima cosa era arrivato il chiavistello nuovo alla porta del pollaio. Quel piccolo gesto le aveva fatto piacere, e si era concessa la fantasia romantica di pensare che qualcuno volesse prendersi cura di lei. Ma era una cosa improbabile. Il vecchio chiavistello doveva essersi rotto e la porta che sbatteva di continuo doveva aver fatto andare l'allenatore e il suo inquietante ospite fuori di testa.

Probabilmente era stato l'allenatore a sistemarlo, perché Dane non poteva nemmeno guidare, quindi doveva essere stato l'uomo più anziano ad averla aiutata. La prossima volta che lo avesse visto, aveva intenzione di ringraziarlo.

La sera successiva, però, le sue luci esterne erano misteriosamente accese. Entrambe le vecchie lampade che puntavano sulla porta della cucina non avevano più la lampadina da un tempo così lungo da essere imbarazzante. Eppure quella sera, quando era tornata dalla lezione di yoga, erano belle luminose, accogliendola in casa sua.

E, cosa ancora più incredibile, la parte rotta del portone del garage si era sistemata da sola. Per più di un anno, la facciata costruita con un pannello in multistrato era spaccata, esponendo l'economica schiuma isolante e conferendo alla sua proprietà un'aurea da parcheggio di roulotte a cui lei avrebbe voluto volentieri fare a meno. D'altro canto, però, non aveva soldi in più per le riparazioni che non fossero strettamente necessarie.

Le ci era voluto comunque un giorno intero per accorgersene, ma un pomeriggio aveva sentito odore di segatura nel suo garage. Siccome la sera precedente non aveva chiuso la porta non se ne era accorta.

Quella sera, invece, era scesa dal letto alle undici perché aveva sentito il rumore di qualcuno che scivolava e inciampava sul suo vialetto. In punta di piedi si era avvicinata alla finestra della cucina e aveva visto che qualcuno, che camminava su una gamba sola, stava abbassando la porta del garage. Anche se c'era pochissima luce, era riuscita a vedere un rattoppo più chiaro dove la parte rotta era stata rimpiazzata con del legno nuovo. Aveva udito un basso fischio mentre una figura alta dai capelli mossi si chinava per intingere un pennello in un barattolo di vernice.

Mentre Willow osservava, quell'uomo iniziò a dipingere la nuova porzione della porta.

«Chi è che dipinge al buio?» si domandò Willow tra sé e sé. Nessuno di normale, questo era certo, ma Dane era là fuori, con i riccioli che gli uscivano da sotto il berretto di lana, proprio come la prima notte che lo aveva incontrato.

Che strano.

Aveva passato le ultime settimane cercando di non pensare a lui, ma era diventato pressoché impossibile, dopo ciò che le aveva detto Callie. La vita di Dane si era appena girata sottosopra e lei non poteva fare a meno di chiedersi cosa significasse per lui.

È solo la psicologa che è in me che si chiede come sta, continuava a dire a se stessa.

Sì, giusto.

Ma fissare quella figura, illuminata dal chiarore della luna, le rendeva quasi impossibile negare che si trattasse di un interesse molto più personale.

«Non sono un tipo da relazioni stabili,» le aveva detto la prima notte, mentre aspettavano lo spazzaneve, rinchiusi nella sua Jeep. Dane non era di certo il primo uomo a rifiutare in quel modo una donna, ma quelle parole avevano assunto un nuovo significato per lei, dato che in quel momento sapeva ciò che all'epoca stava passando Dane. Lo sciatore, infatti, credeva di non poter mai avere una compagna, perché qualsiasi relazione avesse iniziato sarebbe finita con un cuore spezzato.

Tutte le relazioni di Willow erano sempre finite con un cuore spezzato, anche senza l'aiuto di una malattia mortale. Eppure, entrambi avrebbero potuto avere il... e vissero felici e contenti. Dal canto suo, Dane doveva essersi immaginato a vivere in un mondo in cui tutti avevano la possibilità di vivere felici tranne lui.

Il solo pensiero la faceva rabbrividire.

Fuori c'era una porzione di luna appena sufficiente da creare un riflesso sulla neve. Dane stava dipingendo la porta con lente pennellate, e Willow sapeva che sarebbe dovuta tornarsene a letto, ma la tentazione di guardare i muscoli delle spalle di Dane flettersi per il movimento era troppa. Così come ricordare la sensazione dei suoi capelli quando lei vi aveva infilato le dita in mezzo.

Dipingere la porta del suo garage a notte fonda era una cosa molto strana da fare, ma era da lui, perché ogni singola interazione tra di loro era stata del tutto imprevedibile.

Willow sospirò. Aveva bisogno di uomini più *noiosi* nella sua vita. Dane era un cattivo investimento sotto tutti i punti di vista. E lei lo sapeva. Ma allora perché era così difficile distogliere lo sguardo? Era attirata da lui come una falena verso la fiamma, proprio come era successo quella prima notte. La connessione che sentiva ogni volta che lo guardava sfidava ogni ragione. Non risolveva i suoi problemi, né li trasformava in qualcosa di positivo.

Ma nonostante tutto, Willow continuò a guardarlo.

Dopo un po', Dane fece un passo indietro e ammirò il suo lavoro, tirò fuori una piccola torcia dalla tasca e la puntò dritta sulla parte appena pitturata. Toccò il colore in alcuni punti, prima di spegnere la luce e Willow rimase lì per tutto il tempo a guardare, finché Dane non finì il lavoro e chiuse la latta di colore. Rimase lì ad osservarlo fino a quando non sparì nell'appartamento.

Tornò a letto e dopo aver appoggiato la mano sulla sua pancia ancora piatta, cercò di prendere sonno. Ma anche così lo rivide sotto alle sue palpebre chiuse. Le stava sorridendo. Stava facendo un espresso nella sua cucina. Le stava passando una birra in un'auto buia.

Smettila, si ordinò Willow. Alla fine di aprile, quando il contratto con l'allenatore sarebbe scaduto, lui e Dane se ne sarebbero andati. E non importava che lei volesse sapere cosa passasse per la testa di Dane, o se sarebbe stato in grado di andare avanti e di essere felice.

Non faceva parte della sua vita, anche se lei lo avrebbe voluto.

Se non altro, se Dane si fosse trasferito a migliaia di chilometri di distanza, lei avrebbe potuto smettere di pensare a lui, e magari finirla di sentirsi così fuori di testa.

CAPITOLO VENTIQUATTRO

«Devo prendere il listino prezzi,» disse il ragazzo della ferramenta nell'orecchio di Dane. «Può aspettare un attimo?»

«Certo,» rispose Dane con voce stridula, dovuta al fatto che a malapena aveva parlato con qualcuno negli ultimi giorni.

Ascoltando della gracchiante musica di sottofondo, Dane guardò fuori dalla finestra, dalla quale poté ammirare una porzione di cielo che si stava scurendo. Molto probabilmente stava per arrivare un'altra tempesta di neve, il che avrebbe messo un freno ai suoi progetti da Signor Tutto Fare.

Aveva già sistemato parecchie cose, e aveva in progetto di aggiustarne altre. Una vecchia casa come quella di Willow aveva sempre bisogno di riparazioni, tanto che al ritmo con cui le stava facendo, avrebbe potuto tenersi impegnato per una decina d'anni. Il progetto del giorno? Ordinare due vetri nuovi per due piccole finestre che erano visibilmente rotte. Sperava anche di riuscire a capire come mai il motore del pick-up di Willow faceva un rumore battente ogni volta che lei lo faceva partire. Ma quello sarebbe stato più complicato, perché ogni volta che il pick-up era a casa, lo era anche Willow.

Non voleva nemmeno chiederle il permesso di farlo, perché

non voleva dare spiegazioni del perché stesse facendo tutte quelle cose. La verità era che tutto ciò che stava facendo per Willow, era come se lo stesse facendo anche per se stesso. Fin dalla sera in cui Callie gli aveva portato quelle notizie inaspettate, aveva avuto parecchie difficoltà a capire come si sentisse a riguardo. C'erano volte in cui riusciva a provare un sollievo incredibile.

Sfortunatamente però quel sollievo era subito seguito da uno schiacciante senso di colpa. Anche in quel momento, mentre stava ascoltando una versione strumentale di una canzone dei Pearl Jam al telefono, Dane si sentiva a pochi passi dal precipizio della disperazione. Quando sette settimane prima Finn era morto si era sentito stordito, ma ormai l'unica sensazione che lo accompagnava di continuo era il dolore. Non era giusto che lui avrebbe continuato a vivere, mentre Finn e sua madre erano morti.

Lui era quello fortunato, ma non si era mai comportato come se lo fosse stato davvero. E comunque, come si comportava una persona fortunata? Sarebbe stato in grado di adempiere a quel compito?

Dane fu salvato dal dover rispondere a quella importante domanda dal ragazzo della ferramenta che riprese il telefono.

«Okay,» disse. «A lei servono due pannelli in vetro.»

«Esatto. Sono piccoli, perché è una di quelle vecchie finestre suddivise in più parti,» disse Dane.

«Di che dimensioni le servono?»

«Uno misura venticinque centimetri per quindici,» iniziò Dane. «L'altro...» esitò.

«Vuole andare a misurarlo?»

Dane masticò l'estremità della biro che teneva in mano. «L'altro sembra della stessa misura, ma è al secondo piano e non ne sono del tutto sicuro.»

Il ragazzo della ferramenta, si schiarì la voce. «Potrebbe salire e misurarlo?»

«Questo è il problema, io non ho accesso alla casa.»

«Magari potrebbe iniziare con l'ordinare quello di cui ha già le misure,» suggerì il ragazzo. La sua voce sembrava impaziente e lui di certo non poteva biasimarlo. Chi ordinava il rimpiazzo di alcuni vetri per le finestre di qualcun altro?

Lui. Perché fare delle piccole riparazioni alla casa di Willow gli davano la possibilità di aiutarla e, allo stesso tempo, poteva fare qualcosa con le sue stesse mani.

Dane diede il numero della sua carta di credito al ragazzo della ferramenta e riagganciò.

Dall'altra parte della stanza, l'allenatore si infilò gli scarponi. Dane gli era grato che, per il momento, non avesse ancora fatto alcun commento sui suoi nuovi strani hobby. «La tormenta che sta arrivando porterà almeno trenta centimetri di neve, quindi vado a fare provviste,» disse l'allenatore mentre si infilava la giacca.

«Potresti...» Dane deglutì. «Potresti solo accertarti che Willow abbia tutto ciò che le serve?»

L'uomo inclinò la testa di lato e la sua espressione si addolcì. «Lo farei,» disse, «ma non è a casa. Callie è passata a prenderla un paio d'ore fa, perché avevano un appuntamento all'ospedale.» Prese le chiavi dal gancio accanto alla porta e continuò: «Spero che rientrino prima che la neve inizi ad accumularsi troppo. Ci vediamo tra un'ora.» Detto ciò se ne andò.

Il silenzio scese nella stanza e Dane ripensò alle parole che gli aveva detto l'allenatore. *Appuntamento all'ospedale.*

Si alzò in fretta con la bile che gli risaliva in gola. Forse Willow aveva deciso di...?

Il cuore iniziò a martellargli nel petto. Avrebbe già dovuto scusarsi con lei in modo appropriato. *Cristo.* Avrebbe dovuto dirle che qualsiasi cosa avesse deciso, per lui sarebbe andata bene.

Era stato un tale stronzo.

Si portò le mani in testa mentre la stanza iniziava a girare. Aveva ancora tempo per scusarsi. Lo avrebbe fatto. E se lei non lo avesse ascoltato? E se lei avesse creduto che lui pensava che fosse... tutte quelle cose orribili che le aveva detto.

Prese un respiro lungo e rassicurante.

Il rumore del vento era diventato sempre più forte, facendo scricchiolare il tetto. Si alzò dal divano, prese le stampelle e andò vicino alla finestra. La neve aveva iniziato a scendere in modo serio circa un'ora prima e Dane notò che aveva iniziato a coprire le macchie d'erba che erano spuntate dopo il recente scongelamento. Quella finestra gli permetteva di vedere una porzione del cortile di Willow e del pollaio. Dane aspettò guardando.

———

Callie riportò Willow a casa, ma non si poté fermare. «Devo tornare a casa prima che le strade peggiorino.»

«Grazie per essere venuta con me,» disse Willow.

«Non me lo sarei mai perso,» le rispose Callie.

Sarebbe diventato buio entro un'ora e forse la nevicata sarebbe anche peggiorata. Willow non entrò in casa, ma andò nel garage dove teneva i sacchi di mangime per le galline, uno dei quali era già sistemato su una slitta per bambini. Ora non doveva fare altro che portarlo nel pollaio.

Willow attraversò il cortile, mentre il vento le scompigliava i capelli facendoli volare ovunque. Quando arrivò al pollaio, aprì la porta e tirò il sacco all'interno. «Venite qua, ragazze,» disse mentre la slitta finiva sui trucioli. Willow si spostò in avanti verso il contenitore nel quale avrebbe dovuto versare il sacco.

La fase successiva sarebbe stata complicata.

Willow inclinò il contenitore del mangime su un fianco e poi tirò l'estremità inclinata della slitta verso l'apertura. Si spostò dietro la slitta, l'afferrò per l'estremità posteriore e cercò di alzarla, facendo scivolare il sacco di mangime dentro al contenitore.

Invece la slitta di plastica si ruppe in due.

«Merda,» disse. Non avrebbe funzionato, così si accovacciò sul sacco e lo prese per le due estremità.

«Posso aiutarti?»

Willow si voltò e vide Dane appoggiato allo stipite della porta. Aveva della neve tra i capelli. Si era lasciato crescere la barba il che gli conferiva un aspetto più vecchio e molto più serio che combaciava con la sua espressione addolorata e pensierosa. Rimaneva però sempre lo stesso uomo che le faceva mancare il respiro ogni volta che lo guardava.

Quegli occhi blu taglienti e le lunghe ciglia la guardavano; poi si mosse verso di lei, appoggiando le stampelle sui trucioli.

Troppo sorpresa per parlare, Willow si tolse di mezzo.

Dane appoggiò le stampelle a terra, poi alzò il contenitore, piegò il ginocchio sano, prese il sacco di mangime e lo versò al suo posto.

«Grazie,» sussurrò Willow, sentendosi irritata. «Stavo cercando di non sollevare...» si fermò serrando le labbra insieme.

Dane si alzò lentamente. «Sollevare pesi,» terminò la frase per lei. Poi aprì le labbra ma le richiuse subito come fosse un pesce.

Oh, no. Willow sentì che iniziava a tremare.

«Willow,» iniziò Dane, poi appoggiò una mano sul muro del pollaio per mantenere l'equilibrio. «Avrai il bambino?»

Terrificata dalla sua reazione, Willow annuì.

Lentamente Dane chiuse gli occhi, portandosi una mano alla tempia. «Dio, sono così sollevato.»

Per un attimo Willow non riuscì a dire nulla. «Lo sei?» balbettò.

Dane annuì, sembrando incerto. «Perché...,» iniziò, «perché non ti ho distrutto, Willow. Hai preso la tua decisione da sola.» Gettò la testa all'indietro e sospirò. «Ho detto delle cose orribili, ma tu sei rimasta sulle tue posizioni.»

«Non è stata una decisione facile, e non so se ho fatto la cosa giusta,» disse, sentendo che iniziava a balbettare. «Ma dentro di me sapevo che volevo il bambino. La tempistica fa schifo, ma lo voglio sul serio.»

Lo sguardo sul suo volto era così vulnerabile che la lasciò senza fiato. «Sei impressionante, Willow. Incontri stronzi a destra e manca...» Scosse il capo prima di ricominciare. «Ma nessuno ti spezza. Non quell'idiota che ti ha lasciato, non io, non quegli stronzi al bar quella sera...» Si schiarì poi la gola. «Aspetta, che non ho ancora finito.» Dane si chinò e afferrò le stampelle appoggiate a terra e poi fece un passo verso di lei.

Willow non poteva far altro che guardarlo e dovette fermarsi dallo sporgersi per toccarlo, per avere la certezza che fosse sul serio lì, a parlare con lei.

«Willow, voglio chiederti scusa. Tutto quello che ho detto... vorrei non averlo fatto. Sono dispiaciuto da morire di essere stato così crudele. Ti meriti molto, molto di più.»

In quel momento una raffica di vento fece sbattere la porta del pollaio e le galline si agitarono per la paura.

Willow si sentiva il cuore in gola. «Dane, sta arrivando una tormenta e...» All'improvviso si sentì confusa. Aveva desiderato, no, aveva voluto con tutta se stessa che Dane si scusasse, ma sentirlo fare era spaventoso. La decisione che aveva preso di tagliarlo del tutto fuori dalla sua vita, per quanto fosse stata molto dolorosa, era necessaria. Ma in quel momento era davanti a lei, la stava supplicando con gli occhi e Willow non sapeva cosa fare.

«Ci sono molte altre cose che vorrei dire, Willow.» La sua voce era bassa. «Possiamo parlare in casa?»

Willow prese un lungo respiro profondo. «Dammi... dammi solo un minuto.» Si voltò con il cuore che le batteva nel petto e controllò che le mangiatoie e gli abbeveratoi delle galline fossero pieni. «Aspettatemi qua, ragazze,» disse. «Ci vediamo domani mattina.» Si rimise il berretto in lana sulla testa e seguì Dane fuori dal pollaio, facendo scivolare il chiavistello nuovo in posizione.

———

All'esterno era buio ed era tutto un turbinio. La neve ricopriva ogni superficie, e iniziava ad accumularsi alla base degli alberi. Willow arrivò prima di Dane e aprì la porta della cucina. Si tolse le scarpe e andò a sedersi sul divano, accendendo la lampada nell'angolo.

Dall'altra parte della stanza, con fatica Dane si tolse il suo unico scarpone da neve e quando saltellando sulle stampelle le si avvicinò, Willow lo guardò, in parte contenta che volesse parlare e in parte spaventata di ciò che avrebbe potuto dirle.

«Willow,» disse esitando davanti a lei. «Non mi devi guardare in quel modo. Non dirò mai più nulla contro di te.»

La donna prese un lungo respiro e lo lasciò andare. «Credo che ci fossero delle circostanze attenuanti. Callie me l'ha detto... che pensavi di avere... quella malattia genetica...»

Dane si mosse attorno al tavolino basso, e poi andò a sedersi accanto a lei. Lentamente si sporse coprendole con la mano quella che lei aveva appoggiato tra a loro. «Sono stato cattivo e crudele con l'unica persona...» Lasciò in sospeso l'ultima parte della frase. «Non riesco a togliermi quelle parole dalla testa.»

Willow tirò via la mano, incrociò le gambe e si voltò verso di lui. «Anch'io sono dispiaciuta.»

«Per cosa?»

«Non sono stata attenta quando invece avevo detto che lo ero.»

Dane scosse il capo. «Succede, di solito a persone che non siamo noi.»

Willow lo studiò, trovando i suoi occhi stabili. Lei voleva quel Dane, quello che accettava la cosa, che avrebbe voluto starle vicino. Ma non era ancora pronta a credergli. «Posso mostrarti una cosa che ho avuto oggi?»

«Tutto quello che vuoi.»

Nonostante la risposta, Willow esitò, ma gli occhi blu di Dane erano pazienti e in attesa. Si alzò e tirò fuori dalla tasca una serie di immagini dell'ecografia porgendole a Dane. Riusciva a sentire il cuore rimbombare nelle orecchie mentre lui guardava la prima e poi le altre.

«Wow,» sussurrò, alzando lo sguardo su di lei con stupore in viso. «Non riesco a credere che sia reale.»

«Ho avuto la stessa reazione,» ammise Willow.

Dane rise, avvicinando le immagini alla lampada. «Un piccolo sciatore allevatore di galline.» Lasciò cadere l'immagine sulle gambe. «Non ho nessuna esperienza in queste cose, quindi te lo devo chiedere. Come posso aiutarti?» Si schiarì poi la gola prima di continuare. «Ho bisogno di sapere cos'altro posso fare oltre alle riparazioni all'esterno.»

Quella domanda le fece battere forte il cuore. «Io... io non ne ho idea. Non ho mai pensato che me lo avresti chiesto.»

Dane trasalì. «Hai ragione.»

«Credo...» Willow si schiarì la gola. «Credo di essere coperta per i prossimi sei mesi.»

«Va bene,» sospirò. «Willow, molto presto non dovrò più usare queste stampelle.»

«Questa è una bella notizia.»

«Certo, ma in un paio di settimane dovrò andarmene a ovest.»

Oh.

Willow sentì un'incredibile pressione comprimerle il petto. Che fosse o no una sana reazione, l'idea che Dane se ne andasse per sempre la faceva sentire insopportabilmente triste. «Capisco.» Willow abbassò lo sguardo sulle sue mani.

«Willow?» La donna alzò lo sguardo e vide il suo bellissimo viso farsi serio. «Se mi dici di non andare, non andrò.»

Il cuore le batteva forte nel petto, ma non riusciva a fidarsi.

Il viso di Dane divenne nervoso. «So di non meritarmelo per niente, ma devo chiedertelo, perché se non lo faccio lo rimpiangerò per sempre. Esiste una possibilità che possa passare del tempo con te?»

La speranza iniziò a crescere dentro di lei, ma Willow cercò di ricacciarla indietro. C'erano pur sempre troppi problemi. «Ma io sto per avere un bambino che tu non vuoi.»

Dane scosse il capo. «Chi lo sa cosa voglio, Willow? Per anni non mi sono mai permesso di chiedermelo. Sono un gran casino, ma io... tu mi affascini, e ogni volta che vedo il tuo viso sono felice.»

«Io... nessuno mi ha mai detto una cosa del genere.» Aveva un nodo in gola delle dimensioni del New England.

«Avrebbero dovuto. E io vorrei averlo fatto prima. Ma io... è come se mi fossi messo in quarantena. Non ho mai avuto una ragazza perché ho sempre pensato che non sarebbe stato giusto per lei. E questo significa che non ho mai detto a nessuna che l'amavo. Non ho nemmeno mai detto: "Ti chiamo domani." Cristo...» Si interruppe e alzò gli occhi al cielo. «Sto sul serio cercando di vendermi, vero?»

Willow non riuscì a trattenersi e sorrise. «Non so cosa dire. Ho passato gli ultimi tre mesi cercando di dimenticarti. Cosa vuoi da me, Dane?»

Dane le mise un dito dietro alla testa e Willow sentì come una carica elettrica. «Sai che alcune persone hanno una lista di cose da fare prima di morire? Tipo andare a fare bungee jumping in Nuova Zelanda, o fare sesso nel bagno di un aereo?»

«Sì, quindi...»

«La mia lista delle cose da fare prima di morire è alla rovescia. Vorrei addormentarmi sul tuo divano nel bel mezzo di un film. Vorrei poterti portare una birra quando c'è la pubblicità. Vorrei scaldarti i piedi gelidi con i miei.»

«Non posso bere birra, sono incinta.»

«Verresti qui, per *favore*?» domandò indicando il posto accanto a lui sul divano.

Il cuore le batteva forte quando si spostò per andare a sederglisi accanto, spostando i piedi vicino ai suoi sul tavolino basso davanti al sofà.

Dane fece scivolare le braccia attorno a lei e Willow si appoggiò sul suo torace. Il corpo di Dane era robusto e caldo, e le baciò la sommità del capo mentre lei gli stringeva le braccia attorno alla vita. «Non hai idea,» sussurrò Dane, «di quanto tutto questo mi renda felice. Solo questo.» Dane la strinse a sé con gentilezza.

Willow si voltò in modo da appoggiargli il mento sullo stomaco.

«La cosa più importante che ti voglio dire è questa,» iniziò Dane con voce gentile. «Ogni volta che mi sono allontanato da te, fin da quella prima mattina, è sempre stato perché pensavo di doverlo fare. Ho gestito le cose molto male, ma volevo solo proteggere entrambi. È che non avevo molte altre possibilità di fare altrimenti.»

«Sto iniziando a capire,» gli rispose Willow.

Rimasero in silenzio per un attimo e poi Dane continuò: «È dura per me, Willow. Anche adesso sto cercando di non ascoltare quella vocina che ho nella testa. Quella che continua a dirmi di allontanarmi da questa ragazza perché sono tossico.» La sua voce divenne un sussurro. «Non osare amarla.»

Il cuore di Willow le batteva al doppio del ritmo normale. «Se vuoi avere una vita, devi dire a quella voce di andarsene, adesso,» gli sussurrò.

«Voglio farlo,» le rispose Dane sospirando.

Willow alzò la testa e vide che Dane aveva gli occhi umidi. Senza pensarci, si sporse e gli accarezzò la guancia con il pollice. «Ho cercato di immaginare come doveva essere per te vivere con la minaccia di poter morire giovane.»

«Non si trattava solo della morte,» disse con voce spezzata. «È una malattia bruttissima, Willow. In un modo crudele e deleterio. Mio padre se ne è andato perché non ce la faceva più a stare a guardare. Così mi sono detto di non avvicinarmi mai a nessuno. Per anni ho pensato che me la stessi cavando bene, vivendo una bella vita e tenendo tutto dentro di me.»

«Finché io non ho mandato all'aria la tua strategia.»

Dane strinse le braccia attorno a lei. «Tu mi hai schiacciato, Willow. Il giorno che ti ho incontrata è come se fossi andato a sbattere di faccia contro un muro ai centotrenta chilometri all'ora.»

«Mi dispiace.»

«A me no. Sono distrutto e scioccato, ma non sono dispiaciuto,» disse prima di inspirare dal naso.

Rimasero in silenzio, ma quella volta era un silenzio buono. Starsene seduta lì con lui era più facile di quanto avesse mai immaginato. Fuori il vento soffiava e la neve continuava a cadere nella penetrante oscurità, nascondendo le impronte che avevano fatto quando dal pollaio erano andati verso casa.

Willow si chiese se i bruttissimi segni che si erano fatti l'uno sul cuore dell'altro potessero anch'essi venire coperti.

«Cosa credi che succederà adesso?» domandò Dane a bassa voce. «È una domanda che non mi sono mai posto prima d'ora. Sono sempre stato geloso della gente che aveva un futuro e non ho mai smesso di pensare che averne uno sarebbe stato complicato.»

Willow gli accarezzò la mano che lui le aveva appoggiato sullo stomaco. «Inspira ed espira. E basta. E poi rifallo,» gli disse.

Dane si mise a ridere. «Quello posso provare a farlo.»

Willow si voltò per poterlo guardare di nuovo. «Allora, su quale film ti vorresti addormentare per primo?»

Mentre lo guardava, un leggero sorriso comparve sul viso di Dane e gli arrivò dritto agli occhi prima che le mettesse il naso nei capelli. «Non mi interessa, scegli tu.»

«Sai,» iniziò Willow, «anch'io ho una vocina nella mia testa.»

«E cosa ti dice?» domandò e le fossette fecero la loro comparsa.

«Dice,» la voce di Willow era quasi un sussurro, «popcorn con burro extra.» Spinse via le mani di Dane e si alzò in piedi porgendogli il telecomando. «Guarda cosa c'è in TV.»

CAPITOLO VENTICINQUE

SI SINTONIZZARONO su un film d'azione, ma Dane a malapena riusciva a prestarvi attenzione, perché era troppo preso dal respirare il profumo di fragola dei capelli di Willow, e dal sentire il movimento della schiena della donna contro il suo torace. Quando lei gli strinse la mano durante un conflitto a fuoco particolarmente intenso, Dane chiuse gli occhi per concentrarsi sulla sensazione del palmo di Willow contro il suo. Ogni volta che lei si spostava contro di lui, il suo torace si espandeva di felicità.

Quella ragazza era fantastica e la sua vicinanza era come una terapia per lui.

«Quando uccideranno quel personaggio, penso che mi arrabbierò parecchio,» disse indicando lo schermo. «Il motociclista.»

«Hmm?»

«Alla fine gliela farà vedere,» disse Willow.

«Hai già visto questo film?» domandò Dane.

«No, ma quel personaggio è un sovracompensatore. È uno di quei tipi che si assumono dei rischi orribili durante la sconfitta finale.»

Dane si mise a ridere con il viso affondato nei suoi capelli. Willow portò una mano all'indietro e se li spostò di lato esponendo una porzione della pelle della spalla, che era proprio lì, sotto il suo naso. Se si fosse sporto anche solo di un millimetro avrebbe potuto mordergliela. Anche solo un pochino.

Non farlo. Non rovinare tutto.

Il piano per quella sera era di starsene semplicemente con lei. Ed era un ottimo piano. Il sesso impulsivo aveva già causato loro molti problemi, e lui voleva aspettare. Così ignorò la sensazione umida che aveva nelle mutande e si appoggiò con la schiena al divano. Sullo schermo, l'eroe entrava in un parcheggio sotterraneo buio con un solo proiettile ancora a disposizione. Dall'oscurità provenne il suono di una pistola che veniva caricata e l'eroe si bloccò.

In quel momento di tensione cinematografica accuratamente costruita, Willow si spinse più in alto sul petto di Dane, portando il suo bellissimo collo sempre più vicino alle sue labbra. L'uccello di Dane premeva contro i pantaloni e gli diede un avvertimento silenzioso. *Amico, questa sera non arriveremo fino a quel punto.*

Non appena l'eroe iniziò un'altra fuga audace, Willow gettò la testa all'indietro, voltò il mento, e per poco con le labbra non gli sfiorò l'orecchio. Sospirò e il suo fiato bollente lo portò dall'essere appena eccitato al diventare duro come una roccia.

«Willow,» sussurrò Dane. «Stai rendendo impossibile la visione del film.»

Willow voltò la mano di Dane in mezzo alle sue e gli accarezzò il palmo con due dita. «Mi dispiace,» disse.

Dane prese un lungo respiro e cercò di tenere sotto controllo la sua eccitazione.

«Hmm,» mormorò Willow. «A quanto pare il soccorritore era in grado di pilotare un elicottero. Questo sì che è utile.» Si sporse in avanti mentre l'elicottero si alzava da terra e in quel momento Dane decise che forse sarebbe riuscito a concentrarsi sul film.

E fu in quel momento che andò via la corrente, gettando la stanza nel buio.

Uh, oh.

Per un attimo nessuno dei due disse una parola, ma l'assenza di luce e dei suoni provenienti dalla televisione gli fece percepire ancora di più che il suo corpo era premuto contro quello di Willow.

La donna grugnì. «Adesso non saprò mai come andrà a finire.»

Si voltò verso di lui, ed erano così vicini che Dane riusciva a sentire il respiro di Willow contro il suo mento. Sentiva un tale scoppiettio nell'aria che avrebbe potuto illuminare tutta la stanza. «Potrei dirtelo io il finale,» disse Dane.

Willow si sporse verso di lui e gli portò le mani al viso, uccidendolo quasi sul posto. «Dane, hai già visto questo film?»

«Forse.»

Tranquilla gli disse: «Bene, allora spara.»

«Okay,» iniziò Dane. Il calore delle mani di Willow gli arrivò fino all'anima. «L'eroe si cala dall'elicottero sul treno in movimento e uccide i cattivi, poi salva la sua famiglia dal container.»

«Hmm,» disse Willow. Erano così vicini che quella parola riverberò fino ad arrivargli al mento. «Era così scontato, ma che mi dici del soccorritore?»

A quel punto la maggior parte del sangue del corpo di Dane gli era scivolata via dal cervello e gli era scesa nei pantaloni. Era molto difficile riuscire a pensare. «Il soccorritore è morto per aver mangiato un'insalata con un uovo andato a male. Non era di certo una delle prelibatezze del Vermont.»

Willow lo colpì.

«Ahi,» sorrise Dane.

«Non hai visto il film,» lo sfidò.

«L'ho visto, perché il coach lo adora. Non voglio solo che tu stia male per come finisce.»

«Dimmelo,» gli sussurrò. «Posso farcela.»

Dane appoggiò la fronte su quella di Willow. «Mi sono dimenticato con chi ho a che fare.»

«Il soccorritore dice la sua, vero?»

Dane si concesse di sfregare il viso di Willow con il naso. Era solo un tocco leggero, non stava andando contro la sua regola. «A quanto pare il terrorista aveva messo la bomba nell'elicottero e non nel treno. Così il soccorritore è stato costretto a lasciar cadere l'elicottero in un burrone, gettandosi fuori e salvando così la città.»

«Che cosa deprimente,» sussurrò molto vicino. «Sembra una di quelle cose che faresti tu.»

«La prossima volta guarderemo una commedia.»

A quel punto Willow lo baciò e la sensazione delle soffici labbra della donna sulle sue fu appassionante. Per un attimo non riuscì a fare altro che arrendersi e ricambiare il bacio. Willow gli infilò la lingua tra le labbra e fu tutto ciò che lui voleva. Grazie, universo.

Alla fine, però, Dane riuscì a riprendere controllo di sé e interruppe il bacio, spostando il mento di lato. «Willow?»

«Sì?» mormorò lei.

«Mi ero ripromesso che non lo avrei fatto stasera.»

Willow rimase in silenzio per un attimo, e Dane sperò che non si fosse offesa. «Dane,» disse poi, a bassa voce. «Stabilisci molte regole per te stesso, vero?»

«Sì,» disse. «E non ho mai avuto alcun problema nel seguirle, fino alla notte in cui sono finito fuori strada con te. E adesso, quando mi trovo nel tuo stesso fuso orario, non riesco a pensare in modo ragionevole.»

«Quindi ti sei creato una nuova regola secondo la quale non volevi baciarmi, stasera.»

«Oh, io *voglio* baciarti.» *E molto di più, se è per questo.* «Eppure mi sono detto che non lo avrei fatto perché ho bisogno che tu ti fidi di me. Anche se ci vorrà un po'.»

«Hmm,» disse Willow, tamburellando con un dito sulle labbra di Dane. «Allora mi potresti fare un favore?»

«Tutto quello che vuoi.»

«Puoi trovare un modo per essere un po' meno sexy?»

Al buio, Dane le accarezzò i capelli lungo la schiena cercando di non registrare la sensazione del seno di lei contro il suo torace. «Ho la barba e sono zoppo. Questo dovrebbe aiutare.»

Willow portò le mani sulla barba, e con le dita iniziò a tracciare una linea sul viso e poi lungo il collo. Cosa che fece venire voglia a Dane di urlare dalla gioia. «Non è sufficiente,» disse.

«È buio pesto,» disse Dane, «non puoi nemmeno vedermi.»

A quel punto, Willow si spostò e Dane prese un lungo respiro profondo. Il suono che sentì subito dopo fu l'accensione di un fiammifero e poco dopo vide una piccola fiamma sopra al tavolino basso e Willow che accendeva una candela. Dopo averlo fatto, si voltò per guardarlo, la luce gialla che brillava sulla sua pelle, facendo risplendere i suoi capelli come se fossero oro.

Dane era nei guai fino al collo.

Willow si raggomitolò come un gatto accanto a lui, senza mai distogliere lo sguardo. «Due cose,» disse e a malapena Dane riuscì a sentire quali fossero quelle due cose, perché Willow aveva deciso in quel momento di leccarsi le labbra. L'apparizione di quella lingua rosa che scorreva sulle labbra perfette lo rese momentaneamente sordo. «La prima cosa,» stava dicendo Willow, «è che le scuse sono molto sexy. Secondo, stasera hai fatto tutto un discorso sul voler fare tutte quelle cose ordinarie che fanno i ragazzi con le loro fidanzate. Cosa pensi che facciano quando va via la luce?»

Dane fece scivolare le mani attorno alla vita di Willow e se la avvicinò. «Ti darei una risposta spiritosa, ma in questo momento mi risulta difficile pensare.»

«Dane,» replicò Willow, e questa volta il suo sguardo non lo stava più stuzzicando. Lo guardò negli occhi con così tanto stupore che sarebbe stato impossibile guardare altrove. «La mia vita non potrebbe essere più complicata di così, in questo momento, ma c'è una connessione reale tra di noi. Puoi stabilire tutte le regole che vuoi, ma rimarrà sempre qui.» E per rendere meglio l'idea, si toccò la testa intanto che lo guardava.

Dane si lasciò scappare un sospiro. «La notte che ti ho incontrata mi hai detto che l'istinto è una cosa reale. Ma io l'ho combattuto per tutta la mia vita.»

«Io non sono senza paura,» disse Willow. «Non voglio che tu mi spezzi il cuore, ma nascondermi non aiuta.»

Dane la guardò. Willow l'aveva sorpreso fin dalla prima volta che si erano incontrati e in quel momento capì che lei era l'unica persona al mondo che sarebbe stata in grado di sorprenderlo tutti i giorni della sua vita. «Vorrei essere come te,» disse Dane. «Tu affronti tutto a testa alta.»

«Tu hai fatto la stessa cosa oggi,» disse. «Ed è per questo che posso fare così.» Portò il viso vicino a quello di Dane e gli accarezzò le labbra con le sue.

Dane chiuse gli occhi alla sensazione di essere sul punto di cadere; si aggrappò a Willow e un gemito gli sfuggì dalla gola. Willow lo zittì con le sue labbra. Si stavano baciando e le loro labbra, senza dire alcuna parola, finirono la loro conversazione. Lui non la meritava e glielo stava dicendo succhiandole con gentilezza il labbro inferiore.

Willow lo voleva nonostante tutto, e glielo mostrò usando

le dita che gli sfioravano la nuca, e con la lingua che lo assaggiava e lo stuzzicava.

Era così dispiaciuto dall'averla fatta soffrire, e con le mani le accarezzò la schiena cercando di comunicarglielo. Infilò le dita sotto l'orlo del top, e venerò la pelle soffice, per scusarsi. Quando aprì gli occhi, vide che la luce della candela danzava sulle pareti e scintillava nelle pozze scure delle sue iridi. «Willow,» disse, solo per sentire il suono di quel nome sulle sue labbra. Dane la fece distendere su un fianco in modo che potesse appoggiare la testa sul suo stomaco continuando a guardarlo. A quel punto le alzò il top di alcuni centimetri, appoggiò la mano sulla sua pancia e la lasciò lì.

Willow appoggiò la mano sulla sua. «Non si vede ancora nulla,» sussurrò.

Dane le accarezzò comunque la pancia. «Ti senti diversa?»

Willow annuì. «La nausea mattutina è una cosa vera. E ci sono alcuni giorni in cui mi sento molto stanca.»

«Mi dispiace,» disse.

Willow sorrise. «A me no, è solo una cosa temporanea.»

Dane fece scivolare un dito sulla sua pancia arrivando alla vita dei jeans e Willow chiuse gli occhi per il piacere, sollevando appena il bacino. Dane sentì il suo piacere crescere di pari passo con il desiderio. «Willow, è sicuro fare l'amore con una donna incinta?»

Il suo sorriso era scherzoso. «Se non lo fosse, tutte le specie si sarebbero estinte. Un altro sintomo della gravidanza è che vorresti farlo di continuo.»

«Buono a sapersi,» rise Dane.

«Deve avere qualcosa a che fare con il maggiore afflusso di sangue in quella zona.» Willow gli rotolò sopra. I suoi seni erano appoggiati contro il suo torace, e nascose il viso nell'incavo del collo. «Dane?»

«Sì?»

«È sicuro fare l'amore con un uomo con una gamba rotta?»

Dane le accarezzò i capelli. «Potremmo trovare un modo per farlo, magari non sul bancone della cucina.»

«Credo che anche la Jeep sia fuori discussione, vero?»

———

Dane seguì Willow e la candela tremolante verso la camera da letto. Si distese sul materasso, e si appoggiò alla testiera. Poi a bassa voce chiese: «Hai un cuscino sul quale posso appoggiare la gamba rotta?»

«Certo.» Willow trovò un cuscino e Dane vi appoggiò il ginocchio, poi lei si distese al suo fianco e si raggomitolò contro di lui, lasciandosi scappare un sospiro doloroso. «Questa è la scena del crimine,» sussurrò.

Dane voltò la testa di scatto. «Non dirlo, Willow. Io non rimpiango nulla, eccetto l'essere stato crudele con te.»

«Va bene, ma mi è ancora concesso essere un po' imbarazzata.»

Dane le accarezzò il mento con il pollice. «Sul serio? Se il nostro errore alla fine ha fatto sì che io cambiassi il mio modo di vedere la vita, saresti ancora imbarazzata?»

Il suo viso era pensieroso. «Il problema è che un giorno mio figlio mi chiederà da dove vengono i bambini. Quando tua mamma te l'ha spiegato, cosa ti disse? La mia mamma affidataria mi disse: "Quando un uomo e una donna si amano tanto..."»

Dane la baciò sulla testa. «Ho tutto il tempo necessario per fare di te una donna onesta,» disse. Poi continuò: «Se me lo permetterai, ho tutta l'intenzione di amarti tanto.»

Willow non disse nulla, ma spinse il viso contro di lui.

«Stai bene?»

La donna si lasciò scappare un leggero sospiro. «Sì, è solo che inizio già a sentire le complicazioni pressarmi.»

Dane le appoggiò le mani ai lati dello sterno e la alzò finché il suo bellissimo viso non fu a livello del suo. A quel punto se l'appoggiò sul torace e dopo aver chiuso gli occhi cercò le sue labbra.

La sua bocca si addolcì per lui e aprì le labbra per poterlo ricevere, accarezzandogli il torace con entrambe le mani. «È difficile stare male quando mi baci così,» sussurrò Willow.

Dane le prese il viso tra le mani. «Molto bene, perché ho intenzione di continuare a farlo per un lungo tempo.» Il bacio successivo fu avido, le sue labbra affamate e la incoraggiò con la lingua. A quel punto Willow iniziò a rilassarsi e il suo corpo si sciolse su quello di Dane, mentre il suo dolce viso diventava pesante tra le sue mani.

«Mmm,» disse, allungando le gambe per mettersi a cavalcioni su di lui. «Così va bene?» sussurrò guardando la gamba infortunata.

«È meglio che bene,» le rispose Dane che afferrò l'orlo del top e glielo tolse, facendolo passare oltre la testa. Era incredibile poterla toccare di nuovo. Aveva passato settimane a volerla, assolutamente certo che non ne avrebbe mai più avuto l'occasione e invece, in quel momento, le stava toccando le coppe di satin del reggiseno. E, sempre in quell'istante, i suoi lunghi capelli gli accarezzavano il torace.

«Sei bellissima,» sussurrò Dane. Si sporse con le mani oltre la sua schiena e le sganciò il reggiseno. I suoi seni ballonzolarono liberi e Dane rimase a bocca aperta. «Cristo,» rise, «sono enormi.»

Willow abbassò lo sguardo sui suoi seni così rotondi, color crema alla luce della candela, e con i capezzoli tesi. «Te ne sei accorto anche tu? Un altro effetto collaterale della gravidanza. Non mi va più bene nessuno dei miei reggiseni.»

Willow non riusciva a capire cosa gli avesse fatto. «Ho memorizzato il tuo corpo, Willow, perché ero sicuro che non ti avrei più toccato.» Le prese i seni tra le mani e Willow fece una smorfia. Dane bloccò le mani: «Ti faccio male?»

«Sono sensibili.»

Dane alleggerì la presa e con i pollici si limitò ad accarezzare la pelle gonfia. La attirò più vicino a sé, allungò il collo e con la lingua le leccò un capezzolo che si indurì come un sassolino, dove lui lo aveva leccato. Poi, tenendola per le spalle la attirò verso di sé. Aprì la bocca, e la tenne appoggiata sul suo seno mentre con le braccia continuava a tenerla sollevata per minimizzare la pressione. Con i capezzoli umidi Willow gemette, e lasciò cadere la testa in avanti ricoprendolo con i suoi capelli.

Dane guidò il corpo di Willow in basso, verso il suo bacino. Indossava solo un paio di pantaloni da atletica, gli unici che riusciva a far passare sulla fascia al ginocchio. Il fatto che fossero morbidi gli permettevano di sistemare la sua erezione che ormai premeva in mezzo alle gambe di Willow e, mentre lei lo baciava, si strusciava su di lui. Sospirò tra le sue labbra, con le mani si afferrò alla sua schiena e al suo collo, vagando in mezzo ai suoi capelli.

Dane si sentiva come una granata alla quale avevano tolto la sicura.

Fece scivolare una mano lungo il retro dei pantaloni da yoga elastici che indossava e le afferrò il sedere. Con l'altra mano afferrò la vita e glieli tirò giù insieme con le mutandine. «Liberiamoci di questi cosi,» disse.

———

Willow rotolò su un fianco evitando la gamba infortunata e si liberò del resto dei vestiti. «Togliti il maglione,» gli ordinò, sentendosi felice quando lui se lo tolse senza esitare. Dio, era bellissimo. Si sporse verso di lui, e gli accarezzò gli straordinari muscoli del torace. Avrebbe potuto studiare la geografia del suo addome per ore.

Dane infilò un braccio sotto al suo ginocchio e se la mise a cavalcioni. Mentre una delle sue enormi mani scendeva lungo il suo sterno, a Willow venne la pelle d'oca. Sapeva che si sarebbe sentita vulnerabile in quel momento ed eccola lì, a concedersi di nuovo a quell'uomo. Dane era un rischio e lei si trovava in un momento difficile della sua vita, ma il suo corpo muscoloso era come una casa per lei, e il calore della sua pelle alleviò tutte le sue paure.

Willow gli infilò le dita tra i capelli e lo baciò di nuovo. Dane le succhiò la lingua mentre con le dita le accarezzava la pancia, prima di farle scivolare in mezzo alle sue gambe. Quando trovò la sua umidità ad attenderlo, gemettero entrambi. Rimase senza fiato quando le appoggiò tutta la mano sulla vagina spargendo i suoi umori ovunque.

Il desiderio la travolse e, aggrappata al suo collo, Willow lo baciò con insistenza. Dane le fece scivolare due dita dentro e, mentre con il pollice le accarezzava il bocciolo gonfio, a Willow venne un capogiro tanto era eccitata. Intanto che lui la toccava, lei iniziò a far roteare i fianchi. A ogni movimento con il sedere gli strusciava il glande, e il calore che le stava esplodendo in mezzo alle gambe era a malapena tollerabile. «Ti voglio,» mormorò.

«Mi avrai,» sussurrò Dane. «Molto presto.»

Ma Dane non si fermò. Con il pollice invece le sollecitò il clitoride con carezze lunghe e persistenti. Willow era così eccitata che ogni respiro la portava sempre più vicina all'orgasmo. «Oh, Dane,» disse. «Mi farai...»

«Vieni,» disse coprendole le labbra con le sue. Infilò ancora le dita dentro di lei, e con la mano riuscì ad accarezzarla in zone ancora più remote.

Willow gemette e sentì il suo corpo stringersi su se stesso, mentre tutti i suoi sensi erano concentrati sul suo tocco. Sentì arrivare il brivido dell'orgasmo che si infranse nel suo corpo come un'onda. Dane la baciò con forza mentre i suoi muscoli si contraevano, stringendogli le dita come in un abbraccio.

Le sue braccia potenti le si strinsero attorno, e quel gesto le provocò una sensazione di déjà-vu. La prima volta che lui l'aveva toccata, Willow si era sentita nello stesso modo, forte ma vulnerabile. Fin dal primo istante, la dolcezza nel suo tocco non era mai mancata. Le sue parole le avevano causato tanta infelicità, ma il corpo di Dane le aveva sempre rivelato i suoi veri sentimenti. La verità era stata lì, nel suo primo bacio d'addio, e anche nelle sue mani quando, febbricitante, si era aggrappato a lei.

Il tocco di Dane non le aveva mai mentito.

Willow appoggiò la testa contro il suo mento e cercò di riprendere fiato, mentre lui la cullava gentilmente nel suo abbraccio. «Dolce,» sussurrò. «Tenerti tra le mie braccia, mi rende così felice.»

Il suo cuore perse un battito nel sentire quelle parole. Il cammino che avevano davanti a loro non sarebbe stato semplice, ma se lui era determinato a trovare la sua strada, magari entrambi sarebbero riusciti a farcela.

CAPITOLO VENTISEI

DANE la tenne stretta mentre lei si calmava, il battito del suo cuore rallentava, ma il suo viso era ancora arrossato. Le palle gli stavano per scoppiare e per una volta era un bellissimo problema, perché avevano tutta la notte. E il giorno dopo. E se la fortuna non lo avesse abbandonato, anche molti giorni a venire. La pelle di Willow contro la sua era un balsamo per tutto ciò che lo aveva fatto soffrire. La tranquilla soddisfazione che sentiva nel petto era del tutto nuova.

Dopo un po' Willow iniziò a tirarsi su, e con le labbra gli accarezzò i pettorali mentre alzava gli occhi per guardarlo. Dane si inebriò di quella vista, sospirando mentre con le dita lei gli stuzzicava i peli, man mano che scendeva lungo il suo stomaco. A quel punto rotolò via dal suo corpo e mise i piedi a terra accanto al letto. Appoggiandosi al bordo del letto gli regalò una scia di baci partendo dall'ombelico e scendendo fino all'elastico dei pantaloni. Dane trattenne il respiro quando Willow vi infilò le dita sotto.

A quel punto la ragazza alzò gli occhi, un sorriso incurvava le sue labbra perfette. «Aiutami a tirare giù questi senza farti male,» disse.

Dane alzò i fianchi dal letto, permettendo a Willow di tirare giù con un unico movimento sia i pantaloni che i boxer. Poi si spostò sopra di lui, facendo scendere i capelli sulla sua pancia, nascondendo il viso alla sua vista, mentre abbassava la lingua fino a sfiorargli la base dell'erezione. Dane poté solo sentire e non vedere ciò che gli stava facendo. Quando lo leccò arrivando fino alla cappella, Dane mormorò: «Oh, cazzo.» Willow gli stuzzicò la cappella e quella sensazione per poco non lo spedì dritto sul tetto.

Quando Willow si alzò di nuovo, dando uno strattone ai pantaloni, Dane stava ansimando. L'aiutò a sfilarli dalla gamba sana, mentre lei, dopo essersi spostata alla fine del letto, con la luce della candela che le faceva risplendere la pelle del corpo come se fosse oro, glieli sfilò del tutto, anche dalla gamba infortunata. Si chinò per esaminare il ginocchio, e vide la cicatrice attraverso il taglio nella fasciatura. «Oh,» disse incontrando il suo sguardo.

Dane si mise a ridere appoggiandosi di nuovo alla testiera del letto. «Non sento quasi più dolore ormai.»

«Cercheremo ti mantenere le cose così, allora.» Willow risalì sul letto e, facendo attenzione, gli si mise a cavalcioni. Con le mani gli accarezzò i pettorali e con i pollici gli stuzzicò i capezzoli. Si chinò per potergli baciare il collo, e risalire seguendo la linea della barba fino al suo viso. Lo leccò, lo stuzzicò e lo morsicò, mentre Dane le teneva stretto il sedere con mani vogliose. La voleva così tanto.

Willow si tirò su e il suo viso divenne serio. Portando una mano all'indietro sulla sua coscia gli chiese: «Posso appoggiarmi qui?»

«Prova.»

Con cautela, Willow provò a sedersi sui suoi fianchi, il suo sedere che gli accarezzava le cosce e solo a quel punto gli prese l'erezione in mano. «Va tutto bene?»

«Tutto okay,» ansimò Dane, e Willow sorrise al suono strozzato del suo piacere.

Lo masturbò con estrema gentilezza, ma Dane voleva di più, molto di più. Avrebbe voluto alzare i fianchi dal letto in modo da aumentare la pressione dei movimenti della mano di Willow, ma non era solo il ginocchio ferito che lo stava trattenendo. Voleva assaporare quel momento, perché non si trattava solo di un'ora di puro erotismo, quella che gli stava offrendo Willow, ma la possibilità di avere qualcosa di molto più bello e duraturo. Era un dono, e Dane voleva apprezzarne ogni secondo.

Con un movimento unico Willow si alzò, e lo guidò sotto al suo corpo. Mantenendo il contatto visivo con lui, si abbassò molto lentamente, centimetro dopo stuzzicante centimetro. «Oh, Willow,» ansimò. Quella sensazione era così travolgente che dovette chiudere gli occhi. La sentì che si alzava sopra di lui ancora una volta, per poi scendere di nuovo in modo squisito. La stretta incredibile del suo corpo bagnato attorno a lui lo fece ansimare e ogni terminazione nervosa di Dane era sull'attenti. Willow si mosse ancora, e questa volta gli strizzò l'erezione sepolta dentro al suo corpo. «Cristo,» disse Dane. «Mi stai uccidendo.»

«Esercizi di Kegel,» disse, «le donne incinte si devono tonificare.»

Dane portò entrambe le mani sui fianchi di Willow tenendola ferma. «Ehi, aspetta un attimo.» Dane lasciò andare la testa all'indietro appoggiandola alla testiera per un momento. Non si era più sentito così felice fin da quanto era stato adolescente, ma lei non lo ascoltò, e lo strizzò ancora una volta con i muscoli interni.

Cristo. Cristo. Cristo. Dane prese un altro respiro profondo.

Willow gli afferrò le mani, e le spostò dai fianchi, fin sulla base della schiena. «Dane, guardami.»

Dane obbedì, aprendo gli occhi. Willow si arcuò nelle sue mani e alzandosi gli diede una visione completa di dove il suo uccello umido scompariva in lei. Si lasciò andare ancora una volta e i suoi seni pieni si mossero su e giù mentre lei lo cavalcava. Dane trattenne il fiato cercando di ricomporsi.

Willow si fermò, e piegandosi in avanti i suoi capelli le nascosero i capezzoli. «Adesso ho bisogno di sapere una cosa.»

Dane la guardò negli occhi senza parole.

«Cos'è meglio? Questo o sciare sulla neve fresca?»

Quando il cervello di Dane si schiarì quel tanto che bastava affinché capisse la domanda, scoppiò a ridere. Attirandola a sé, la tenne stretta e le disse la verità. «Vinci tu, dolce volpacchiotta.» Le baciò i capelli e poi il viso. «Non c'è gara.» Ridendo come uno sciocco la tenne stretta e rimasero distesi così per un attimo, mentre l'ilarità della cosa lo rilassò.

Gli spifferi del vento passavano attraverso le vecchie finestre di Willow, facendo tremare la luce della candela. Dane memorizzò le ombre sul soffitto e si ripromise di non dimenticarsi mai di quel momento. Willow gli portò le mani dietro al collo e Dane capì di non essersi mai sentito così vivo. Lei gli sorrise e si alzò di nuovo, sfilandosi quasi del tutto dalla sua asta. Chiuse poi gli occhi e si abbassò su di lui, e mentre lo faceva espirò profondamente.

La risata aveva allentato qualcosa dentro di lui e la sconosciuta sensazione di gioia che stava provando in quel momento gli scaldò il cuore. Era incredibilmente fortunato. Lui, Dane Hollister, poteva godere e crogiolarsi in quegli attimi. Non c'era nessun bisogno di scappare o di averne paura. Strinse le mani attorno al corpo di Willow che aveva ripreso a muoversi su di lui. Il corpo della donna lo stava celebrando, tenendolo stretto e facendo urlare i suoi sensi.

Prima di allora il sesso era sempre stato una liberazione veloce, un modo per rubare qualche istante di piacere prima di tornare ad affrontare la triste verità della sua vita. Quella notte era tutto nuovo per lui. Quei momenti bellissimi tra di loro potevano costruire un ponte verso un altro momento simile e poi un altro ancora.

Più tardi avrebbe comunque dovuto pensarci, perché per adesso la sua mente era occupata a volare lontano.

Il movimento successivo di Willow li fece gemere entrambi. Dane vide i suoi occhi diventare appannati, la osservò socchiudere appena le labbra e iniziare a muoversi più velocemente, spingendosi sopra di lui. «Mmm,» disse la donna chiudendo gli occhi. «È così bello.» Sospirò e il suo dolce volto si concentrò.

La prova della sua eccitazione mandò Dane fuori controllo, il quale lasciò che tutte le sensazioni lo travolgessero, in modo da poter sentire Willow ovunque su di sé. «Sei così dolce,» disse Dane piegandosi sotto di lei. Una deliziosa tensione gli riverberò nella colonna vertebrale.

Willow ansimò e lo strizzò ancora una volta con forza.

«Willow,» gemette Dane, il cui corpo era sul punto di esplodere. Diede una spinta verso l'alto, impalandola, e perdendosi in quelle sensazioni. Spinta dopo spinta si liberò dentro di lei.

Willow aveva la bocca aperta, ansimava e si stava spingendo su di lui e Dane diede un ultimo colpo di bacino sentendo il corpo di Willow stringersi attorno al suo uccello. Un attimo dopo si era già distesa sul suo torace e gemeva contro il suo collo, mentre lui le accarezzava la schiena.

Dane non riusciva a parlare, ma si spostò solo quel tanto che gli permise di capire che non avrebbe potuto tenerla stretta a sé più di così. L'ormai familiare pizzicore sotto le palpebre fece la sua comparsa e mentre gli occhi gli si riempivano di lacrime, Dane se gli asciugò con il dorso della mano.

«Hai intenzione di piangere ogni volta che mi toccherai?» sussurrò lei baciandogli l'angolo dell'occhio.

«Sarebbe un punto di rottura?» domandò Dane. «Tu hai strani effetti su di me.»

Willow scosse la testa. «Se ritornare in vita ha strani effetti su di te, io mi limiterò a raccogliere fazzoletti.»

Dane si appoggiò al cuscino e le accarezzò i capelli. Era fortunato in ogni modo possibile. E non si trattava solo della bellissima ragazza raggomitolata al suo fianco, ma praticava uno sport che amava, aveva denaro a sufficienza e poteva respirare l'aria fredda di montagna. Mettendo da parte la sua gamba infortunata, aveva anche la salute.

La verità era che era stato fortunato per anni, ma troppo stupido per poterlo apprezzare. E a sostegno della sua auto-commiserazione non aveva mai lasciato avvicinare nessuno che avesse provato a capire il suo dolore.

Ma in quel momento, mentre giocava con una ciocca dei capelli di Willow, sentì che alcune delle sue vecchie angosce stavano andando via. Lei gli aveva dato una seconda opportunità, non solo con lei, ma per ogni cosa, e lui si sarebbe assicurato di non mandare tutto a puttane.

«Fa freddo adesso,» disse tornando dal bagno pronta a infilarsi di nuovo a letto accanto a lui. «La mancanza di elettricità ha fatto spegnere la caldaia.»

«Vieni qui,» disse Dane. «Sarò io a tenerti al caldo.»

Willow salì sul letto accanto a Dane che la fece accoccolare sotto al suo braccio. A tentoni arrivò fino al suo stomaco e iniziò ad accarezzarla. Le coprì la pancia con la mano aprendo le dita a raggera. «Per ora, tutto ciò che ho scoperto sulle donne incinte mi piace.»

Willow sospirò. «Le donne incinte però diventano mamme. Con bambini che piangono.»

«È con tutto ciò che non so, potrei ricoprirci l'Everest, ma non scapperò, Willow.»

«Domani,» disse assonnata. «Ne parleremo domani.»

Domani. Che bella cosa. Si distese accanto al corpo di Willow, proprio nel modo in cui avrebbe sempre voluto fare e si addormentò.

———

Quando Dane riaprì gli occhi, la luce del primo mattino invadeva la stanza. Era nel letto di Willow, ma c'era qualcosa che non andava. Stordito, cercò di capire quale fosse il problema. Il ginocchio era rigido, ma lo era sempre al mattino. C'era qualcos'altro. Sentì la televisione accesa, il che significava che la corrente era tornata durante la notte. Ma sentì un altro rumore.

Si alzò in fretta. «Willow?» Mise giù il piede sano dal letto e dopo aver afferrato le stampelle, zoppicò fino in bagno. La trovò inginocchiata accanto al water che si teneva indietro i capelli mentre aveva dei conati di vomito. «Dolcezza,» disse, chinandosi per raccoglierle i capelli.

Willow alzò la mano. «Non devi farlo... ce la faccio.»

«Non mi spavento per un po' di vomito,» disse appoggiando le stampelle nell'angolo e porgendole una salvietta. «Ti succede ogni mattina?»

Willow annuì asciugandosi la bocca e gettando la salvietta nel water. Abbassò il coperchio e tirò l'acqua. Quando si alzò, Dane la strinse a sé. «Magari ho finito,» mormorò.

«Non c'è niente che ti faccia stare un po' meglio?» domandò Dane.

«È strano, ma il cibo aiuta. Almeno, certi cibi aiutano. È divertente... Sai cos'è che non posso più mangiare?»

«Cosa?» domandò massaggiandole con gentilezza la schiena.

«Le uova...» Willow rabbrividì. «Non posso più nemmeno stare nella stessa stanza con un'omelette. Non dirlo alle ragazze, però.»

«Allora andiamo a prepararti qualcos'altro. Posso fare i pancake, perché è l'unica cosa che so cucinare.»

Willow sospirò appoggiata al suo stomaco. «Non ho tempo, se è passato lo spazzaneve devo andare al lavoro.»

«Oggi?» domandò Dane che non era sicuro di poterla lasciare andare.

Willow rise. «Certo, ogni dollaro è importante per me.»

Dane le scostò una ciocca di capelli dal viso. «Posso portarti fuori a cena stasera? Anche se dovrai essere tu a guidare...»

Willow lo strinse forte e quell'abbraccio gli arrivò fin dentro l'anima. «Tu e io in una macchina insieme? Sembra pericoloso, ma amo vivere nel brivido.»

Mentre Willow si lavava i denti, Dane cercava i vestiti nella stanza che erano stati gettati ovunque e quando il telefono accanto al letto di Willow suonò, lui rispose. «Pronto?»

Dall'altro capo del filo non ci fu risposta per un attimo e poi una voce disse: «Porca miseria! Non posso crederci.»

«Buongiorno dottore,» rispose Dane sedendosi sul letto.

Al telefono, Callie brontolò: «È meglio che questa cosa finisca bene.»

«Hai di nuovo intenzione di infilarmi un ago nel culo se non mi comporterò bene?»

«Quello è il minimo.»

«Allora è meglio che faccia il bravo,» disse Dane. Willow nel frattempo lo aveva raggiunto e gli porse la mano per farsi dare il telefono. Ma Dane le fece il gesto universale per *solo un attimo*. «Ti devo tantissimo Callie. E non mi riferisco solo alla fattura.»

«Oh,» disse Callie. «Non fare in modo che inizi ad apprezzarti subito,» continuò. «È meno divertente per me.»

Willow prese il telefono. «Pronto?» disse mimando una faccia spaventata a Dane.

«Non mi aspettavo di sentire quella voce rispondere al telefono, stamattina,» disse Callie.

«Uhm, nemmeno io,» ammise Willow.

«Cosa succede tra voi due e le tormente di neve?»

Willow arrossì. «Non è per questo che esistono? E poi ti svegli il mattino dopo e vomiti come una matta. Oh, no aspetta, quello è solo per me.»

«Non riceverai nessuna commiserazione da me, Wills,» disse Callie. «Ho passato tutto il blackout all'ospedale ascoltando il rumore del generatore.»

«Sembra tu sia stata a una festa.»

«Domani ci vediamo a yoga? O sei troppo... *occupata*?»

Willow si mise a ridere. «Ci sarò.»

CAPITOLO VENTISETTE

IN RICORDO dei vecchi tempi presero la Jeep e parcheggiarono in Main Street.

Seduta di fronte a Dane, nell'unico ristorante cinese del paese, Willow si sentì stranamente timida e mentre Dane le faceva scendere il riso nel piatto ci fu uno stallo nella conversazione. Avevano fatto tutto al contrario, vero? Lei era incinta di tre mesi e non erano mai usciti a cena insieme. Willow si sentiva come se quella mancanza fosse una strana presenza seduta a tavola accanto a loro.

«Se questo è il nostro primo appuntamento,» disse Dane, «avrei dovuto scostarti la sedia. Cavolo, ho sbagliato tutto,» disse bevendo un sorso della sua Tsingtao.

«Dane, siamo seduti su delle panche.»

«Allora penso di poter sorvolare sulla cosa,» le rispose facendole l'occhiolino.

Willow si infilò un raviolo in bocca. «Allora, l'allenatore era pronto a inviare una squadra di ricerca ieri sera? Sei sparito per più di dodici ore.»

«Stai scherzando? Stava ballando per tutto l'appartamento felice di stare da solo. Aveva bisogno di prendersi una pausa da me...» Dopo aver scosso la testa, continuò: «Sono stato uno stronzo infame.»

«Hai dovuto affrontare parecchie cose.»

«Lo so.» Sembrò quasi imbarazzato quando riprese. «L'allenatore vorrebbe che *vedessi qualcuno*.» Fece una pausa per farle il gesto del punto interrogativo con il dito. «Ma non so cosa potrebbe fare un medico per me.»

Willow posò la forchetta. «Be'... il compito del medico è quello di stare ad ascoltare, di essere quella persona a cui puoi dire tutte le cose che hai nella testa che ti fanno paura. In questo modo non cercherai di riversarle sulla tua famiglia, sul tuo allenatore o...»

«... sulla tua ragazza,» aggiunse Dane prima di prendere un respiro profondo. «Okay, credo che quello che mi hai detto abbia senso.»

«Un'altra cosa che fanno...» disse Willow guardandolo negli occhi. «Dane, hai avuto un'esperienza traumatica che è durata anni, e che ha avuto riflessi anche sul tuo modo di pensare. Ti ricordi che nella Jeep mi avevi chiesto: "Compariamo tutte le brutte cose che ci sono successe oggi?"»

Dane annuì.

«Be', hai fatto quel giochino nella tua testa per tutta la vita, vero? E vincevi sempre tu, giusto?»

Un altro assenso.

«Se vuoi unirti alla razza umana, devi iniziare a pensare a come smettere di vincere.»

Dane abbassò lo sguardo sul piatto.

«Il tuo obiettivo è quello di arrivare al punto in cui senti dire da un tuo amico una cosa del tipo: "Oh, amico, ho una scheggia nella chiappa sinistra." E tu gli diresti: "Amico, è terribile!" solo che in quel momento penseresti sul serio che lo sia.»

Il viso di Dane si aprì in un sorriso anche se sembrava triste.

Willow alzò le mani. «Mi dispiace, non volevo diventare troppo clinica, ma è questo ciò che fanno gli strizzacervelli.»

Dane si schiarì la gola. «Sei molto brava, vero?»

«Cosa vuoi dire?»

«Che sei una psicologa eccellente.»

«Potrei esserlo se solo ne avessi la possibilità.»

«Vorrei vederti riuscirci,» disse Dane. A quel punto prese del pollo alla Generale Tso e continuò: «Allora, cosa dovresti fare? Cosa ti servirebbe per completare la laurea?»

«Ci ho pensato moltissimo,» iniziò Willow. «Dovrei prima rimettermi in contatto con il mio consulente per la tesi. Dovrei finire di scriverla, che sarebbe la cosa più semplice, ma poi dovrei fare un internato in una struttura, ed è questa la parte complicata perché dovrei farlo in una città con un ospedale universitario che assume gli studenti nelle loro varie cliniche.»

Dane la guardò pensieroso. «Non mi sembra una cosa impossibile.»

«Non sembra una cosa semplice.»

«E se io potessi aiutarti?»

Willow alzò lo sguardo. «Come?»

«Con del denaro, tanto per cominciare. Non ho mai speso nulla dei miei soldi se non per la casa di cura di Finn.»

«È stato così fortunato ad averti,» disse gentile. «Mi dispiace tanto di non averlo potuto conoscere.»

«Anche a me dispiace.»

«Apprezzo molto la tua offerta, ma non credo che sia una cosa fattibile. Mi sono infilata in un buco abbastanza profondo quando sono venuta a vivere qui. Solo andarmene dal Vermont mi costerebbe un sacco di soldi, dovrei vendere la casa e stabilirmi in un posto in cui potrei finire il mio corso di studi. Mi sento sopraffatta al solo pensiero.»

«Di quanto sei sotto, se mi posso permettere?»

Con le bacchette, Willow prese un broccolo. «Dopo aver pagato la commissione all'agente immobiliare, sui trenta o quarantamila dollari. Dio, è così imbarazzante, ma se non altro non ho altri debiti.»

«Willow non è così brutto come pensi. Le Olimpiadi saranno tra undici mesi e sarà l'anno in cui guadagnerò di più.»

«Come mai?»

Dane appoggiò la bottiglia di birra sul tavolo. «Sai che gira parecchio denaro in questo sport, giusto?»

«Intendi per gli atleti o per via delle scatole di cereali?» domandò Willow alzando le spalle.

Dane sorrise e tutto il suo viso si illuminò. «Adoro questo di te.»

«Cosa?»

«Che non fai parte di questo circuito, che non sei interessata a me per via di tutta questa merda.»

«Quale merda?»

Dane le mostrò l'etichetta sulla sua giacca. «Gli sponsor mi pagano settantamila dollari all'anno purché io indossi il loro abbigliamento.»

Willow rimase a bocca aperta.

«Poi ci sono i soldi che arrivano dalle aziende che costruiscono l'attrezzatura, e qualche altro marchio di orologi o jeans o bevande energetiche. Si sommano abbastanza in fretta, soprattutto per chi arriva con regolarità sul podio. Questo sport è pieno di ragazzi che fanno i lavori sotto pagati in modo da racimolare soldi sufficienti per poter continuare a stare nel giro delle gare.» Le strinse la mano e continuò: «Ero uno di quelli prima che iniziassi a vincere.»

«Mi piaceresti lo stesso anche se avessi continuato a fare quei lavoretti,» esclamò Willow. Quegli occhi blu e quei capelli mossi... anche in quell'istante trovava estremamente difficile non fissarlo.

Dane prese un sorso di birra mentre i suoi occhi continuavano a sorriderle. «Lo so, ma il denaro è tutto là in banca. Non voglio essere deprimente, ma risparmiavo per potermi permettere una casa di cura, invece adesso posso spendere quei soldi per te e per il bambino e se sarò proprio fortunato, potrò farlo di persona.»

A Willow si strinse il cuore. Le ultime ventiquattro ore con Dane erano state magnifiche, ma rimanevano pur sempre molte difficoltà.

«Dolcezza, mi potresti guardare per un secondo?»

Willow alzò lo sguardo.

«Lo so che sono io quello che deve ancora sistemare tutta la sua vita, ma anche tu hai passato dei momenti difficili e ci saranno presto dei grandi cambiamenti. Voglio che tu sappia che io ci sono.»

A Willow iniziavano ad inumidirsi gli occhi. «Ci sono molte cose da risolvere e so che hai le Olimpiadi a cui pensare. Non hai bisogno di nessuna distrazione.»

Dane si sporse e le prese la mano. «Tre mesi fa le Olimpiadi erano la cosa più importante del mondo,» iniziò. «Ma a ben pensarci non è nient'altro che un'altra serie di gare. So che il prossimo anno sarà pazzesco, ma potrebbe esserlo in modo positivo. *Sei stata tu a dirmi, inspira, espira e ricomincia da capo.* Questa è la mia strategia. Potrebbe essere anche la tua.»

Willow giocò con il cibo che aveva nel piatto. «Ma il bambino arriverà, che io sia pronta oppure no.»

«Ed è per questo che voglio aiutarti, anche se non sono sicuro che tu sia pronta a fare dei grandi progetti con me. Lo sei?»

Willow evitò il suo sguardo con un leggero cenno della testa. «Concedo sempre il mio cuore troppo in fretta, lo faccio così, subito e poi rimango fregata quando le cose non funzionano. Sto cercando di non farlo più.»

Dane le accarezzò le nocche con il pollice. «Hai bisogno di un po' di tempo e io non ti spingerò. Ma mi sto chiedendo se potrai prenderti qualche giorno di ferie dal lavoro, tra due settimane circa.»

«Penso di sì, perché?»

«Il campionato Nazionale sta per arrivare, e sarà l'ultima gara importante di discesa libera della stagione. Si terrà in California. Andiamo a vederla, così saprai cosa faccio.»

Willow si appoggiò allo schienale della sedia, sorpresa. Poteva farlo? Dane aveva una vita intera che le era del tutto sconosciuta. Proprio mentre stava cercando di capire cosa fare della sua vita, volare fino in California non faceva parte del programma, ma quand'era stata l'ultima volta che si era presa una vacanza? Due anni prima? Tre? «Dovrei trovare qualcuno che venga a dar da mangiare alle ragazze,» pensò Willow.

«Credo che Travis ti debba un favore.»

Willow cercò di non sussultare per quel suggerimento. «Be'... dovrò chiedere a qualcun altro che non sia Travis.»

Dane alzò le sopracciglia. «Uh-oh. Cos'è successo?»

«Siamo ancora amici, ma lui vorrebbe qualcosa in più e io no. Mi sono detta che era perché ero incinta e lui non avrebbe voluto avere nulla a che fare con il bambino, ma la verità era che semplicemente non mi vedo con lui. E sono ancora sempre presa da te.» Si portò una mano sulla fronte. «Anche se tu non mi parlavi più.»

«Mi dispiace,» disse subito.

«Lo so,» sussurrò. Fu il suo turno di allungarsi sul tavolo e prendergli la mano. «Troverò qualcun altro che mi aiuti. Voglio venire con te in California.»

Il viso di Dane si illuminò. «Grande! Domani prenderò i biglietti per il volo e prenoterò gli alberghi. Ci divertiremo.»

La cameriera portò loro il conto e Willow si voltò per prendere la borsa, ma Dane afferrò la ricevuta. «Non devi pagare,» disse Dane. «Mai.»

Willow si fermò con il portafoglio in mano. «Perché no?»

Dane sospirò. «Perché lo hai già fatto.»

Uscirono insieme e si presero tutto il tempo necessario per tornare verso l'auto. La tormenta di neve aveva portato un'altra ondata di turisti in paese per l'ultima settimana di sciate della stagione e lei e Dane erano solo un'altra coppia nel flusso di volti felici che camminavano in Main Street.

Dane si fermò fuori dal bar di Travis. «Credo che non sia una buona idea entrare insieme per bere qualcosa,» disse.

Willow sbirciò dalla finestra. Non vedeva Travis dietro il bancone ma di sicuro era nel locale, così scosse il capo. «Che sfortuna, vero? È l'unico bar decente in paese.»

«Non è un gran problema,» disse Dane alzando le spalle. «Avevo comunque pensato di bere qualcosa da te in cucina.»

Proprio in quell'istante, la porta si aprì e due degli addetti agli ski-lift, ubriachi, barcollarono sul marciapiede davanti a loro. Travis li seguiva, urlandogli dietro: «Vi ho sopportato fin troppo a lungo, teste vuote. Se vi vedrò ancora qui in giro, chiamerò la polizia e se Annie vi denuncerà per molestie, io sarò il primo della fila per testimoniare.»

Sfortunatamente il terzo addetto apparve dietro a Travis solo in quel momento, con il viso paonazzo dalla rabbia e tirò indietro il pugno, pronto a tirarlo sulla testa del barista.

«Attento...» disse Willow.

Ma Dane fu più veloce. Lasciò cadere sul marciapiede una stampella e tirò il gomito in fretta e con forza contro il braccio alzato dell'uomo.

Quel movimento fece perdere l'equilibrio all'ubriaco che

iniziò a cadere. Dane si spostò indietro, tirando Willow con sé prima che l'uomo atterrasse sul marciapiede.

Travis si voltò di scatto, guardando prima il suo aggressore disteso prono a terra e poi Dane e Willow.

«Urgh...» disse l'addetto allo ski-lift, cercando di rimettersi in piedi. Dopo essersi tolto di mezzo urlò: «Stronzo,» alle sue spalle e poi raggiunse i suoi amici lungo la strada.

«Codardo,» gli urlò dietro Dane ridendo.

Ma Travis si era già completamente dimenticato di quegli ubriaconi. Willow sentì il suo sguardo posarsi su di lei e sulla mano protettiva che Dane le aveva stretto attorno alla vita, quando quell'ubriaco aveva rischiato di finire loro addosso. Lentamente, Travis si piegò e raccolse la stampella dal marciapiede, porgendola a Dane. «Grazie per l'aiuto,» disse a bassa voce.

«Non è stato nulla di che,» gli rispose Dane.

Travis chiuse gli occhi e si strinse la base del naso. «È un po' di tempo che non vi vedo in giro e mi stavo chiedendo come mai,» disse rivolgendo a Willow uno sguardo addolorato. «Venite dentro a bere qualcosa o no?»

Willow deglutì vistosamente, non sicura di cosa dire.

Travis tenne la porta aperta. «Allora su, venite, offro io.»

Dane e Willow lo seguirono nel bar e fu lei a sedersi per prima. Mentre Dane cercava di sistemarsi sullo sgabello, Travis prese un boccale di birra dalla rastrelliera. «Allora...» I suoi occhi gentili la studiavano. «Cosa posso versarti, Wills?»

Willow incontrò il suo sguardo consapevole e disse: «Che mi dici di succo di mirtillo e acqua tonica?»

«Va bene,» disse annuendo.

Quando Travis si spostò lungo il bancone, Dane lo indicò con un cenno del capo. «Quando cambi quello che ordini da bere, rispetto al solito, allora tutti conoscono il tuo segreto? Non ci avevo mai pensato prima.»

«Ovvio, ma lui già lo sapeva. Un paio di settimane fa gli ho quasi vomitato sulle scarpe. Si è anche offerto di instillare un po' di buon senso in chiunque...» si schiarì la gola.

Dane fischiò. «Mi sarei offeso se non me lo fossi meritato.»

Travis tornò con il drink di Willow e accanto posò due pacchetti di cracker. «Questi sono di scorta,» le disse facendole l'occhiolino. «Adesso, cosa posso portarti, amico?» Il suo viso era amichevole, ma Willow vide che stava stringendo il bancone del bar come se volesse strangolarlo.

«Una St. Pauli Girl, sarebbe perfetta.»

«Arriva subito.»

Quando si voltò, Dane si sporse verso Willow e le diede un bacio furtivo sulla guancia. «È diventata la mia birra preferita. Se vieni con me in Germania per una gara, potremmo trovarti un vestito come quello della ragazza sull'etichetta.»

Willow gettò la testa all'indietro e scoppiò a ridere. «In questi giorni potrei quasi riempirlo. Adesso scusami, se per la decima volta questa sera vado in bagno.» Quello di fare pipì ogni dieci minuti era un altro simpatico sintomo della gravidanza. Mentre si dirigeva verso il bagno, gli strinse la spalla.

———

Travis mise un sottobicchiere sul bancone di fronte a Dane, poi vi appoggiò sopra la bottiglia e lo fissò. La sua espressione bruciava di risentimento.

«Dillo e basta,» sospirò Dane.

«Va bene,» iniziò Travis chiudendo gli occhi. «Non so cosa sia successo tra voi due, ma era spaventata.» Poi scosse il capo e continuò: «Non riesco a capire come tu possa meritarla.»

«Non sono nella posizione per controbattere in questo momento,» disse Dane, «ma ci sto lavorando.»

«Stai attento a ciò che fai, perché se mandi tutto a puttane io ti ammazzo.»

Dane annuì. «Se manderò tutto a puttane, ti permetterò di farlo.»

Il sorriso del barista era triste. «Insomma, cazzo, di solito sono molto perspicace in queste cose,» disse Travis scuotendo il capo, «ma questa volta non l'ho proprio capito.»

«Mi dispiace di aver rovinato il tuo record,» disse Dane, spostando la birra.

Travis, pensieroso, iniziò a tamburellare le dita sul bancone. «Senti, avrei dovuto dirti che mi è dispiaciuto per tuo fratello, ma l'ho saputo da poco.»

Dane sentì che tutto il sangue gli stava salendo al cervello e si chiese dove Travis avesse saputo di Finn e, soprattutto, cosa sapesse. *Respira profondamente*, si ricordò Dane. Non importava più se la gente ne era a conoscenza. La maledizione della sua famiglia era finita, e doveva abituarsi all'idea. «Grazie,» balbettò.

«Sono stati un paio di mesi tosti per te,» ricominciò Travis prendendo uno strofinaccio per lucidare il bancone.

«Assolutamente,» rispose Dane dopo aver bevuto un altro sorso di birra. «E li ho gestiti piuttosto malamente.» Dane vide Willow tornare nel bar attraverso il corridoio. «Ma adesso le cose stanno migliorando.»

«Ottima risposta,» sorrise Travis. «Immagino che non dovrò più ucciderti.» Detto ciò si spostò lungo il bar.

Dane vide Willow avvicinarsi, cosa che lo riempì di gioia anche solo per il fatto che si sedesse accanto a lui. Lui *non* la meritava, ma lei era comunque lì con lui.

«Tutto bene?» domandò la ragazza, spostando lo sguardo su Travis.

Dane le coprì la mano con la sua, stupito di quanto fosse

minuta. «Mi ha appena minacciato di uccidermi, ma è tutto a posto.»

Willow alzò così tanto le sopracciglia che le scomparvero tra i capelli. «Scusa?»

Dane le alzò la mano dal bancone del bar e gliela baciò. «È il tipo di cose che potesti capire solo se avessi un uccello.»

Willow gli sorrise oltre il bordo del bicchiere, cosa che fece venire voglia a Dane di portarla a casa e a letto. Subito.

CAPITOLO VENTOTTO

L'AMPLIFICATORE sotto di loro annunciò che il primo sciatore era partito.

«Tesoro,» disse Dane, «alza lo sguardo, perché ti ci vuole di più a lavarti i denti che a fare una discesa libera. Questa è sotto ai due minuti.»

Willow aspettava. Il cielo sopra al lago Tahoe era di un blu impressionante e riusciva a vederlo riflesso negli occhiali da sole di Dane. Ma non era interessata alla vista del lago, tanto quanto lo era dell'uomo che aveva a fianco. Era, a dire la verità, impressionantemente bello. I suoi capelli ondulati brillavano nel sole, e il suo viso rasato da poco le stava sorridendo.

Durante le ultime due settimane avevano passato molto tempo insieme e mentre Willow era al lavoro, Dane passava giornate estenuanti in palestra o a fare terapia riabilitativa. Di sera poi le insegnava dei giochi di carte che aveva imparato durante i molti anni che aveva trascorso nel circuito con gli altri sciatori. Era divertente, attraente e molto rilassato, come se si fosse tolto un enorme peso dal cuore. Willow gli prese la mano e riportò l'attenzione sulla discesa.

Dopo un minuto, Willow riuscì a sentire l'avvicinarsi dello sciatore perché le urla di incoraggiamento si sentivano arrivare dalla montagna sopra di loro. A quel punto, alzando lo sguardo oltre la curva, vide comparire una figura, piegata su se stessa e inclinata così tanto su un fianco che avrebbe anche potuto rovesciarsi. Prima ancora che lei potesse registrare il movimento, lo sciatore era di nuovo in posizione centrale scendendo a una velocità disumana. Un secondo dopo, oltrepassò la linea del traguardo, disegnata di rosso sulla neve, sotto uno scroscio gli applausi.

«Cavolo!» disse Willow. Lo sciatore si voltò, fermandosi davanti alla folla. Si tolse gli occhiali e alzò lo sguardo verso il tabellone elettronico. «È questo ciò che fai?» domandò voltandosi con gli occhi spalancati verso Dane.

«Sì, signora. Solo che vado più veloce.»

«E anche più presuntuoso,» lo prese in giro.

«Anche quello, sì.»

Dane si strofinò le mani e indicò la discesa. «Gli sciatori migliori scendono per primi e quando partono gli ultimi della classifica, ormai la discesa è tutta rovinata.»

«Non è molto giusto, vero?» domandò Willow, guardando verso la distesa bianca di neve.

«A dire la verità no, non lo è,» rispose Dane. «Nella maggior parte di queste gare ci sono due manche. Dopo la prima, l'ordine di partenza viene invertito. Ci sono prove a tempo per iniziare subito...» poi si mise a ridere. «Sono un mucchio di stronzate tecniche e, a dirla tutta, noi sopportiamo tutto questo perché ci piace la velocità.» Guardò la folla sotto di loro e continuò. «È strano essere qui senza gli sci.»

«Presto,» gli rispose Willow stringendogli la mano. «E non mi dispiacerebbe affatto vederti in una di quelle tute da gara aderenti.»

Dane si mise a ridere. «Ne indosserò una per te stasera, tesoro.»

L'altoparlante annunciò che il prossimo a scendere sarebbe stato J.P. McCormack.

«Ehi, questo ragazzo potrebbe vincere. È a metà classifica, ma ha fatto un'ottima stagione. Se ti volti, possiamo vederlo partire.»

Willow guardò il video sopra la sala stampa. Sullo schermo comparve uno sciatore con il casco e gli occhiali che si avviava velocemente verso il cancelletto di partenza.

«Forza, J.P.!» applaudì Dane che aveva gli occhi incollati allo schermo. Willow vide che alla prima curva dello sciatore, Dane piegò il corpo verso destra e poi verso sinistra quando arrivò al rettilineo. Era adorabile, perché sembrava che stesse gareggiando insieme allo sciatore, il quale fece una serie di curve da togliere il fiato, piegando il corpo a pochissima distanza dalla superficie della neve.

Poco dopo ci fu un salto di dimensioni mostruose e Willow trattenne il fiato. «Cazzo,» sussurrò Dane mentre lo sciatore faceva mulinare le braccia in aria.

L'atterraggio fu duro, e le gambe dello sciatore toccarono terra in un modo strano, troppo aperte, per quanto poteva vedere Willow, per essere in una posizione comoda. Si piegò verso destra e Willow si accorse che Dane aveva trattenuto il respiro, ma poi, miracolosamente, lo sciatore corresse la posizione e si accovacciò di nuovo. «Come un killer!» urlò Dane. «Non posso credere che ce l'abbia fatta.» Dane non aveva ancora distolto gli occhi dallo schermo. «Solo due decimi indietro all'intermedio!» disse. «Potrebbe quasi farcela.»

Un minuto dopo, lo sciatore comparve alla vista sull'ultima curva, accovacciato verso la linea del traguardo. Dane si portò le dita tra le labbra e fischiò. Il ragazzo si fermò a circa tre metri da loro e guardò il suo tempo con un solenne gesto del capo.

Dane si portò una mano alla bocca e urlò: «J.P.!»

Il ragazzo guardò nella loro direzione e quando vide il volto di Dane si sorprese ma poi sorrise. Si tolse gli sci, li agganciò insieme e si diresse verso la recinzione. «Danger! A cosa dobbiamo l'onore?»

«Hai fatto un ottimo recupero, amico. Bella mossa.»

A quel punto il ragazzo era scioccato. «Be', grazie, vediamo se riesco a tenere il tempo anche nella seconda manche.»

Dane gli diede una pacca sulla spalla. «Senti... in Italia quando ho detto...»

J.P. alzò la mano. «Credo che nessuno di noi possa essere responsabile di ciò che dice subito dopo una frattura.»

«Be', comunque,» Dane si schiarì la gola. «Ottima discesa.»

«Perché sembrava così sorpreso che tu gli avessi fatto quel complimento?» domandò Willow dopo che J.P. se ne fu andato.

Dane fece una smorfia. «Non ti sfugge niente vero?»

«Voi due non andavate d'accordo?»

Dane si tolse gli occhiali e la guardò, e i suoi occhi blu erano particolarmente brillanti nel bagliore invernale. «Non solo con lui. Non sono conosciuto per essere una persona dolce e affettuosa.»

Willow gli strinse le braccia in vita. «Mi permetto di dissentire.»

Dane le afferrò le natiche e la strinse a sé. «Purtroppo è vero,» chiuse gli occhi e le diede un bacio dolcissimo. «Inoltre non sono conosciuto come quello che si mostra in pubblico con una ragazza. Gli uomini probabilmente pensano che io sia gay.»

«Oh, poverino,» disse Willow ridendo. «Ma di nuovo mi permetto di dissentire.» Gli infilò le mani nella giacca. «Gli uomini pensano che tu sia gay e le ragazze della squadra sanno che non lo sei?»

Gli occhi di Dane si spalancarono e assunse l'espressione di un cervo abbagliato dai fari di un'auto. «Un paio di loro potrebbero averlo scoperto.»

«Dovresti vedere la tua faccia in questo momento.» Erano naso a naso. «Sei così carino quando ti spaventi.» Willow socchiuse gli occhi verso un gruppo di donne che erano in piedi accanto alla sala stampa, tutte con addosso la giacca della squadra nazionale di sci degli Stati Uniti. «Ci stanno ancora fissando e questa è l'unica ragione per cui lascio perdere.»

«Lascia che ci fissino,» le rispose Dane, che chiuse gli occhi e la baciò di nuovo, e fu quel tipo di bacio che Willow avvertiva fino alla punta dei piedi.

Quando lo sciatore successivo prese il via, il telefono di Willow suonò nella sua tasca e dovette sciogliersi dall'abbraccio di Dane per prenderlo. Il messaggio era di Callie e diceva: *Lo stai facendo sulla televisione nazionale.*

«Cavolo!» Willow si portò una mano sulla bocca, si voltò e vide che c'erano una mezza dozzina di telecamere che puntavano la zona del traguardo. Sentì che stava diventando paonazza.

«Qual è il problema?» domandò Dane con gli occhi ancora puntati sulla gara.

Willow gli mise il telefono in mano, ma Dane non riuscì ad abbassare lo sguardo finché non fu annunciato il tempo dell'ultimo sciatore. Quando lesse il messaggio di Callie si mise a ridere: «Non ci dev'essere proprio nient'altro di importante da far vedere.»

———

La seconda manche sembrò anche più veloce e tesa della prima. E come se non ci fosse già abbastanza tensione nell'aria, uno sciatore cadde all'inizio della discesa. Willow guardò lo schermo con orrore mentre il giovane atleta sembrava volare verso la recinzione con gli sci in aria. Poi il suo corpo andò a sbattere contro la neve, mentre gli sci e le racchette finivano in tutte le direzioni. Nascose il viso sulla spalla di Dane.

Dane la strinse a sé con un braccio e si mise a ridere. «Ha perso del tutto l'attrito, ma guarda, si sta rialzando. Vedi?»

Willow sbirciò verso lo schermo e vide, che a testa bassa, lo sciatore stava raccogliendo la sua attrezzatura.

«Potrà riprovarci di nuovo il prossimo anno,» disse Dane.

«Oh,» rispose Willow.

«Lo sport è così Willow. Alcune volte stai davanti, altre dietro.» La teneva stretta con un braccio mentre i suoi occhi erano incollati all'ordine di partenza. «Il prossimo è J.P.,» disse e si spostò in avanti quando il suo compagno di squadra apparve sullo schermo al cancelletto di partenza. La folla batteva le mani e urlava incoraggiamenti, incuranti del fatto che lo sciatore non potesse sentirli.

Willow trattenne il fiato mentre J.P. si spingeva giù dalla discesa, accovacciandosi in una posizione molto simile a quella di una pallottola umana. Le prime due curve furono ottime, le sue gambe lunghe si distendevano come quelle delle rane per fare attrito sulla neve, mentre affrontava la discesa. «Adesso arriva il salto,» disse Dane, che aveva le nocche delle mani bianche tanto stava stringendo la recinzione. «Sì!» urlò quando J.P. volò con grazia fino all'atterraggio.

Un minuto e mezzo dopo era tutto finito e J.P. arrivò come un razzo oltre la linea del traguardo, voltandosi subito per guardare il tempo che aveva fatto. Era primo per tre quarti di secondo. «Gli basterà?» domandò Willow.

«Dovrebbe,» rispose Dane accarezzandosi il mento. «Adesso non gli resta che aspettare.»

———

Per la fine della gara nessuno fu in grado di batterlo e Willow guardò J.P. con il viso illuminato dalla gioia salire sul podio per ricevere la medaglia d'oro. Mentre lei e Dane tornavano indietro, J.P. arrivò con gli scarponi da sci ai piedi e afferrò Dane per una spalla. «Faremo una festa al Cliff Lounge,» disse. «Dopo la conferenza stampa e tutto il resto. Ci vediamo là?»

«Sì, credo di sì,» disse Dane dopo un attimo. «Grazie amico.» Quando J.P. se ne andò, Dane le chiese: «Non ti dispiace, vero? Bere qualcosa con la squadra?»

«Perché dovrebbe dispiacermi?» domandò Willow. «Sembra la cosa giusta da fare, eccetto che io berrò solo del club soda.»

«Va bene. Non sono intimo con quella gente, così se non ti divertirai ce ne andremo. Possono essere abbastanza chiassosi.»

«So gestire il chiasso,» gli rispose Willow. «Credo che comunque dovremmo stabilire un segno, perché non ne abbiamo ancora nessuno.»

«Un cosa?»

Willow scosse la testa. «Continuo a dimenticarmi che tu vieni da un altro pianeta. Tutte le coppie hanno un segno, un modo per dire l'altro che ha bisogno di essere salvato o che è giunto il momento di andarsene.»

«Ahh,» disse Dane. «Tipo quale?»

«Potrebbe essere qualcosa di fisico, tipo strizzarti il polso.» Willow gli strinse forte il polso. «Oppure potrebbe essere una parola. Qualcosa che non diresti di continuo.»

«Tipo... ornitorinco,» suggerì Dane.

«Be' sarebbe un po' difficile da inserire in una frase,» rispose Willow. «È meglio se rimaniamo alla stretta del polso.»

«Ho bisogno di distendermi per un attimo,» disse Dane. «Rimanere in piedi per tutto il giorno mi ha irrigidito.» Si chinò e si massaggiò il ginocchio.

«Oh,» disse Willow empatica. Il sole era basso in cielo, ma la sensazione dei suoi raggi sul suo viso era sublime. «Ehi,» indicò Willow. «Guarda.» Sulla discesa baby, davanti allo chalet, un gruppo di bambini stava facendo lezione. Erano abbastanza piccoli, forse sui tre o quattro anni, ma era difficile da stabilire con tutta l'attrezzatura che indossavano. «Sembrano dei piccoli scarafaggi carini, e i caschi gli fanno sembrare la testa enorme,» disse Willow.

Dane le cinse la vita con un braccio e guardò la scena tranquillo. I bambini stavano seguendo il loro istruttore lungo la discesa, facendo delle curve a S sulle sue orme, con le mani appoggiate alle ginocchia. «Sono davvero carini,» disse poi Dane, prima di darle un bacio sulla guancia. «Non ho mai pensato a quanto potrebbe essere divertente insegnare al moscerino come prendere le curve.»

«So che ti devi ancora abituare all'idea,» disse Willow.

«Sono ignorante, ma sono disposto a imparare,» rispose Dane. «Non ho mai pensato che avrei avuto un bambino, così non ne ho mai guardato uno. Tipo, mai.»

«Lo so,» disse. «Faremo tutto a piccoli passi.»

Mentre si incamminarono, Willow vide che Dane era ancora voltato verso i bambini. «Quelli sono degli sci veramente corti,» disse, alzando le braccia e tenendo le mani a circa una sessantina di centimetri una dall'altra. Poi si mise a ridere. «Bellissimo.»

———

Il Cliff Lounge aveva dei bellissimi soffitti alti con le travi in vista e una testa di alce appesa al muro. Willow era seduta sul divano in pelle accanto a Dane. J.P, insieme ad altri ragazzi, era appoggiato ai mobili che li circondavano, bevendo birra e rilassandosi un po'.

«Fammi vedere il ginocchio dolorante,» disse Willow facendo segno di appoggiarglielo sulle gambe. Si chinò, gli afferrò la caviglia e gli alzò la gamba infortunata in modo che lei potesse massaggiargliela. «Dimmi se è troppo,» lo incitò Willow.

Mentre Willow iniziò a massaggiargli i quadricipiti bassi, Dane chiuse gli occhi. «Cristo, sei un essere superiore e io non sono degno della tua eccellenza.»

«Ti fa così tanto male?»

Dane annuì con una smorfia.

«Danger!» lo chiamò una voce roca. Un ragazzo enorme con una barba rossa comparve dietro di loro. Dane si sporse per salutarlo dandogli un colpo con il pugno. «Folger, hai preso una folata di vento sul salto.»

Folger aveva una risata che era tanto grande quanto la sua testa enorme. Si lasciò cadere sul divano accanto a Willow e disse: «Ho perso un po' troppo rispetto a quanto pensavo su quel salto. Mi è costato due decimi di secondo e non me lo potevo permettere.» Porse la mano a Willow. «Io sono Folger e tu devi essere Willow.»

«Piacere di conoscerti,» lo salutò Willow che smise di massaggiare Dane per vedere la sua mano scomparire in quella pelosa di Folger.

«Siamo tutti molto curiosi su di te,» disse Folger stringendole la mano. «Non riusciamo a capire come tu abbia fatto a sopportare Danger per più di mezz'ora.»

Willow guardò l'orologio. «Be' siamo qui solo da qualche minuto, non si può mai sapere.» Tutto il gruppo si mise a ridere per la sua risposta.

«Se ti dovessi mai stancare di lui, io sono disponibile,» si offrì Folger. «Stasera le donne sono sotto numero, visto che hanno la gara domani.»

«Giù le mani, stronzo,» disse Dane, ma il suo sorriso era divertito.

«Ah, ecco il Danger a cui siamo abituati,» disse J.P. calciando il tavolino basso davanti al divano. «Credo che siamo quasi pronti per un altro giro di birre,» disse. «Folger ha bisogno di una birra, e anche Willow.»

«Io passo,» rispose Willow scuotendo la testa.

«Spero che tu non abbia la nausea per via dell'altitudine,» disse facendo un cenno alla cameriera. «Se è il tuo primo viaggio a Tahoe, potrebbe essere tosta.»

«Nah,» rispose Dane. «Ha la nausea perché è incinta.»

«Wow!» Esplosero gli uomini per la sorpresa. «Come un killer!» urlò qualcuno.

Willow rimase a bocca aperta e si sentì arrossire. «Tu,» iniziò indicando Dane. «Avresti potuto trovare un modo più gentile per annunciarlo.»

«Sii gentile con lui,» disse Folger. «Quell'uomo è orgoglioso di sé, perché anche i suoi girini sono arrivati sul podio.»

«In questo gruppo,» aggiunse J.P., «non siamo conosciuti per essere gentili, ma se vuoi insegnargli una lezione, nascondigli il bastone.»

«Ottima idea,» disse Willow che si sporse per afferrare il bicchiere per farlo tintinnare contro la bottiglia di birra di J.P.

Dane appoggiò la gamba a terra, e poi fece scivolare il braccio attorno a Willow, portandosela più vicino. Si chinò e quando le sue labbra furono vicine al suo orecchio disse: «Mi dispiace se ti ho messo in imbarazzo.»

Willow gli regalò un sorriso veloce. «È un po' presto per dirlo agli altri.»

«Sei tu l'autorità in materia,» disse a bassa voce, «è solo che comincio a essere felice per la cosa.»

Willow sentì che le si stavano inumidendo gli occhi mentre incontrava il suo sguardo. Il fatto che stesse dicendo la verità gli si leggeva in viso e nel dolce sguardo puntato su di lei.

Dane si chinò ancora e sussurrò: «Quando è morto Finn, ho pensato che non avrei avuto mai più una famiglia, ma mi sbagliavo.» La baciò e le sue labbra erano morbide e le riempirono il cuore di gioia inaspettata.

«Oh, grande goblin!» urlò Folger. «Gli alieni si sono presi Danger e hanno messo quel ragazzo al suo posto.»

Prima che interrompesse il bacio, Dane alzò il dito medio e lo voltò in direzione di Folger.

«Okay, forse è ancora lui,» si corresse Folger. «Come va il ginocchio?»

«È a posto.» Dane si sporse per prendere la birra. «Sai come funziona... tantissima fisioterapia noiosa, ma sono già felice di aver posato le stampelle.»

Folger annuì con la sua testa enorme. «Oh, sì, tutte quelle settimane in cui non puoi guidare la tua auto.»

«Aspetta... avete mai dovuto usare le stampelle?» domandò Willow.

«Cavolo, sì,» intervenne J.P. «Ma a noi non va male come agli sciatori di freestyle. Guarda una gara di mogul alla televisione e sentirai i commentatori passare metà del loro tempo a parlare di chi ha avuto l'operazione ai legamenti più recente.»

«Le stampelle sono le più pesanti da sopportare,» continuò Folger. «Non puoi portare nulla con le mani occupate. Io usavo uno zaino per girare in casa mia, ma alla fine ti abitui a muoverti come un ragazzo normale. Io non vedevo l'ora di distendere la mia ragazza e di saltarle addosso per scoparla a dovere. Dico bene?»

Folger si guadagnò un coro di risate.

«Dico bene?» domandò di nuovo sporgendosi oltre Willow

per dare un colpo in testa a Dane. «Penso che se avete un bimbo in viaggio, in qualche modo lo avrete pur fatto.»

«Amico, penso che il tempo libero abbia fatto bene a Danger,» disse J.P. svuotando la bottiglia di birra. «Non l'ho mai visto sorridere due volte in un giorno, prima d'ora.»

«Li stavo solo mettendo da parte,» disse Dane sistemandosi la gamba infortunata.

J.P. scosse il capo. «Sai, non ho mai voluto essere nei tuoi panni.»

«In che senso?»

J.P. indicò Dane con la bottiglia di birra. «Hai il mondo intero appeso alla punta dell'uccello, ma non mi è mai sembrato che te lo sia goduto.»

«Accidenti,» disse Dane, stringendo la mano a Willow. «Sono tutti strizzacervelli.»

Willow gliela strinse di rimando.

«Sai, il fatto che Danger abbia un bambino è una bellissima notizia,» disse Folger accarezzandosi la barba sul mento. «L'intero circuito ne sarà elettrizzato.»

«Al circuito non deve fregare un cazzo,» disse Dane.

«*Au contraire, mon frère*,» disse Folger. «Se avrai una donna e un bambino, magari il prossimo anno avrai un po' meno voglia di morire, e un uomo che ha qualcosa per cui vivere dovrebbe essere più facile da battere.»

Dane fece una smorfia. «Divertitevi a provarci.»

«Le chiacchere del precampionato sono già iniziate!» annunciò J.P.

«Fatti sotto,» rise Dane.

———

«Te l'avevo detto che quei ragazzi facevano un gran chiasso,» disse Dane togliendosi i vestiti nella loro stanza d'albergo.

Willow era già a letto e con i capelli sparsi sui cuscini sembrava un angelo. Ogni notte che passavano insieme lo faceva sentire più fortunato della sera precedente.

«Erano divertenti,» rispose Willow, sporgendosi verso di lui mentre si infilava sotto le coperte. «Non ho sentito il bisogno di stringerti il polso né di ricordarti di dar da mangiare all'ornitorinco. Quel Folger non è stato zitto un attimo.»

Dane si voltò su un fianco e appoggiò le labbra sulla fronte di Willow. «Non mi stancherò mai di tutto questo,» disse.

«Di cosa?»

«Venire a letto al termine della giornata e ascoltare ciò che hai da dire.»

«Oh, e io che pensavo ti riferissi al sesso nelle camere d'albergo.»

«Anche quello non è male,» disse accarezzandole la spalla nuda. Dentro di sé pensava che il sesso nelle camere d'albergo fosse sopravvalutato, perché il letto di Willow era il posto più sexy in cui fosse mai stato.

«Questo viaggio è divertente,» disse, mentre con le dita disegnava dei cerchi sulla pancia di Dane. «Mi piace aver conosciuto il tuo piccolo strano mondo.»

Dane si chinò e le coprì le labbra con le sue. Il bacio fu lento e passionale, il tipo di bacio che si dà a una ragazza che ti interessa sul serio. «Ti renderò un residente abituale del mio piccolo strano mondo, se me lo permetterai, e ho già qualche idea.»

Willow si arrotolò un ricciolo dei capelli di Dane attorno al dito. «Dimmi.»

«Voglio che tu venga con me a ovest, quest'estate.» Dane appoggiò la testa a una mano. «Pensi che potresti trovare ciò che ti serve per finire il corso di laurea a Salt Lake City? Potrei finanziarti, in modo da alleviarti un po' la pressione così che tu riesca a fare le tue cose, e poi, quando arriverà il momento, ci prenderemo cura del bambino insieme.»

Willow sospirò. «Wow. Dici sul serio?»

«Dico sul serio. La tempistica non è delle migliori, ma questa è la vita.»

«Perché?» domandò.

«Be', la data del parto è il quindici di settembre. Ed è quando mi dovrei allenare per la discesa libera in Cile.» Dane iniziò a ridere. «L'allenatore Harvey amerà il fatto che me la filerò. Non vedo l'ora di vedere la sua faccia.»

«Sembra un problema,» disse Willow con voce cauta.

Dane scosse il capo. «Assolutamente no. Hanno ricevuto scuse ben peggiori da me.» Dane fece scivolare una mano sulla sua pancia e gliela massaggiò. «Non me lo perderei, Willow, ma se non potrai venire con me nello Utah, allora vorrà dire che passerò il precampionato in Vermont con te. E lo farò anche se mi minacceranno di sbattermi fuori dalla squadra.»

Willow alzò la testa di scatto, allarmata. «Cosa?»

«Shh,» la calmò Dane, con le dita appoggiate alla sua pancia. «Non ti agitare. Ti sto solo chiedendo di venire con me a ovest. Dovremmo abbellire un po' il mio appartamento perché ha quell'aria da scapolo, sai... La libreria è una panca appoggiata a due casse del latte.»

Willow rimase distesa immobile per un attimo. «Questa è una cosa grande, Dane, ma credi di essere pronto a trasferirti lì? Sono preoccupata dal fatto che non potresti più chiederti con quale ragazza ti piacerebbe alzarti ogni mattina. Non voglio che pensi di non avere scelta.»

«Ascolta,» sorrise Dane. «C'è solo un modo per vincere una discesa libera. Quando si è al cancelletto di partenza, bisogna decidere la linea da seguire. Poi acceleri fino ad arrivare ai centodieci, centotrenta chilometri all'ora e non ci ripensi.

Nessun rimpianto. So molte cose sul prendersi un impegno, più di quanto tu pensi.»

Si fermò per poterla baciare ancora e fu ricompensato da due mani che gentilmente iniziarono a massaggiargli il petto.

«Adesso mi spieghi perché dovrei volere un'altra ragazza? Qualche sconosciuta con un'app sul telefono in grado di fare la somma dei soldi che prendo dalle sponsorizzazioni? Tu e io siamo passati attraverso la guerra insieme e finalmente adesso abbiamo l'opportunità di essere felici.» Dane le accarezzò le labbra con le sue. «Tu e il coach siete le uniche due persone che mi conoscono veramente, e non trovo che l'allenatore sia molto attraente.»

Dane riusciva a vederla sorridere anche nella luce soffusa. «Tu ci avevi già pensato.»

«Ci penso ogni giorno.» Facendo attenzione, Dane scivolò su di lei e si sistemò il ginocchio sulle lenzuola. «Ti sei presa cura di me e io voglio ricambiare il favore,» disse, poi prese un lungo respiro e continuò: «Ti amo, dolcezza. Dimmi che ti trasferirai con me.»

Sotto di lui, Willow sospirò. «Va bene, Dane, voglio darci una vera possibilità.»

Dane spostò i fianchi, sistemando la sua erezione in mezzo alle gambe di Willow. «Come potremmo festeggiare?» sussurrò prima di baciarla con passione, incapace di resistere a muovere i fianchi, visto che il ginocchio sembrava tollerare la posizione.

«È stato Folger a ispirarti?» sussurrò Willow.

«Mi ha solo letto nel pensiero. Anch'io non pensavo ad altro.»

«Mmm,» disse, strizzandogli il sedere. «Sei incredibile, fai solo attenzione lì sopra.»

«Correrò il rischio di farmi di nuovo male,» le disse mordendole il collo. «Lo farò come un killer»

Willow rise finché lui non la baciò di nuovo. Non ci fu più

bisogno di parole, solo di baci e di sospiri e mentre Dane la stringeva a sé, sperò di non lasciarla andare mai più.

Fine

———

Già in italiano della stessa autrice:
Prendimi Per Mano